姜维勇 著

明理

阅读的体验

中山大学出版社
·广州·

版权所有　翻印必究

图书在版编目（CIP）数据

明理：阅读的体验/姜维勇著. —广州：中山大学出版社，2021.12
ISBN 978-7-306-07356-3

Ⅰ. ①明… Ⅱ. ①姜… Ⅲ. ①读后感—作品集—中国—当代 Ⅳ. ①I267

中国版本图书馆 CIP 数据核字（2021）第 253344 号

出 版 人：王天琪
策划编辑：嵇春霞
责任编辑：王　睿
封面设计：林绵华
责任校对：井思源
责任技编：靳晓虹
出版发行：中山大学出版社
电　　话：编辑部 020-84110283，84113349，84111997，84110779，84110776
　　　　　发行部 020-84111998，84111981，84111160
地　　址：广州市新港西路 135 号
邮　　编：510275　　　传　真：020-84036565
网　　址：http://www.zsup.com.cn　E-mail：zdcbs@mail.sysu.edu.cn
印 刷 者：佛山市浩文彩色印刷有限公司
规　　格：787mm×1092mm　1/16　17.25 印张　225 千字
版次印次：2021 年 12 月第 1 版　2021 年 12 月第 1 次印刷
定　　价：56.00 元

如发现本书因印装质量影响阅读，请与出版社发行部联系调换

推 荐 语

阅读是一种生活方式，从书本中感受过往，反观自我，并以俊朗的锐眼面对这个神奇的世界。

——彭玉平，中山大学中国语言文学系教授、系主任，《中山大学学报》（社会科学版）主编

读书可为学位而读、为求知而读，也可为人生体验而读、为社会担当而读，后者是更高的境界。《明理：阅读的体验》是作者多年知与行、学和思的呈现。从鲜活的视角，关照心灵，透视时代，其中不乏真知灼见。全书文风生动，广征博引，更容易为大众喜爱和传播。相信每位读者从中都会获得阅读的快乐，完成自己有关人生体验和社会担当的思考。

——宫玉振，北京大学国家发展研究院教授，BiMBA商学院副院长兼EMBA学术主任

借助阅读，可与先贤为友，可与时哲为伴。书香的熏陶可使人温文尔雅、气质自华，也可使人得到求真的信心、求善的勇气。始终与阅读

同在的深度思考，更能让人获得察微知著的智慧、鉴古知今的能力。《明理：阅读的体验》以温文尔雅的方式，呈现出了阅读经典的过程中所获得的信心、勇气、智慧与能力。

——马银琴，清华大学中文系教授，博士生导师

读书明理，阅览增知，人人都离不开阅读生活，书籍是每个人一生相伴的良师益友。但书怎么读，在浩如烟海的典籍中如何选择，在一本读物中如何择善取精、得其要领，却大有讲究。这就需要有人探路，有人引领，提供先行的经验和品读的体会。《明理：阅读的体验》正是这样一本书，它像一个领航者，带我们穿行于数十种古今中外典籍所构成的密林之中；又像一个探索者，帮我们打开并指明这些读物所包含的精微之处。

——景海峰，深圳大学国学院院长、哲学系教授，博士生导师

当阅读与思考成为日常习惯，成为一种生活体验，这表明它已经成为我们的自觉意识，一种反思的行为。《明理：阅读的体验》是一本有情、有趣又有思想深度的书。和读者一起从阅读的体验中，慎思明辨的理性，体会真切的情感，通向哲学的智慧，这是作者的初心。

——郑召利，复旦大学管理哲学研究中心主任，教授，博士生导师

执着于自己领域内的科技工作者需要多读读专业以外的书。通过广泛的阅读和思考，对科学和哲学历史、科学和文学艺术等等都会有新的感悟，科学插上人文的翅膀，会带给我们惊喜。《明理：阅读的体验》打开了一扇色彩纷呈的人文之窗，为我们思考模型的重建赋能。

——邱成峰，南方科技大学教授，思坦科技联合创始人

《明理：阅读的体验》是一本带有"个人阅读史"性质的精彩随笔。姜维勇从文学史和文化史的角度，为读者提供了一个全新的视角，对诸

多古今文学经典作品进行了透彻的解读，探讨了其中内在的关系。不仅对爱好文学的读者大有裨益，对科技工作者也有启发作用，读之可从中获得有趣的体验。

——尹平河，暨南大学教授，博士生导师

读书不能改变人生的起点，但可以点缀人生的旅程；明理不能决定人世的无常，但可以融成对生活的体验。这就是《明理：阅读的体验》魅力之所在。

——陈磊，深圳改革开放干部学院研究员，《特区经济》学术委员会委员

维勇在繁忙的媒体工作之余，潜心阅读，爬梳剔掘，钩沉出新，每有点滴发现，便收悟道明理之乐。传统文化包括所谓国学，浩如烟海，良莠杂陈，须得结合当下情境及时代的进步，才能予人以启迪。维勇打通了历史与现实、故事与思想、文学与哲学，假以时日，当有更多更美的斩获。

——南翔，深圳大学文学院教授，国家一级作家

作者是资深的媒体人，本书是他的阅读新得。涉古之经典及今之佳著，撷其英，猎其华。短章精制，独具慧眼，既有思辨之趣，又有文采之美。悦心悦意，倾情荐读。方家识之，幸甚幸甚。

——杨争光，作家，诗人，国家一级编剧

禹安以一个书生的纯粹和一个学者的深刻，道出了阅读的真谛。他虽然每天都浸润在信息的海洋中，但却能从万千的浪花深处发现文化的冰山。

——胡野秋，文化学者，作家，导演

拆解一本好书是个挑战。轻松有趣地解读而不失本义，非常考验解读人的知识储备。《明理：阅读的体验》清晰地解读原著，阐述作者感悟，唤起读者共鸣，引发深入阅读的兴趣，是非常有意义的事情。

——郝纪柳，文化学者，资深书评人

读书之义在于明理，明理方可化愚顽、启聪慧、消暴戾、致祥和。《明理：阅读的体验》也可以看作是一本关于如何高效阅读的书。作者腹有诗书，纵览古今，不为功名，只为明理，其扎实的文科功底和丰富的产业经验纵横交织，言之有物，言之成理。书中多次出现了对数据、对人才等的剖析，是一大特色，既为读者打开了蕴藏着诸多好书的"大观园"，也提供了一个阅读的范式。在追求速度、效率的今天，该书犹如一股清流沁入读者的心田，让我们在风趣的文字里，体验作者独特的视角和精彩的解读。

——马军峰，中国科学院云计算中心党委副书记，人才大数据专家

读与思的审美呈现

近年,我偶尔给一些中青年作者的新著作序,深被他们的思想和才华所吸引,受益匪浅。作家姜维勇是我多年的朋友,他的新著《明理:阅读的体验》(以下简称《明理》)即将出版,请我作序,使我有机会先睹为快。细读这本集阅读心得和审美体验为一体的书稿,深感其思想意蕴的丰厚和美学趣味的浓郁。作者把读书札记写成了诗化美文,把审美体验呈现为哲理思考,既显《明理》之"丰",又显《明理》之"美",更显《明理》之"巧",令人浮想联翩,爱不释手。

一、《明理》之"丰",在于思考充溢思想,评述恰当精准

通览全书,尤其是在"经典常读"这一部分,作者思想的深厚表现得尤为突出。

作者阅读《论语》,对孔子的评价独到而又新颖。他认为,"孔子早已深入到我们每一个人的生活和心灵之中","孔子不是个成功者,但却是乱世中鲜见的能够处变不惊、善于反思的人"。因此,他得出结论,《论语》是"安身立命、治学求道、为人处世"的教科书,是"照亮心

灵的一盏明灯"。寥寥数言，即把一部经典、一个"圣人"形象而又鲜活地概述出来，令人印象深刻、回味无穷。

谈及佛学经典《坛经》，作者的解读不是沉醉于佛学的玄妙，而是简单明了，通俗易懂。在他看来，"《坛经》不仅仅是一部中国人写出的佛经，是中国佛教唯一的一部经书，从某种意义上说，还可以作为一部讲创新思维和心理学，讲生活方式和处世艺术的书加以解读"。在本质上"《坛经》是一部指引人找回自己清静本心的经典"。如此解读，不仅别开生面，而且亲切可感，令人难以忘怀。

此外，作者读《孙子兵法》，称"孙子是我们熟悉的陌生人"；读《传习录》，明确"王阳明以自己的理论和实践告诉我们，要胸有大志，要建功立业，也要诗意的栖居，他的心学就是这样的学问"；读《徐霞客游记》，称徐霞客是"'世界那么大，我想去看看'的最佳诠释者和实践者"。如此种种，皆见论述之精到、思想之深刻。

二、《明理》之"美"，在于阐述文字优美，论证充满诗意

作者读《苏轼文集》，读出来的是人生沧桑，诗情画意。这番感受，在他的笔下呈现出来的是充满诗意和哲理的美文。开篇就出手不凡："文学温暖世界，文字温暖人心。目之所视，世界文化名人如璀璨的星辰不可胜数，而苏轼，无疑是其中最璀璨的那颗之一"。苏轼"所到之处，春风化雨，温暖四方"。作者情不自禁地感叹："那时候，不知道苏轼是否有这样的感叹，感觉自己是个人才，感觉时间就是生命，但是'人才'好像和'时间'一样，到头来只是用来浪费的"。字里行间透露出对苏轼命运多舛的惋惜。

《徐霞客游记》本身就是美文，而作者的评价和感受更美。他称赞徐霞客是"为见证大好河山而生的人"，"不是为了闻达于诸侯，而是为了心中的理想生命最美的绽放"，"在他眼中，处处都是人生驿站，而情之所至就是心灵港湾"。于是，作者进一步感叹："有时候，并不是美丽

的风景让你忘却了烦恼，而是你忘却了烦恼，眼前的风景才更美丽。"这样的文字，既是对一部游记和一个游记作者的高度评价，更是在艺术地阐述人生的道理，揭示人生的真谛。

尤为可贵的是，作者发挥其擅长写古体诗的优势，在每篇文章的篇末都赋诗一首，以"禹安诗曰"的形式进行综述和论证，起到了画龙点睛的效果。如在读《论语》篇末，"禹安诗曰"如是写道："徜徉杏坛思先贤，斑驳竹影诉无眠。旧时暗香杨柳夜，佳人如是事如烟。"读完此诗，我们不仅对孔子的认识更加深入，而且似乎也多了一番"时间流逝世事变幻、圣人豪杰皆如烟云"的感慨。

三、《明理》之"巧"，在于评论擅用比较，感悟富有哲理

作者利用自己阅读面广、视野开阔的优势，在论述中巧用比较方法，在比较中彰显人物形象，界定作品价值。在谈及王阳明心学时，作者认为"阳明心学和禅宗接近，讲究悟性，和禅宗相比，更为积极和进取"；在论述《孙子兵法》和孙武的历史地位时，作者判定"克劳塞维茨的《战争论》、孙武的《孙子兵法》一同在军事学山巅之上闪耀着理性光辉"；在评价两部《诗品》时，作者感叹"两部诗品不同滋味"。作者还在多处运用比较方法进行阐述，如称"惠能与孙子、老子并列为'东方三圣'"，说"《资治通鉴》与《三国演义》有所不同，《资治通鉴》中的曹操也不是《三国演义》中那个熟悉的样子"，等等。

《明理》作为一部以阅读心得和审美体验为主要内涵的著作，展现读与思的感悟是其重要一面。书中所呈现的作者感悟亦是最有美感、最富哲理的部分。读《论语》，作者感悟"孔子的学问道德，仰之弥高，钻之弥坚，看看好像在前面，忽然又像在后面了。老师循循善诱，博我以文，约我以礼，欲罢不能"；读《苏轼文集》，作者深感"这位中国古代历史上少有的文化全才以他的立身实践，树立了一种理想人格的标准"，"诗文书画，冠绝天下；有情有趣，以德报怨；为人为政，美名千

年"。此外,感悟国画之美,作者堪称知音,发出的是行家里手的声音:"中国书画讲究的是'以形写神',更多强调画家主观感情的抒发,追求的是妙在似与不似之间的感觉"。感悟古典诗词之美,作者写下的是"千年岁月更迭,浓厚的诗情依旧在人的精神中熠熠生辉,解码中华民族基因,古诗词无疑是一把钥匙"。感悟深圳城市精神,作者写下了深刻而又精辟的论述:"城市文化形象是形神兼备的整体概念,其形是外在的处于物质文化和自然风光层面的城市文化景观,其神是内在的处于精神文化层面的城市精神"。如此种种,举不胜举。

西方接受美学理论家认为,评价一部作品,必须弄明白和解答好三个问题,即作品说了什么,作品对我说了什么,我对作品说了什么。通观《明理》,作者呈现给我们的是文化经典的深邃思想、审美体验的诗情画意,我们从中看到的是为人处世的深刻道理、文化传承的媒介与精华。读书心得和审美体验能够这样呈现,足见作者思想底蕴之深厚、文字水平之高超。真可谓:写之传神,读之无憾。

是为序。

吴俊忠

2021 年 12 月 4 日

(吴俊忠,文化学者、教授、深圳大学城市文化研究所首任所长)

目　录

第一章　经典常读 ………………………………………… 1
做个真君子
——读《论语》 ……………………………………… 3
善之善者　不战而胜
——读《孙子兵法》 ………………………………… 21
如何成为一个人才
——读《人物志》 …………………………………… 31
诗中的生活美学
——读《二十四诗品》 ……………………………… 40
听从内心的呼唤
——读《坛经》 ……………………………………… 47
道术之间说通鉴
——读《资治通鉴》 ………………………………… 55
此心安处是吾乡
——读《苏轼文集》 ………………………………… 66

把握自己，也就把握了世界
　　——读《传习录》 ………………………………… 81
人生驿站　心灵港湾
　　——读《徐霞客游记》 …………………………… 92

第二章　国学浅悟 …………………………………………… 99
知书识礼悟真义
　　——感悟礼仪之美 ………………………………… 101
虚实墨舞见精神
　　——感悟书法之美 ………………………………… 109
妙在似与不似间
　　——感悟国画之美 ………………………………… 119
含菁咀华意无穷
　　——感悟诗词之美 ………………………………… 128

第三章　江山观止 …………………………………………… 137
光荣和梦想：绚烂多彩的深圳城市精神 ……………… 139
双城记：粤港的源头 …………………………………… 145
陈白沙：岭南第一人 …………………………………… 151
岭南的人文地理 ………………………………………… 158

第四章　时文新读 …………………………………………… 163
深圳学者的哲思与深情
　　——读《读懂深圳——四十年四十个视点》 …… 165
"深圳样本"的榜样价值与样本力量
　　——读《深圳样本》 ……………………………… 170
青春之河　空阔无边
　　——读《深圳传》 ………………………………… 173

深圳夜空中的哲思
　　——读《深夜记》 ································ 177
做个有情有趣的深圳人
　　——我写《视野——深圳四十年掠影》 ······· 181
叹滚滚英雄谁在
　　——读《历史的个性》 ···························· 186
怎么才能打胜仗
　　——读《善战者说——孙子兵法与取胜法则十二讲》
　　 ·· 189
生命的俯仰之间
　　——读《无疆》 ······································ 193
成年人的童话
　　——读《奇迹的翡翠城》 ························ 196
为说话赋能
　　——读《说话的艺术》 ···························· 199
就这样突破写作瓶颈
　　——读《写作突破》 ······························· 203
心中敬意　笔底温情
　　——读《手上春秋——中国手艺人》 ········· 206
独行者诗化的人生
　　——读《远山孤旅》 ······························· 210
奏响生命的乐章
　　——读《抵达南北极》 ···························· 214
岁月如歌　此情可待
　　——读《童年的回忆》 ···························· 217
从百年沧桑到民族复兴
　　——读《为什么是中国》 ························ 221

第五章　求真对话 ·················· 225
　　读书和生活的对话：旧时暗香杨柳夜　佳人如是事如烟
　　　·· 227
　　关于语文的对话：宽广的视野　笃行的力量 ·········· 232
　　数学和文学的对话：龟毛兔角子虚乌有　凤毛麟角窄门
　　　可求 ··· 241

参考文献 ···································· 254

青春时代阅读史（代后记） ················ 256

第一章

经典常读

做个真君子

——读《论语》

如果说在某个场合下，需要我们即兴发表一些观点，不少人会引用孔子教过我们的知识，或者直接说出《论语》里的原话。孔子的教诲涉及方方面面，大到治国理政、道德文章，小到交友谈心、吃饭睡觉，早已深深根植于每个中国人的心灵深处。

"一千个读者就有一千个哈姆雷特。"每个中国人都有自己对孔子的解读。"天不生仲尼，万古如长夜。"这句从宋朝就开始流传的话语，到今天还能演化出来多个网络小说的巅峰名句。大学期间，我读了杨伯峻先生的《论语译注》；来深圳后，我又看了南怀瑾先生的《论语别裁》、李泽厚先生的《论语今译》和李零先生的《丧家狗：我读〈论语〉》，其他版本的《论语》也收藏了数本。

我知道的很多好词好句都来自《论语》。《论语》里面讲立身安命、讲治学求道、讲为人处世……简直无所不包。在待人接物上，我也会不自觉地按照孔子的教导来实践。

女儿初中的校训是"子以四教"的"文""行""忠""信"

四字。深圳东湖公园门口、深圳职业技术学院的操场上乃至公交站、绿道边等地方，都随处可见孔子的塑像、画像和语录。深圳现存建筑规模最大、等级最高的广府祠堂之一——曾氏大宗祠，始建于清乾隆年间。曾氏的先祖可追溯到曾子，曾子是孔子的后期弟子，也是孔子学说的主要继承人和传播者。在儒家五姓——孔、颜、曾、孟、荀中排名第三，因而宗祠大门有楹联"天下斯文宗一贯，古今乔木第三家"。孔子的教诲，早已深入我们每个人的生活和心灵之中。

《论语》在传承中曾经有过不同的版本，现存最早的是三国时期何晏的《论语集解》。《论语》共20篇，有上下之分，前10篇称为"上论"，后10篇称为"下论"；每篇又分为若干章（段落），共计有492章；正文字数为15912字。《论语》中涉及的人物有156个之多，中心人物当然是孔子。据史载，孔子弟子三千，贤人七十二。这些弟子有"先进""后进"之分，也就是早期弟子和晚期弟子。在《论语》中出现的弟子有29人，出现频率较多的有率直鲁莽的子路（仲由、由）（42次）、聪颖善辩的子贡（赐）（28次）、文雅贤良的颜渊（回）（21次），还有提出"学而优则仕"的子夏（商），年龄大、威望高、被后世奉为"儒商鼻祖"的子贡（端木赐），有些固执、做事情容易过火的帅哥子张（师），等等。

《论语》中，"子曰"一词出现次数最多。据金克木先生考证，其他的还有"孔子曰"（11处）、"有子曰"（4处）、"曾子曰"（13处）、"子夏曰"（9处）、"子贡曰"（6处）、"子游曰"（3处）、"子张曰"（2处）等等。《论语》和同时期的《孙子兵法》完全不同，《孙子兵法》13篇都是"孙子曰"，从头到尾都是孙子一人所言，引用时需要注意。

孔子在世时已被誉为"天纵之圣""天之木铎"，是当时社会上最博学者之一。孔子去世后，他的很多学生都很厉害，在一代代学生的努力下，他被推上神坛。汉高祖吊封孔子、司马迁访孔子故居，均感慨不已，司马迁还在《史记》中把孔子列入"世家"行列。汉唐以来，孔子从一介布衣，到青云直上，成为世袭的王侯之家，并且被后世统治者尊为"孔圣人""至圣先师"等。

曲阜孔府衍圣公府正门楹联曰：

与国咸休，安富尊荣公府第
同天并老，文章道德圣人家

这一副木刻对联悬挂于孔府大门明间柱上，为清乾隆间大学士纪晓岚所书。据说性坦率、好滑稽的纪晓岚题写的这副对联中，"安富尊荣"的"富"字，少了上面一点，这叫作"富贵无头"；"文章道德"的"章"字，下面"早"的一竖一直通到上面的"立"，这叫作"文章通天"。孔府历代长子世袭衍圣公，官居一品，乃文官之首。

两千多年来，孔子也曾大起大落。《论语》这部指导人生实践的语录体经典，不知道被多少人解读过，当然也可能是误读过。不同的立场和角度，不同的时代和生活体验，都可以对其做出不同的解读。因此，不同视野下的孔子其人、其言、其行等有关孔子的观念和形象，都大相径庭。

"子曰：夷狄之有君，不如诸夏之亡也。"（《论语·八佾》）

古人对这句名言都是各取所需，导致我们千百年来一直不知道其真义。所谓"诸夏不如夷狄"，还是"夷狄不如诸夏"？孔子是夸夷狄还是批夷狄，至今争论不休。有两种解读：一种是夸夷狄，夷狄都知上有君主，不像中原诸国目无君长，君主名存实亡，这是嫌弃诸夏不争气。另一种是夸华夏，"没有礼仪的夷狄，还不如虽灭亡而有礼的夏国""文化落后的国家虽然有个君主，还不如中国没有君主"，是孔子表达对华夏文化的自信。

还有，儒家倡导"和谐"，孔子说"君子和而不同"，这里的"和"是指和谐、协调，而"同"是指盲目附从。杨伯峻在《论语译注》中解释为："君子用自己的正确意见来纠正别人的错误意见，使一切都做到恰到好处，却不肯盲目附和。"李零则认为，孔子不是讲平等，只是讲和谐，他说："所谓和谐，是把事实上的不平等，纳入礼的秩序，防乱于未然，比如阔佬和穷措大，怎么搁一块儿，相安无事。"

这都需要我们进行思考。

孔子不是个成功者，《论语》里面也没有谋生之道。作为一位道德先生，孔子是乱世中鲜见的能够处变不惊、善于反思的人，他是以"温故知新"的思维方式，努力寻找未来道路的老师。他眼中的君子，是理想人格的形象化表达。

四川德阳文庙大成殿有康熙撰、乾隆书两联。

外门联为：

> 德冠生民溯地辟天开咸尊首出
> 道隆群圣统金声玉振共仰大成

殿内联为：

> 气备四时与天地鬼神日月合其德
> 教垂万世继尧舜禹汤文武作之师

明代陈凤梧的《孔子赞》曰："道冠古今，德配天地，删述六经，垂宪万世，统承羲皇，源启洙泗，报德报功，百王崇祀。"孔子曾删述六经，"六经"是指《诗》《书》《礼》《乐》《易》《春秋》，它们分别为中华民族的文学、历史、人伦、艺术、哲学和政治精神六个方面树立了标准和价值取向，为后世这些领域的发展指明了方向。从某种意义上说，"六经"也折射出孔子培养君子人格的六个方向，即具有文学家的才情、史学家的渊博、外交家的仪容、艺术家的风流、哲学家的深刻和政治家的胆识。

后来，孔子的弟子们完成了老师的心愿，把儒学发扬光大。汉代孔安国编定的《孔子家语》记录了孔子的言语事迹，可以和《论语》相互参证。如果说《论语》是以孔子语录为主，那么《孔子家语》可谓孔子研究的资料汇编，被称为"孔子研究第一书"。

从"丧家之狗"到万世师表

孔子身处尔虞我诈、弱肉强食的乱世。《史记·太史公自序》说："春秋之中，弑君三十六，亡国五十二，诸侯奔走，不得保其社稷者，不可胜数。"周平王东迁，天子地位衰微，出现了"礼崩乐坏"的形势。《春秋》里的十二公，孔子赶上了后四位：鲁襄公、鲁昭公、鲁定公和鲁哀公。司马迁堪称孔子的隔世知音，他不但效法孔子著《史记》，对孔子作《春秋》的良苦用心，亦是剖析得淋漓尽致："夫《春秋》，上明三王之道，下辨人事之纪，别嫌疑，明是非，定犹豫，善善恶恶，贤贤贱不肖，存亡国，继绝世，补敝起废，王道之大者也。"并赞道："《春秋》之义行，则天下乱臣贼子惧焉。"（《史记·孔子世家》）惯看秋月春风的孔子见识过无数乱臣贼子，乱世生存的法则可不是简简单单靠说说写写就可以逢凶化吉的。

明朝才子陆绍珩在《醉古堂剑扫》说："君子对青天而惧，闻雷霆而不惊；履平地而恐，涉风波不疑。"孔子就是这样的君子。在《论语》中，"君子"出现了107次。如《论语·季氏》

中，多处出现孔子有关"君子"的论述，这里的"君子"是一个广义的概念，是一种人格的追求。

孔子曰："侍于君子有三愆：言未及之而言，谓之躁；言及之而不言，谓之隐；未见颜色而言，谓之瞽。"

孔子曰："君子有三戒：少之时，血气未定，戒之在色；及其壮也，血气方刚，戒之在斗；及其老也，血气既衰，戒之在得。"

孔子曰："君子有三畏：畏天命，畏大人，畏圣人之言。小人不知天命而不畏也，狎大人，侮圣人之言。"

孔子曰："君子有九思：视思明，听思聪，色思温，貌思恭，言思忠，事思敬，疑思问，忿思难，见得思义。"

这样一位光照古今的文化巨人，始终怀着兼济天下的情怀，做好人，做好事，"文质彬彬，然后君子"，孔子是这样说的，也是这样做的。在他的一生中，他特别注意培养君子人格。孔子认为，君子人格至少包含几个关键词：重道、尚德、守仁、明义、知礼、讲信、不党、常思、内谦、外让。

我们对孔子的君子之道以及好学、博学、活学的身体力行都比较了解，命运多舛、时运不济的孔子百折不挠，屡屡碰壁，仍不改其志。

孔子出身破落贵族家庭，3岁丧父，17岁丧母，在穷街陋巷长大。55岁才出山，短暂服务于卫、陈两国。60岁的时候，尚颠沛流离。路过郑国时，《史记·孔子世家》有这样的记载："孔子适郑，与弟子相失，孔子独立郭东门。郑人或谓子贡曰：'东门有人，其颡似尧，其项类皋陶，其肩类子产，然自要以下不及禹三寸，累累若丧家之狗。'子贡以实告孔子，孔子欣然笑曰：'形状，末也。而谓似丧家之狗，然哉！然哉！'"

这段话的大意是：在郑国，孔子与弟子失散了，自己站在外城的东门旁。有个郑国人告诉子贡说："在东门那里有个人，他的额头像尧、颈项像皋陶、肩膀像子产，然而腰部以下就比禹的短了三寸。一副狼狈不堪、颓丧憔悴的样子，真像一条丧家狗。"找到孔子后，弟子子贡把郑国人的说法如实告诉了孔子。孔子不但没有生气，反而欣然笑道："外在的形象只是小事。但是说我像失去主人、到处流浪的狗，确实是这样，确实是这样啊！"

在十几年周游列国的旅程中，孔子多次陷入绝境。或差点饿死，或差点被杀，惶惶不可终日。

一位名满天下、壮志难酬的智者，风烛残年之时竟然沦落到走投无路的境地，这当然会让人唏嘘不已，不免心生悲凉之感。但是孔子能"欣然笑之""泰然处之"，可见他的乱世生存智慧，其境界何其高也。

孔子是文能治国、武能安邦的人。

宋代开国宰相赵普自诩以半部《论语》治天下。季羡林先生曾说，用不了半部《论语》就能治天下，仅仅用《论语》中的"己所不欲，勿施于人"这八个字，就能治天下。

孔子一生尚武。他本身不仅精于射道和驾车，膂力和足力过于常人，而且精于技击，经常长剑在身。史载：孔子不仅亲临战场实际指挥过作战，而且能够克敌制胜。其身后隔代的弟子中还出了吴起（子夏的弟子）这样的千古名将。

孔子不仅在鲁国亲自发动过一场轰轰烈烈的政治改革（削三桓、堕三都），早年在齐国还曾参与过田氏的改革活动，并因此得罪齐国权门贵戚如晏婴等而被驱逐出境。

子夏之学援儒入法。其弟子以魏文侯魏斯、李悝、商鞅、吴起，以及隔代的荀子、韩非、李斯最为知名。

孔子的思想体系庞大。从政治思想上看，孔子的理想社会模式是"仁""礼"统一的社会。据杨伯峻先生《论语词典》的统计，"仁"在《论语》中出现了109次。孔子思想的核心观念和终极价值都落实在"仁"这一道德范畴上。"仁"是一种伦理道德观念，泛指有德的人。"仁"，就是行为规范，也是人与人之间的关爱。"仁"塑造了中国人的价值观。在治国的方略上，他主张"为政以德"，认为用道德和礼教来治理国家是最高尚的治国之道。这种治国方略也叫"德治"或"礼治"。

孔子的仁说体现了人道精神；孔子的礼说则体现了礼制精神，即现代意义上的秩序和制度。人道主义是人类永恒的主题，对于任何社会、任何时代、任何一个政府都是适用的，而秩序和制度社会则是建立人类文明社会的基本要求。孔子的这种人道主义和秩序精神是中国古代社会政治思想的精华。

孔子提出了"仁者爱人"的思想。他认为天地万物人为贵，主张人与人相处要互相尊重和同情。孔子曰："志士仁人，无求生以害仁，有杀身以成仁。"在理想人格中要求达到"仁"这一理想的境界。在"仁"与"礼"的关系上认为要"克己复礼为仁"，要做到这一点就要"非礼勿视，非礼勿听，非礼勿言，非礼勿动"。

从经济思想上看，最主要的是重义轻利、见利思义的义利观与富民思想。孔子在义利关系上，认为"君子义以为上"，应将义放在首位，将利益放在第二位。从这一原则出发，孔子又进而提出"君子义以为质"，认为君子之所以为君子，在于行义。为了实现"仁"和"义"，孔子甚至要求"志士仁人，无求生以害仁，有杀身以成仁"。孔子所谓的"义"，是一种社会道德规范；"利"指人们对物质利益的谋求。在"义""利"两者的关系上，孔子认为"君子喻于义，小人喻于利"，把"义"摆在首要地位。

《吕氏春秋·察微》记载一则关于孔子两个弟子子贡和子路的故事：鲁国法令规定，有鲁人在其他诸侯国沦为奴隶，谁救赎出来，便可以得到鲁国的赏金。子贡救赎出为奴的鲁国人，却放弃领赏。孔子批评子贡，说："你做错了。从今以后，鲁国人不会再赎人了。领取政府的赏金，对你品行并无损害，不领取赏金，就不再会有人赎人了。"子路救了一个溺水的人，被救的人用一头牛酬谢子路，子路收下了。孔子说："子路做得对。鲁人一定会拯救那些落水的人了。"孔子能从细微处看到结果，对事物的发展变化观察得颇为深远。这个故事，体现孔子对待"义"与"利"的态度。

孔子是传道授业、教化万方的人。

中华民族绵延至今，未曾出现过断层，与孔子所代表的儒家传统文化有一定的关系。作为中国历史上最著名的教育家，在40余年的教学生涯中，孔子成为最伟大的老师。孔子开创了私学，主张"有教无类"。他的学生，既有王公贵族也有贩夫走卒，既有巨富商贾也有寒门子弟。孔子的教育目的是培养"君子"，既能入仕辅政，也可"志于道""喻于义"。孔子的教育内容以"文、行、忠、信"为主。在教学态度和教学方法上，孔子提出了"学而不厌，诲人不倦""不愤不启，不悱不发，举一隅不以三隅反，则不复也"（《论语·述而》）、"学而不思则罔，思而不学则殆""温故而知新"（《论语·为政》）、"敏而为学，不耻下问"（《论语·公冶长》）等真知灼见。在理想人格的实践中，孔子提出了立志、学习、克己和修己、内省等几种途径。

孔子在中国历史上最早提出人人都可能受教育、人人都应该受教育的理念。他的教育目的是要培养从政的君子，而君子必须具有较高的道德品质修养，所以，孔子强调学校教育必须将道德教育放在首要地位。孔子爱护学生，学生也很尊敬他，师生关系非常融洽，他是中国古代教师的光辉典型。

孔子人生的六个阶段

《史记·孔子世家》说："天下君王至于贤人众矣，当时则荣，没则已焉。孔子布衣，传十余世，学者宗之。自天子王侯，中国言六艺者折中于夫子，可谓至圣矣！"司马迁评价孔子说："天下的君王和贤人很多，他们当时荣耀，死了就消失了。孔子虽说出身平民，但他的思想传了十几代人，读书人都尊崇他。从天子王侯，到中国讲六艺的人都以孔子的学说为准则，可称为至高无上的人啊。"

我们非常熟悉孔子说的"三十而立""四十不惑"，也常常对照自己，加以解读。其实，这句话不是孔子针对学生说的，而是总结自己。在礼崩乐坏的时代，孔子说："不学礼，无以立。"在这六个阶段中，"礼"是一以贯之的主线。

"吾十有五而志于学，三十而立，四十而不惑，五十而知天命，六十而耳顺，七十而从心所欲，不逾矩。"（《论语·为政》）孔子说："我15岁时通过学习确立了人生志向，30岁时能独立自主判断事物并立足于社会，40岁时能坚持自我完善而不受外界名利所诱惑，50岁时懂得了要遵循天地自然规律生存的道理，60岁时听到什么事物就能了解其来龙去脉，70岁时对于人生得失已经没什么所谓了，但是仍然坚守为人处世的基本原则。"

从孔子73年的人生实践来看，他将自己的人生分为六个阶段。

第一阶段，15岁志于学。孔子自小立志要做学问，"学而时习之"——学习新知识、新能力，学会生存与处世之道，为国家做点事。

第二阶段，三十而立。立于"礼"，即让自己的视听言动合乎礼。30岁而立，又是立什么？有两层含义，一是要能够立足于社会，能够懂得生存之道；二是要能够独立自主地判断事物。有独立自主的思想非常重要，这是人与人最根本的差别所在。

第三阶段，四十而不惑。到了40岁对自己有清醒的认识，心里越来越明白了，内不迷惑于心，外不迷惑于人；是通过领悟天地人之道而不惑，而"礼以天作""乐以地成"，从天地之道可以推衍出礼乐之道，遵行礼乐之道能够使人喜怒哀乐"发而皆中节"。

第四阶段，五十而知天命。"天命"不仅是命运，更是使命，是孔子"以天下为己任"、为国以礼、修齐治平的使命和担当。什么是天命？即天的法令、纲纪，如日出日落、寒来暑往、四时交替等，天命就是天地运行的自然规律。到了50岁的阶段，要明白遵循自然规律来为人处世的道理。

第五阶段，六十而耳顺。对于什么叫耳顺，最少有三种解释：一是说听得进不同意见，二是说对己不利的意见也能正确对待，三是说听到什么事物就能了解其来龙去脉。结合整段的递进关系，第三种解释比较合理。这种顺应天命，毁誉置之度外，爱怎样就怎样的境界当然是通过礼敬他人和仁爱天下实现的。

第六阶段，七十而从心所欲，不逾矩。自由与规矩之间的悖论，恐怕只有孔子能解释。这里的"从心所欲"并不是随心所欲、想怎么来就怎么来，而是已看透了人生的名利得失，不再为名为利所累，达到心外无物的人生境界，但是仍然坚守为人处世的基本原则。

孔子认为在每个年龄阶段中，都要有该年龄阶段应着重做的事，一个人一生的修行要与年龄增长成正比。

孔子人生的六个阶段千百年来为我们津津乐道，成为世人学习的榜样。将这六个阶段拆分来看，和现实生活也可以粗略对照。第一阶段：九年义务制教育加上本硕连读，这是学习和确立人生志向的阶段。第二阶段：从学校走到工作岗位上，进入初步实践人生的阶段。第三阶段：找到适合自己的工作，结婚生子，基本稳定后，40岁进入自我反省和不断完善的阶段。第四阶段：孩子大了，事业有了一定的基础，人脉有了丰富的资源，财富有了一定的积累，知道自己几斤几两，50岁进入顺应自然及与人和谐的阶段。第五阶段：热闹过了，身体累了，该退休了，毁誉能够置之度外，60岁进入安心立命和不再受环境左右的阶段。第六阶段：退休十多年，含饴弄孙，一切看淡，为自己而活。如同《金刚经》所说的"应无所住而生其心"，也就是不再执着了。

人生是一个不断精进和自我完善的过程。

有人把孔子这段话和《易经》乾卦六爻加以对照解读也很有趣。孔子从47岁开始，花了4年研读《易经》，读《易经》而知天命，所以第二年便出山当官了。

十有五而志于学	初九：潜龙勿用。
三十而立	九二：见龙在田，利见大人。
四十而不惑	九三：君子终日乾乾，夕惕若，厉，无咎。
五十而知天命	九四：或跃在渊，无咎。
六十而耳顺	九五：飞龙在天，利见大人。
七十而从心所欲，不逾矩	上九：亢龙有悔。

很多学者对孔子都有生动的解读。鲁迅先生有一篇很有名的文章——《在现代中国的孔夫子》，文中提到，孟子说孔子是"圣之时者也"。鲁迅说，如果翻译成现代语，除了"摩登圣人"，实在没有更好的词。易中天在《先秦诸子百家争鸣》中，概括说孔子"是文化巨匠，是失意官员，是模范教师，是孤独

长者，是性情中人，还是众矢之的"。李零说："学《论语》，有两条最难学，一是'三军可夺帅，匹夫不可夺志'，二是'不义而富且贵，于我如浮云'。"

哈佛学者杨鹏认为，在中国的诸子百家里面，最深入而浅出的积极心理学，就是《论语》。他总结了《论语》的"六个确信"：①孔子知道这个世界是可信赖的，这个世界之上有可依靠的力量。②孔子确定天命指向仁、指向爱，所以人人都应当走向仁、走向爱。③孔子确信这个世界是有秩序的，这个世界的秩序源于上天，指向仁爱，所以人应当克制自己去认识和遵从这个秩序。④孔子确信我们的人格是可以通过敬畏上天和修身实践来完善和提高的。⑤孔子确信这个世界是可以改善的，是应当去改善的。⑥孔子确信人生是值得肯定的，是应当去珍惜和享受的。通过这"六个确信"，大家大概就能够体会到这种《论语》式积极心理学的内涵。知道了孔子的"六个确信"，对应积极心理学的内容，我们可以有把握地说，《论语》就是典型的中国式的积极心理学。

照亮心灵的一盏明灯

《论语》言简意赅，孔子用之则行，舍之则藏，不怨天，不尤人。"居处恭，执事敬，与人忠"，孔子的一生是学习的一生，积极的一生，平常保持恭敬之心，做事情认真对待不马虎，和人打交道真诚不欺瞒。

"道不行，乘桴浮于海。"孔子在周游列国时，处处碰壁。时光飞转，孔子"和为贵"的思想在今天备受推崇，并伴随中国的影响力漂洋过海。目前，全球已有500多所孔子学院和孔子课堂，这位中国贤哲的理念，为世界所认同。

1949年，德国哲学家雅斯贝尔斯在《历史的起源与目标》

一书中提出了轴心时代（Axial Age）的说法。人类历史在公元前800年至公元前200年之间，有所谓超越的突破。一群天才扎堆出现：在中国，有孔子、老子、孙子、孟子；在印度，有《奥义书》和佛陀；在以色列，有犹太先知；在古希腊，有苏格拉底、柏拉图、亚里士多德……这些哲学家、文学家、历史学家和自然科学家出现在人类群星璀璨时。

两千多年过去了，孔子的礼乐思想、教育思想、仁政思想、中庸思想，都深深地影响着从轴心时代至今数千年的世界历史。我们伟大的民族复兴也会从中继续汲取不竭的精神动力。

日月经天，江河行地。孔子对人类行为与伦理的标准，一代接一代地流传下来，是世界宝贵的文化遗产。

正如颜渊所说的那样，孔夫子的学问道德"仰之弥高，钻之弥坚。瞻之在前，忽焉在后"。"夫子循循然善诱，博我以文，约我以礼，欲罢不能。"

我们静下来，以平常心，心平气和地去读读《论语》，哪怕只读懂"仁""礼""忠""恕"几个字；持续学习和思考，深刻理解和运用之，懂得了"仁"，知道了"礼"，在工作生活中一定能够懂得分寸，进退自如，从而营造出和谐的人际关系，极大地改善自己的生活品质和工作状态。但归根到底，孔子教导我们："人而不仁，如礼何？人而不仁，如乐何？"

当心变得麻木时，一切都没有意义。

"仁"和"礼"的根本，可能就是要有一颗柔软的心。

愿我们都长存一颗柔软的心。

禹安①诗曰：

---

① 禹安：姜维勇笔名。

徜徉杏坛思先贤，
斑驳竹影诉无眠。
旧时暗香杨柳夜，
佳人如是事如烟。

延伸阅读

司马迁在《史记·孔子世家》中说："孔子以诗书礼乐教，弟子盖三千焉，身通六艺者，七十有二人。"又有"十大杰出青年"，这是在《论语》中提到的。这"十大杰出青年"的入选理由各不相同，分为"四科"，即四个领域。

德行科，指的是道德、品行；言语科，指的是特别聪明，能言善辩；政事科，指政务和事务，通俗地讲，就是能够做官，而且政绩出色；文学科，指熟悉文献。这四个门类被称为"孔门四科"，而"十大杰出青年"被称为"孔门十哲"。

德行：子渊、子骞、伯牛、仲弓。

言语：子我、子贡。

政事：子有、子路。

文学：子游、子夏。

孔子的知名弟子：

伯牛：冉耕，字伯牛，鲁国人。早期弟子。其以德行著名，为人端正，善于待人接物。早逝。

子路：仲由，字子路，因他曾为季氏的家臣，又被称作季路，卞人（山东泗水卞桥镇）。早期弟子。以政事著称，是历史上"二十四孝子"之一。他生性豪爽，为人耿直，有勇力才艺，深具豪侠之气。急脾气，常遭孔子骂。孔门弟子中敢公开对孔子一而再地表示不满的，除了子路，就没有别人了。除了不满，有时子路甚至还会跟孔子顶嘴。孔子周游列国期间，子路贴身护卫，屡次救孔子于危难之中。

子骞：闵损，字子骞，鲁国人。早期弟子。以德行著称，孔子特别表彰他的孝行，说他顺事父母，友爱兄弟，品格高尚。后世二十四孝故事中亦彰其孝行。

仲弓：冉雍，字仲弓，鲁国人。与冉耕同宗。气量宽宏，沉默厚重，深得孔子的器重，认为冉雍具有人君的容度，可以做地方长官。孔子临终时在弟子们面前夸奖他说："贤哉雍也，过人远也。"

子我：宰予，字子我，鲁国人，以言语著称。

子渊：颜回，字子渊，是孔子最得意的弟子，鲁国人。《雍也》说他"一箪食，一瓢饮，在陋巷，人不堪其忧，回也不改其乐"。为人谦逊好学，"不迁怒，不贰过"。他非常尊重老师，对孔子无事不从、无言不悦。颜回以德行著称，孔子称赞他"贤哉回也""回也，其心三月不违仁"（《雍也》）。不幸早逝。自汉代起，颜回被列为"七十二贤"之首，有时祭孔时独以颜回配享。尊为"复圣"。颜回是孔子最得意的弟子，孔门四科（德行、言语、政事、文学）以德行居首，颜回名列德行第一。颜回秉承师教，克己复礼，真正做到了非礼勿视、非礼勿听、非礼勿言、非礼勿动。颜回知学、好学、乐学，不会因为生活穷困便失去学习的乐趣。连孔子都承认颜回好学超过了自己。修德、好学、守礼是颜回为人的三大特点，也是他奠定的颜氏家风的三个支撑点。颜回三十五世孙颜之推著《颜氏家训》，将修德、好学、守礼的精神纳入颜氏家训，使其世代相传，到明清时期就变成了复圣家风的内核。

子贡：端木赐，字子贡，卫国人（今河南浚县人），曾任鲁、卫两国之相,是孔门七十二贤中最有作为者,年龄大,威望高。子贡是春秋时期了不起的外交家和商人,被后世奉为"儒商鼻祖"。

子有:冉有,字子有,世称"有子",据说相貌酷似孔子。

子夏:卜商,字子夏,其先世当为卜人。其出身微贱,家业贫寒,是晚年孔子在卫国所收的弟子。汉代有"子夏传经"的说法,实际汉代所传的多部儒学经典如《易经》《诗经》《春秋经》及《尚书》,多是传承自子夏的。以文学著名,与孔子论《诗》,孔子称赞道:"商始可与言《诗》已矣。"他提出的"学而优则仕"的观点,对后世儒生产生了很大的影响。

子游:姓言,名偃,字子游,吴国人。洒脱、自负,好文学、喜弹琴。他是孔门中唯一的南方弟子,被称为"北学中国,南方一人"。他曾在鲁国做官,出任武城的邑宰,极力推行礼乐教化,而为孔子所赞赏。孔子曾说:"吾门有偃,吾道其南。"意思是说我门下有了言偃,我的学说才得以在南方传播。所以,言偃又被誉为"南方夫子"。

子舆:曾参,字子舆,鲁国人。人们尊称为曾子。是曾点(字子皙)之子,乐道养亲,曾仕为小吏,以孝著称。认为"智忠恕仁"是孔子"一以贯之"的思想,提出"吾日三省吾身"的修养方法,主张"慎终,追远,民德归厚""犯而不校",矢志不懈地实践孔子学说。在孔门中被视为道统的继承者,明代封曾子为"宗圣"。司马迁在《史记·仲尼弟子列传》中说孔子以为曾参"能通孝道,故授之业,作《孝经》"。这说明曾子与孝道、《孝经》关系密切,是孔门孝道的主要传承者和发扬者。曾子重视修身,善于反省,以"吾日三省吾身"为其修身特点。他著述有《大学》《孝经》等儒家经典，后世儒家尊称他为"宗圣"。

　　子张：颛孙师，字子张，陈国人，或说鲁国人。有些固执，做事情容易过火。孔子周游被困陈蔡时，子张依然陪在其身边。

　　子长：公冶长，字子长、子芝，鲁国人。自幼家贫，勤俭节约，聪颖好学，博通书礼，德才兼备，终生治学不仕禄。相传通鸟语，并因此无辜获罪。孔子将女儿许他为妻。

> 孔子（前551—前479），名丘，字仲尼，鲁国陬邑（今山东曲阜）人，祖上为宋国（今河南商丘）贵族。春秋末期的思想家和教育家，儒家学派创始人。《论语》是儒家学派的经典著作之一，由孔子的弟子及其再传弟子于战国时期编撰而成；它以语录体和对话文体为主，记录了孔子及其弟子言行，集中体现了孔子的政治主张、伦理思想、道德观念及教育原则等。《论语》与《大学》《中庸》《孟子》并称"四书"。

善之善者　不战而胜

——读《孙子兵法》

说到《孙子兵法》几乎无人不知，但是大部分人都只是熟悉中学课本收录的几段或是一些耳熟能详的成语，诸如知己知彼、出奇制胜等。但有关孙武的故事我们却很少听说，或许是因为孙武从来不打没有把握取胜的仗，而那些能吸引我们眼球的精彩故事，往往是以少胜多、以弱胜强、九死一生的战争。这有点像扁鹊的故事一样，真正的高手反而显不出神乎其技的水平了。

孙武被称为"百世兵家之师""百代谈兵之祖""兵家大圣"等。兵家，也就是军事学家。中国古代的军事学家，最有名的三个人是春秋晚期的孙武、战国初期的吴起和战国中期的孙膑。

吴起的《吴子兵法》失传，孙膑的兵法残缺不全，当前我们最熟悉的是孙武的兵法。

司马迁《史记》记载："孙子武者，齐人也，以兵法见吴王阖闾。阖闾曰：'子之十三篇，吾尽观之矣，可以小试勒兵乎？'曰：'可。'"

公元前512年，吴王阖闾与伍子胥等计议，拟进攻楚国。面对强大的楚国，伍子胥看吴王阖闾下不了决心，就向吴王推荐了孙武。此时，孙武是来吴国国都姑苏避乱的，这部《孙子兵法》作为见面礼，由孙武进献给吴王阖闾。

《孙子兵法》在世界上有着巨大的影响力，2021年，通过谷歌搜索引擎检索"Sun Tzu's The Art of War"（"孙子兵法"），搜索结果达到55.8万个。英国著名军事理论家李德·哈特是20世纪西方最伟大的军事思想家之一，他的名著《战略论：间接路线》与克劳塞维茨的《战争论》、孙武的《孙子兵法》一同在军事学山巅之上闪耀着理论光辉。他曾说："《孙子兵法》这部篇幅不长的书，将我20多部书中所涉及的战略战术的基本原则几乎包罗无遗。"李德·哈特的战略理论，就是孙子的"以迂为直"战略思想的现代版。我们熟悉的西方博弈论也可从《孙子兵法》里找到相关的博弈策略。博弈论的精髓在于基于系统思维基础上的理性换位思考，即在选择你的行动时还要考虑你的得益，但是你应当用他人的得益去推测他人的行动，从而选择最有利于自己的行动。比如说著名的"囚徒困境"，指的就是一种解决问题的思路，即针对对方可能的选择，寻找自己最优的策略。每位参与者选择的策略都必须是针对其他参与者选择策略的最优反应。

《孙子兵法》被誉为"兵学圣典"和"古代第一兵书"，它是集军事与哲学、"韬略"与"诡道"于一体的千古奇书。李世民赞曰："观诸兵书，无出孙武。"宋神宗元丰三年（1080）诏命的《武经七书》确立了《孙子兵法》兵学首要经典的地位。

在传统兵学领域，《孙子兵法》可谓独步天下，然孙武的事迹又是扑朔迷离，综合前人之论，可简要概括为：

诸侯政歧，各说各异；群星璀璨，贤哲蜂起。
舜帝后裔，由陈至齐；改姓为田，齐桓赐姓。

> 兵圣孙武，生卒不详；功成名遂，不知所终。

《孙子兵法》之理论体系深刻丰富，令人常读常新。其思想最重要的有以下三点：其一，统摄全局的大战略观；其二，不战而胜的全胜思想；其三，行之有效的战胜思想。当然，还有"五事""七计""十二诡道"之论，以及着重强调将帅的素质、信息情报的收集分析等重要内容，说起来并不是高深莫测，而是以看似简单平凡的道理，传递平正通达的圣人之道。

《孙子兵法》每篇开篇都是孙武所说。不像《论语》，里面还有孔子多位弟子的语录。《孙子兵法》里提及的人物，也只有四个。如李零在《兵以诈立：我读〈孔子〉》中所说，是两个恐怖分子，曹刿、专诸；两个大特务，伊尹、吕牙。

很多人把《孙子兵法》和《三十六计》混为一谈。"三十六计"一语，先于著书之年，语源可考自南朝宋将檀道济。据《南史·王敬则传》："檀公三十六策，走是上计，汝父子唯应急走耳。"意为败局已定，无可挽回，唯有退却，方是上策。此语为后人沿用。《三十六计》作者不详，成书约为明末清初，将三十六条计策编撰成书。原书按计名排列，共分六套，即胜战计、敌战计、攻战计、混战计、并战计、败战计。《三十六计》更多地侧重于计谋、诡道之术，擅长出奇制胜，以少胜多。

《孙子兵法》全文约6000字（版本各异），出现最频繁的是"知"字，出现了79次之多。

该书的妙处笔者以为体现在以下五点：①哲理性，即现象与本质的统一；②方法论，即提供可操作的计划；③大局观，即始终站在战略制高点；④主动性，即充满积极进取的精神；⑤行动力，即关于行动的教科书。

春秋：贵族的黄昏

春秋是时间与历史概念。孔子晚年著《春秋》，撰写了240多年历史，这段历史就被称为"春秋"。之前是夏、商、周，周又分西周与东周，春秋是东周的一部分。西周晚期，周王室衰落，周天子失去权威，周王室和诸侯国之间的力量平衡被打破，于是历史就进入春秋这样一个动荡混乱的时代，出现了诸侯争霸的局面。春秋时期是我们整个中华民族的文化形成、定型的时期。春秋时期是乱世，春秋五霸——齐桓公、晋文公、宋襄公、秦穆公、楚庄王是乱世之主。后来还有吴王夫差、越王勾践两位霸主，但习惯上还是说春秋五霸。

春秋是乱世，以周天子为中心的分封制难以为继，新的集权制度亦尚未建立。春秋又是承前启后的时代，齐桓公、晋文公称雄称霸，狐偃、管仲封侯拜相，孔子、老子、孙子贤哲辈出。一部春秋史，千年兴亡事。春秋时代诸国兴亡变幻的画卷，留下贵族时代黄昏中最后的背影。易中天说这一时期是中国古代战争形态的转折期，概括为"远古无章法，春秋讲规则，战国无底线"，他对春秋时期的战争总结了四句话："列阵如球赛，宣战如请客，交手如吃饭，格斗如竞技。"战争是体面的事、是贵族的事，要有贵族气派、君子风度，就得恪守游戏规则。到了战国时期，战争形态就完全不同了。

关于那个冷兵器时代，我们现在可以通过影视文学作品、博物馆陈列的国之重器等了解到当时的战争场景。斯事斯地，那些刀与剑、弓与弩、戈与矛、甲与胄历历在目。春秋战国之交，战争规模日益升级，正是车战的鼎盛时期，也是车步混编的高峰。在春秋中后期，部署于战车的前锋和左右翼的兵力已达60余人；两军对垒，寒风萧瑟，满目肃杀；交锋之时，杀声震天，烟尘滚滚,战旗猎猎,战鼓隆隆,破空箭雨下人仰车翻,血流成河。

在这个背景下,伟大的孙武在十三篇《孙子兵法》中,言简意赅地列举了军事斗争领域里存在的大量对立统一关系。分篇立论,对比分析,说明相反相成的道理,充满辩证思想。虽独立成篇,但各篇之间又有逻辑关系。其意境深远,思想深邃;语言隽永,洞察先机。从宏观战略到微观战术,其兵家智慧涉及的学术领域广泛,至少包括易学、天文学、地理学、玄学、政治学、经济学、军事学、管理学、心理学等。仅从心理学角度来看,就涉及主将——克制、士卒——利用、敌方——把握等,从自我肯定的心态出发,充分利用情绪正能量。

孙武不仅是伟大的军事家、战略学家和战术大师,还是哲学家、战争经济学家与心理学家。《孙子兵法》不仅是一部军事著作,而且算是最早的一部博弈论著作,两害相权取其轻,两利相权取其重。对此,笔者总结了两句话:

六千字兵法,举重若轻,自古知兵非好战。
百余代史书,风起云涌,后来博弈要深思。

理性的"慎战"

《孙子兵法》全书都体现着理性的"慎战"思想。曹操曾经高度评价《孙子兵法》:"审计重举,明画深图。"

《始计篇》就强调了庙算战略决策的重要性,中间各篇,从战略和战术等层面论述了如何争取战争胜利等问题;最后一篇《用间篇》,强调了通过运用间谍获取情报的重要性。

《始计篇》曰:"夫未战而庙算胜者,得算多也;未战而庙算不胜者，得算少也。多算胜，少算不胜，而况于无算乎！吾以此观之，胜负见矣。"

孙武特别强调知彼知己，知天知地。算得多，算得好，基础工作扎实细致，才能取得胜利。孙武提出了重要的军事思想——"慎战"和"善战"，善于从成本和效益角度分析"投入产出比"。

孙武强调"合于利而动，不合于利而止"。战争前要充分考虑，正确的战争理论可以指导胜利，而错误的意识必然会导致失败。要反复推演，精密计算，绝不要轻率行动。一旦发起战争，我方要具有必胜的把握。虽然《孙子兵法》提出要打就打胜仗，不然就别打，也提出以胜利为最终目的，但它真正想提倡的却是不战而屈人之兵，不战才是最高境界。何为不战？不战非软弱怯战，而是要"上兵伐谋，其次伐交，其次伐兵，其下攻城"。背后是以最小化损失，取得最大化战果的战略思维。

《孙子兵法》特别强调战争经济学，趋利避害，计算成本和收益，这正是它实用理性的显著体现。在孙武看来，如何对待战争？是否发动战争？如何驾驭战争？出发点是考察事物本身的利益大小，得失多少。"非利不动，非得不用，非危不战"（《火攻篇》）的12字方针，其根本宗旨，就是要以尽可能小的代价，换取最大的利益。

《孙子兵法》具有极强的战争成本意识和准确计量方法。《作战篇》曰："凡用兵之法，驰车千驷，革车千乘，带甲十万，千里馈粮，则内外之费，宾客之用，胶漆之材，车甲之奉，日费千金，然后十万之师举矣。"一旦出兵，就要把所需军费算清楚，否则很容易失败，还不如不出兵。"故善战者之胜也，无智名，无勇功。"真正会打仗的人，他们的功绩都是看起来平淡无奇，没有什么惊心动魄、斗智斗勇的故事。曾国藩说："结硬寨，打呆仗。"真正的交战，是开战前胜负已分。《孙子兵法》

讲究的是不战，主张战斗应该以强胜弱，在开战前就决定胜负，而不是那种用奇谋诡计，玩以弱胜强的戏剧性游戏。

《用间篇》曰："昔殷之兴也，伊挚在夏；周之兴也，吕牙在殷。"为了打胜仗，必须掌握情报。防谍、反谍在今天仍然是常备不懈的严峻的工作。孙武专门举了两个圣人做间谍的例子：伊挚就是伊尹，是辅佐商汤完成建国的功臣；吕牙就是姜子牙，是辅佐周文王和周武王完成建国的功臣。孙武把这两个人列为间谍的始祖。《孙子兵法》把间谍分成五种：负责收买敌国当地百姓的乡间、负责收买敌国官员的内间、负责在敌国内部刺探情报的反间、负责在敌国制造虚假信息的死间、负责及时传递情报的生间。如果这五种间谍手段一起运用，不仅能战胜对手，而且花费的代价也是最小的。

孙武善于先胜后战，没有胜算就不打这一战。看情况不对，先闪人，走为上。我们看到的用兵如神的故事好像不是这么回事儿，什么绝地求生、破釜沉舟、以少胜多、以弱胜强、哀兵必胜……这样的例子为我们津津乐道，诸如巨鹿之战、官渡之战、楚汉争霸、邯郸之战等。

《黑天鹅：如何应对不可预知的未来》里提出了一个概念，叫作"沉默的证据"。书里写道："我们把这种情况叫作沉默的证据问题。其道理很简单，但影响巨大而且普遍存在。沉默的证据遍及与历史概念有关的一切。历史是具有事后影响的全部事件。"这些小概率事件往往被大肆宣传。几千年来，这样的以弱胜强的小概率事件加起来，看起来反而成为一个大概率事件了。传说中神医扁鹊的故事也是如此。据说，神医的两个哥哥医术远远高于扁鹊，却是鲜为人知。因为他们水平太高，"上医治未病"，早发现，早治疗，大家也就不觉得神奇。不像作为弟弟的扁鹊，因为水平有限，要等到病人病入膏肓时，才开膛剖腹治疗，反而闻名天下。

《孙子兵法》其实更加强调的不是怎么取胜，而是如何避免失败。现代投资的理念也是如此。别想着怎么赚钱，先学会不亏钱。懂得"慎战"，才算是真正读懂了兵圣的智慧。

"善战"的哲学

《孙子兵法》讲的都是哲学，人生是永不停息的战斗与博弈过程，孙武教我们生存竞争的大智慧。西方博弈论有一个基本原理，在博弈中，你的行动方案是否最佳，取决于对手是否选择了对你有利的方案。一方的行动能否成功，是以对手的行动为条件的，并不存在独立的最佳战略选择。博弈是交互条件下最优理性决策，也就是说，你的选择将会得到什么结果，取决于另一个或者另一群有目的行动者的选择。用孙武的话说，就是"不可胜在己，可胜在敌"。如果失败，是自己的原因；如果胜利，是敌人的失误。失败的最终原因是被自己打败。

战争胜在不战，人生贵在不败。

孙武非常重视将帅的素质。在《九变篇》中，提出了优秀的将领要避免五种致命弱点，即必死、必生、忿速、廉洁、爱民这"五危"，简单说就是反对盲目拼命、贪生怕死、急躁易怒、看重名誉、爱民心软等，强调将帅理性和果断的心理素质。《虚实篇》中说："水因地而制流，兵因敌而制胜。故兵无常势，水无常形，能因敌变化而取胜者，谓之神。"孙武认为，高明的将帅应针对外部的情势变化机动灵活、随机应变，不断改变自己的策略，这样才称得上用兵如神。"智、信、仁、勇、严"是孙武对将领的考察标准，"智能发谋，信能赏罚，仁能附众，勇能果断，严能立威"。

孙武还提出了一个核心的问题：将帅如何应对变化的情况？关键词是"变"。"途有所不由，军有所不击，城有所不攻。"

"兵无常势，水无常形"，阐述出"变"，是战略指导中永恒不变的一个原则。

《孙子兵法》所渗透的超常思维具有强烈的思想穿透力。从中我们可以解读出取胜的关键词：取势、击虚、并力、诡道、主动、应变、先知。

《孙子兵法》以辩证的观点分析研究战争，活学活用，追求实效，是中华文化智慧的结晶。作为一部兵书，它不仅仅用在军事战争领域。在具有对抗竞争特点的领域，如政治、外交、商业、体育，乃至于日常的学习、工作、生活等领域都可以从《孙子兵法》的思想中得到启迪。《孙子兵法》追根溯源于军事斗争领域中一切矛盾的双方，不但相互依存而共处于一个统一体中，而且将在一定的条件下各自向对立面转化。从敌我、主客、众寡、强弱、攻守、胜败、存亡、虚实、奇正、进退、安危、专分、赏罚、将兵、缓速、利害、轻重、生死、远近等众多范畴的阐释，《孙子兵法》不仅提出了作战原则和作战方法，而且探讨了与战争有关的一系列矛盾的对立和转化，其中的发展观、矛盾观等是其精要所在。孙武所阐释的普遍联系的观点、永恒发展的观点、动态变化的观点等都体现了辩证法思想，使《孙子兵法》这部书的哲理部分大放异彩。

孔子、老子、孙子大约是春秋同时期的人。如果他们都面对一场战斗，从某种意义上说，儒家关注的是战斗的过程，亮剑的精神；道家提倡"不争"，真理就在那里，这场战斗没有存在的必要；而兵家则最看重战斗的结果，用我必胜，不战而胜。

面对充满不确定性的世界，决策风险大大增加。《孙子兵法》这部"舍事而言理"的兵学名著，是中国古代智慧学代表性著作，只讲用兵道理；全书中没有具体案例，但反复提醒世人，切勿轻易言战。

禹安诗曰：

> 风云乱世起雄枭，法入森林弱肉凋。
> 国策熟知能决断，黎民善待不折腰。
> 难将富足王知足，可使战消兵弭消。
> 五事七计以诈立，立威善战看今朝。

孙武（约前545—约前470），字长卿，齐国乐安（今山东北部惠民县，一说博兴或说广饶）人，古代军事理论奠基者，春秋末期吴国将军。著名的军事家、政治家，尊称"兵圣"或"孙子"（孙武子），被誉为"百世兵家之师""东方兵学的鼻祖"。春秋末期，孙子与孔子、老子并称为思想界的三位杰出代表。《孙子兵法》为后世兵法家所推崇，被誉为"兵学圣典"，置于《武经七书》之首。《孙子兵法》在中国乃至世界军事史、军事学术史和哲学思想史上都占有极为重要的地位，并在政治、经济、军事、文化、哲学等领域被广泛运用，成为国际最著名的兵学典范之书。

如何成为一个人才

——读《人物志》

　　古代选拔人才的"九品中正制"是魏文帝曹丕推行的。《人物志》即问世于魏时，是在推行九品中正品评人物、选择人才的大背景下形成的中国古代人才学著作。后世对此书评价甚高，一万多字的《人物志》历经千年不朽，是识人、用人、自身修炼的宝典。

　　国学大师钱穆说："我自己很喜欢刘劭此书，认为他提出'平淡'二字，其中即有甚深修养功夫。我在年轻时读《人物志》，至'观人察质，必先察其平淡，而后求其聪明'一语，即甚爱之，反复玩诵，每不忍释；至今还时时味此语，弥感其意味无穷。"哲学家任继愈也提出，虽然时间已经过去1700多年，但是刘劭的不少论述对于今天我们观察人物性格、评判人物才能、研究人才标准，仍有借鉴意义。南怀瑾先生更赞之为一部前无古人、后无来者、纵横中外的人才学教科书。

　　三国时期，魏蜀吴群星璀璨，人才竞争异彩纷呈。《三国演义》中精彩的故事我们耳熟能详，如数家珍。曹操擅长权术，纵横捭阖，借力打力；孙权知人善任，敢于放权，人才梯队强大；刘备礼贤下士，具有领袖魅力。三位霸主各有所长，其中的共性都是善于识人、用人，《人物志》对如何使用人才的策略，都可以从这些霸主身上找到丰富的案例。

《人物志》成书于 227 年至 239 年间，刘劭撰书的目的在"序言"里开宗明义："夫圣贤之所美，莫美乎聪明；聪明之所贵，莫贵乎知人。知人诚智，则众材得其序，而庶绩之业兴矣。"刘劭说，圣贤认为人的资质中，没有比明察事理更好的；在明察事理中，没有比能够辨识人才更重要的。如果能用聪明智慧来辨识人才，则众多人才可以分出高下顺序，这样各种事业就会兴旺。属于"人力资源管理"范畴的《人物志》尤其侧重分析"人才战略"。如同文学没有什么秘诀一样，人力资源管理也没有什么秘诀，只有找到打开这扇门的钥匙，才会逐渐了解它。刘劭就找到了这把钥匙。

刘劭由汉入魏，历事魏武帝、文帝、明帝、齐王四朝。作为魏代大儒，其政治理念具有老子"治大国，若烹小鲜"的理想性特点。曹操在 210 年到 217 年，三次发出"求贤令"，在汉魏时期选官制度的需求下，《人物志》呼应了曹操"唯才是举"的政治主张，阐述了古代识别人才的原则、标准和方法。在人才分类和鉴别方面，刘劭将《黄帝内经》关于阴阳五行与刚柔等性格分类的观点，与《尚书》《老子》《庄子》《吕氏春秋》等有关观人法融为一体，对儒道思想、各派学说进行了兼容并包，建构了系统的人才理论体系。对此，宋人阮逸评论曰："王者得之，为知人之龟鉴；士君子得之，为治性修身之檠栝。"意思是这本书君主得之，可以作为知人善任的借鉴；人才得之，可以约束并矫正自己的修身与治性。1937 年，美国心理学家施赖奥克将《人物志》翻译成英文，取名为《人类能力的研究》，曾产生了很大的影响力。时至今日，《人物志》中的量才用人仍然值得借鉴。

中国式的观人术

《人物志》全书十二章，篇目之间的论证严谨周密，有很多精辟警句，是中国古代人才学的集大成之作。本书融合了儒、道、法诸家思想，吸收了当时各国政治经验，总结出一整套系统的选任人才理论。刘劭观人术，大体可归纳为六个字：三接、八观、五视。"三接"就是三天时间鉴别人才。想知道一个人的专长，有半天谈话时间就够了，但想全面了解一个人的综合能力，要用三天时间和考察对象交谈。第一天论道德，第二天论法制，第三天论谋略和权术，这才能准确地作出判断。"八观"是发现人才的八种方法，由表及里考察。"五视"则重在居、达、富、穷、贫五种特定情境中，考察人的品行。

《人物志》依照不同的才性，将人物分为偏才、兼才、兼德三类，这个分类现在也不过时。刘劭认为才性天生，肯定了"天才"。金无足赤，人无完人。当然最常见的还是"偏杂之才"。拥有一项才能的，叫偏才，也就是有偏向特长的关键岗位上的人才；兼才，就是兼容的意思，指拥有三项以上的特长；至于圣人，诸德俱臻圆满，则称"兼德"。

刘劭透过德、法、术三个层面，依其偏向，将人物分为十二个细类即"十二才"，具体包括清节家、法家、术家、国体、器能、臧否、伎俩、智意、文章、儒学、口辩、雄杰等十二种类型。前八种属于政治管理人才，后四种为技术人才。

第一类政治人才里，主流人才分三种：第一种叫清节家，顾名思义，即清高、有节操、道德高尚，适合为人师表、从事礼法教育工作的人；第二种叫法家，如商鞅、管仲这类人，即能建章立制、推动改革的人；第三种叫术家，也就是谋士。兼备这三种能力的兼才，就是最好的丞相人选了，比如说姜子牙。类似清节家的，有一种叫臧否，就是《出师表》里"陟罚臧否，不宜异同"的臧否，引申义是能明辨是非。他们品行高尚，但是气量不足，不适合做一把手。

第二类技术人才里，又细分四类专长人才，即善于公文写作的、善于研究学术的、善于辩论和军事的人才。

刘劭认为，这些人才具有不同的用处，适合不同的位置。在上述十二种人才之上，还有第十三种人才，即中和了各种能力而表现为没有具体能力的"主德"。《论语·雍也》中说："中庸之为德也，其至矣乎。"儒家认为，圣人能够知人善任，是因为以中庸之德为原则。在《人物志》中，刘劭品评人物，同样以兼具"平淡"与"聪明"两种层次的"中和"为最高，"凡人之质量，中和最贵矣，中和之质，必平淡无味，故能调成五材，变化应节"。

千人千面　"九型人格"

《人物志》开篇《九征》讨论了九种性情的外在表现，它们是由五行表现出来的。全书的主旨是"知人"，也即如何鉴识人才的问题。欲知其人，先明其性。欲明其性，先察其征。在刘劭看来，人的个性虽然千差万别，却都可以由五行表现出来的九类生理素质和特征所体现出来，即神、精、筋、骨、气、色、仪、容、言，是为"九征"。

关于"九征"，有具体的描述。

"平陂之质在于神，明暗之实在于精，勇怯之势在于筋，强弱之植在于骨，躁静之决在于气，惨怿之情在于色，衰正之形在于仪，态度之动在于容，缓急之状在于言。"观察神态，可知其人正派还是邪佞；观察目光，可知其人聪明还是愚蠢；观察筋腱，可知其人勇敢还是怯懦；观察骨架，可知其人坚强还是软弱；观察气息，可知其人焦躁还是安静；观察脸色，可知其人悲伤还是喜悦；观察仪表，可知其人衰颓还是庄重；观察容貌，可知其人举止神情虚伪还是磊落；观察言谈，可知其人和缓还是急切。九征皆至，则为"纯粹之德"，是只有圣人才能达到的境界，这个境界就是"中庸"。

刘劭认为，人才使用要合理匹配，不能大材小用，也不能小材大用，牛刀杀鸡、小题大做都不足取，这是充分使用人才的首要原则。另外，要根据现实的重点要求，学会有所为有所不为，及时调整、沟通、整合，解决分歧。

发现人才的八种方法

薄薄一本《人物志》不到1500字，却可以从历史、哲学、文学、管理学、心理学等不同的维度加以解读。《人物志》提出了选拔人才的价值观和视角，阐述了如何对人才进行分类，怎样进行观察，怎样发现人才，应该怎样使用人才。

在甄别人才方面，《人物志》提出了"八观""五视"等途径。现代选择人才，人力资源经理通常使用笔试加面试、背景审查、心理测试等方式量化候选人的能力、性格和行为的手段。《人物志》对人才的考察方法，叫作"八观"，是由人的行为举止、情感反应、心理变化由表象而深至内里，反复察识。具体分为八个步骤，对心理动机、情感表现到行为，一层层地加以分析。"八观"是由表及里地发现人才，包括一曰观其夺救，以明间杂；二曰观其感变，以审常度；三曰观其志质，以知其名；四曰观其所由，以辨依似；五曰观其爱敬，以知通塞；六曰观其情机，以辨恕惑；七曰观其所短，以知所长；八曰观其聪明，以知所达。

以上对具体才能的八个观察方法，是从思想动机、性格构成，一直观察到外在体貌、言谈表现。使用人才的诀窍，是根据形势需要，安排适当的位置，协调彼此的关系。对人才一方来说，要懂得合理退让，找到最有效的策略。比如说，观察人的思想时，要知道人的情感是很复杂、很矛盾的。分析的重点，是看他的本来意愿是在什么情况下遇到阻力的，他又做了什么样的选择。一个有慈爱和同情之心的人，为什么最后没有救助弱者？是由于吝啬，还是因为恐惧？不同的原因，代表不同的性格类型。再如，《人物志》对情绪的观察方法，也有很多实用经验。人的情绪是由自身意愿是否顺利而变化的，愿望得到满足时就会欢悦；才能无法发挥时就会怨恨不平。这时候，就能发现他究竟是哪一类人才了：如果为社会道德堕落不平，那就属于正直高尚的清节家；如果是为混乱得不到治理，那就属于法家；要是为自己没有权柄和势力，那就只是善于取悦君主的小人了。观察情绪变化的苗头，最能看出一个人性格的本质。

20 世纪 90 年代的美国，出现了三位著名的职业经理人，各有特点，个性鲜明，面对危局都曾挽狂澜于既倒，也都曾著书立说。他们是通用电气的杰克·韦尔奇（著有《赢》），IBM 的郭士纳（著有《谁说大象不会跳舞》），堪称偏执狂典范的英特尔公司的安迪·格鲁夫（著有《只有偏执狂才能生存》）。这三位身上都有兼才总揽全局的特征，愿意了解别人，乐于学习其他领域的知识。在他们作为人才被伯乐发现的经历及其辉煌的职业生涯中，那些经典的观察、发现和使用人才的实践，也诠释了观人察质。

鉴别人才的七种武器

古龙系列武侠小说《七种武器》非常精彩。这个系列是由七个富含人生哲理的故事组成，七种武器包括长生剑、孔雀翎、碧玉刀、多情环、霸王枪等。《人物志》中，也提供了鉴别人才的七种武器。我们知道很多因用人不当造成的恶果，"纸上谈兵""失街亭"等用人失察失误的案例不胜枚举。《人物志》列举了鉴别和考察人才时可能出现的七种失误："人物之理，妙而难明，以情鉴察，缪①犹有七。"

"一曰察誉，有偏颇之缪。"指考察人的声誉时有偏颇的谬误。考察人才不能道听途说，应客观分析、全面评价，关键是了解真实情况。没有调查就没有发言权，要客观看待人物的声誉。对于舆情，不能轻信和盲从，评价人才也不能简单地以多数人的意见为根据。偏听偏信，会误判人才。

"二曰接物，有爱恶之惑。"指待人接物时会受个人好恶的迷惑。大家都喜欢三观一致的人，在评价人才时难免会有主观上的好恶倾向。如果某些地方出现同频共振，或者节拍不对，就有可能就会存在偏见，影响正确判断。

"三曰度心，有小大之误。"这是从心志、格局的大小看。究竟是志向宏大、担负重任、谦虚谨慎，还是心胸狭窄、格局小、目光短浅、缺乏勇气和担当，这都可能出现误判。

"四曰品质，有早晚之疑。"闻道有先后，不能以年纪大小、工作经验多寡评价人才。

"五曰变类，有同体之嫌。"辨别人才类型时，要在同才异势间比较，参照系要合理。

"六曰论材，有申压之诡。"不能根据目前人才现时情况下他的名声评价其能力，歧视那些时运不济、怀才不遇的人。选拔人才应不论贫富贵贱、一视同仁。

"七曰观奇，有二尤之失。"观察奇才时，有认识尤妙、尤虚之类人才的失误。尤妙之人外表平淡，不爱伪饰而精明深藏胸

---

① 缪：同"谬"。

中；尤虚之人言辞夸大其实，姿态优美动人而内心不实。一般人无法看透本质，容易形成错误的认识。选拔人才不能误用夸夸其谈、华而不实的人，而遗漏了踏实能干、质朴无华的人。

"七缪"这七种武器也会让我们联想起《孙子兵法》中提出的"五危"，即优秀的将领要避免五种致命弱点，即盲目拼命、贪生怕死、急躁易怒、看重名誉、爱民心软等，强调将帅理性和果断的心理素质。

人才的规律，微妙而难明。刘劭总结了识人、察人的失误。避免这种失误，用人者当然就得到了有效的武器。知己知彼，作为人才，如果能掌握这七种武器，理解这七种失误，当然也会成为合格的受欢迎的人才。

《人物志》和《论语》不同，没有特别强调圣人、君子，而是突出了英雄。刘劭对英雄的诠释颇为新奇："夫草之精秀者为英，兽之特群者为雄。故人之文武茂异，取名于此。是故聪明秀出谓之英，胆力过人谓之雄。"

刘劭赞赏英雄的风度和力量，英与雄是互相需要且相对独立的。他认为，英者，如张良，智多于众；雄者，如韩信，胆胜于人。英雄者，兼而有之，唯英与雄得兼，乃能役英与雄。能役英与雄，乃能成大业，如刘邦。刘劭解释了"英""雄"背后的逻辑和内涵，肯定了英气之才与雄气之才这两种偏才。读到此处，不由想起张学良曾谈及他的父亲张作霖是"有雄才而无大略"，跟"有大略而无雄才"的蒋介石正好相反。

曾国藩对《人物志》推崇备至，置之案头，朝夕研读，参较时事，苦撑危局，更作《冰鉴》，以承余绪。曾国藩也曾留下了很多此类识人用人的故事。

刘劭通过人才身上的弘毅、文理、勇敢等特质，发现人才的精神、形貌、声色、才具、德行，探求人才内在的"材质"与外在的"征象"的联系。我们同样可联想到孙武所说的"五事"，要成为一位出色的将领，应当具备五个特点："将者，智、信、仁、勇、严也。"鉴识人才，殊为不易。

　　读《人物志》，运用反向思维，思考如何成为一个人才。用人才的标准修炼自己，应该比鉴别人才容易得多。

　　禹安诗曰：

　　　　三接八观悟修己，
　　　　察质观人传古今。
　　　　意气临风千万里，
　　　　开张收敛任真心。

> 　　刘劭（生卒年不详），三国魏广平邯郸人（今河北邯郸），字孔才，哲学家。精通经学、法学、文学、天文、音乐和人才考察等学问，曾主持编纂五经群书，是当时有名的通才学者。《人物志》是一部中国最早系统地研究人的才能和个性及政治作为的著作，也是我国古代唯一一部人才专著。

诗中的生活美学

——读《二十四诗品》

郁达夫《故都的秋》中有一段优美的文字:"早晨起来,泡一碗浓茶,向院子一坐,你也能看得到很高很高碧绿的天色,听得到青天下驯鸽的飞声。从槐树叶底,朝东细数着一丝一丝漏下来的日光。"在这个越来越强调生活品质的时代,生活美学成为大家关注的热点之一。追求美好是每个人的渴望,审美力逐渐成为现代人的一项必备素养。从诗中领悟生活的审美力无疑是简单直接的方法之一。

几年前,我的老师曾寄给我董桥的散文集。董桥的散文很有味道,他有一本小册子《天气是文字的颜色》,感觉这书名真好。天气好,天气就是文字的颜色;天气坏,文字可改变天气的颜色。说到底,就是要善于发现生活中的美,并且表达出来。生活的美怎么表达呢?我觉得很简单,就是顺势而为。顺势,就是该干嘛就干嘛,该怎么办就怎么办。秋高气爽,就该洗衣服、晒被子;春暖花开,就该踏青、行远;日出而作、日落而息;尊老爱幼,知书识礼;累了,就休息;渴了,就喝水。爱憎分明,活得自然。这谓之诗意，也就是美。

两个《诗品》不同滋味

首先从一个排行榜说起。

中华民族的好诗太多了，这些好诗，总要分个等级，于是在南北朝时期出现了第一部诗歌评论专著，被称为"百代诗话之祖"，这就是钟嵘的《诗品》。《诗品》与同时代刘勰的《文心雕龙》合称为文学批评史上的"双璧"。

《诗品》以五言诗为主，共品评123位诗人，分上、中、下三品进行品评。在这个排行榜中，"上品"为成就大、地位高或派生源流的诗人；"中品"略次；"下品"则为次要诗人；分别以曹植、陆机、谢灵运为轴心，勾勒出自汉迄梁的诗歌史。

钟嵘认为，文学作品和现实生活关系密切，提到了诗歌的美学品位，还提出了品鉴诗歌的一个重要标准——风骨。"风骨"到现在也是热词，可以理解为，在创作中要体现出个性，在作品中要体现出力量感。钟嵘认为，风骨为主，辞采为辅，两者并重。有风骨，有作家的个性、作品的力量，才是好作品。

钟嵘在《诗品序》中提到，春日的暖风，处处啼鸟；秋日的明月，寒蝉凄切；夏天的乌云，狂风暴雨；冬日的冷月，彻骨严寒。这些四时节令气候的变换，肯定会触动人类敏感的心灵，诗人自然就把它写在诗歌中。

和钟嵘所论述的诗的"滋味"不同，另外一个同名的《诗品》更加高深莫测，以至于作者究竟是谁都有争议。这就是唐代诗人司空图所著的《诗品》，为了区分，也将其叫作《二十四诗品》。关于《二十四诗品》的作者众说纷纭，有学者认为是假托司空图之名，实为元代诗人虞集等所著。

《二十四诗品》是中国诗学史上的奇文，其以精湛的诗歌理论闻名于世。在以五言、七言诗大行其道的唐代,《二十四诗品》却以四言诗独树一帜,令人称奇;其词美,其音和,其义深;虽然文字不多,但触及传统诗学、美学等很多关键性问题。它把诗歌的艺术表现手法概括为 24 种风格,每格一品,每品用 12 句形象化的四言韵共 48 个字来比喻说明,比如绮丽、自然、含蓄、豪放等几个意向群组成;全篇只有 1152 字,却浓缩了丰富的思想,当然,也因为太凝练,很难具体说明作者所表达的意思。

一把万能钥匙

《二十四诗品》这篇神奇的"千字文"给人的阅读带来多种体验。如果不看书名中包含的"诗"字,我们恐怕难以理解这些优美玄妙诗句的真义。它可以指诗歌,也可以指书法,或者古乐、篆刻,乃至于各种艺术境界。每个品所对应的审美标准,所言内涵丰富,边界概念不清,读者可以发挥想象的空间很大。我最早读起来的时候,感觉有 20 世纪 90 年代朦胧诗的味道。

顾城的诗《远和近》:

你
一会看我
一会看云

我觉得
你看我时很远
你看云时很近

舒婷的诗《致橡树》：

我如果爱你——
绝不像攀援的凌霄花，
借你的高枝炫耀自己；
我如果爱你——
绝不学痴情的鸟儿，
为绿荫重复单调的歌曲；
也不止像泉源，
常年送来清凉的慰藉；
也不止像险峰，
增加你的高度，衬托你的威仪。

那时候觉得朦胧诗似乎都可以用《二十四诗品》中有关的评价来解读。书中大部分内容也都可以对应到相关艺术的欣赏之中。如我们欣赏唐代书法的美、宋代山水画的美，都可以借用《二十四诗品》来进行品评。在《南画十六观》中，就讨论了画家陈洪绶的"高古"、倪云林的"幽绝"、沈周的"平和"等等，是对画家内在精神气质的关注。

"春雨惊春清谷天，夏满芒夏暑相连。秋处露秋寒霜降，冬雪雪冬小大寒。"从这首耳熟能详的《二十四节气歌》中，我们自然想到了《二十四诗品》。二十四节气中，蕴含着"天时、地利、人和"的思想理念，影响着我们的思维方式和行为准则。与之一脉相承，《二十四诗品》中，作者用各种形式，不断阐述对艺术内涵的解读，体现出诗意的浪漫。似乎受阴历节序的启发，以24首叙写风景的四言诗，论述诗歌的24种风格，与二十四节气相暗合。试用二十四节气与之对应解读，也很有意思。

如"含蓄"对应大雪："不着一字，尽得风流"，如李商隐的"向晚意不适,驱车登古原。夕阳无限好,只是近黄昏。"第十一品"含蓄"是全书最有文采和激情的篇章之一,也是全书的主旨所在。

"纤秾"对应春分:"采采流水,蓬蓬远春",如白居易《钱塘湖春行》。

"自然"对应小满:"俯拾即是,不取诸邻",如李白《静夜思》。

"雄浑"对应大暑:"荒荒油云,寥寥长风",如汉高祖《大风歌》。自然可以滋生万物因为有道,道看不见、摸不着,却又无处不在,能够反映天地运行规律的才能强大有力。

"冲淡"对应立秋:"饮之太和,独鹤与飞",如庄子、王维、陶渊明诗入题,"采菊东篱下,悠然见南山"。

"沉着"对应小寒:"鸿雁不来,之子远行",如杜甫、陆游。

"劲健"对应霜降:"巫峡千寻,走云连风",如曹操。

"旷达"对应清明:"生者百岁,相去几何",如杜牧。

"高古"对应秋分:"月出东斗,好风相从",如苏轼《赤壁赋》中的"月出于东山之上,徘徊于斗牛之间";李白《古风》之十九中的"素手把芙蓉,虚步蹑太清";等等。

《二十四诗品》当然是谈诗歌,但同样也可以从人生、艺术等角度加以解读和鉴赏。

明代陈继儒集编的修身处世格言《小窗幽记》是宣讲处世智慧和抒发人生感慨的格言书,凝聚着前人的智慧,与《菜根谭》《围炉夜话》并称为修身养性的三大奇书。人生往往是苦多乐少,所谓"不如意事常八九,可与人言无二三",这更提醒我们要学会快乐,懂得在生活中寻找乐趣。《小窗幽记》中提到,人生一世,有三乐,"开卷读书,闭门修禅,一语济世"。还说道:"余尝净一室,置一几,陈几种快意书,放一本旧法帖,古鼎焚香，素麈挥尘，意思小倦，暂休竹榻……"一几一榻，酣睡读写，乐在其中，足见古人生活之风致。

心境和品味

《二十四诗品》体现出中国式的哲理思索，是读者认识美和发现美的过程。该书中体现的美学思想主要来自道家和玄学家，千字美文里提炼了品诗过程中"只可意会不可言传"的妙处，针对诗中的艺术风格、美学意境和特色，以诗喻人，以人映物，把宇宙万物的"道"浓缩在短短的诗句中，体现出"人与自然、道法自然"的和谐关系。

在"高古"中写到"太华夜碧，人闻清钟"。华山的夜空碧蓝而宁静，人们倾听着清新的钟声。在"典雅"中，"玉壶买春，赏雨茅屋。坐中佳士，左右修竹。白云初晴，幽鸟相逐。眠琴绿阴，上有飞瀑。落花无言，人淡如菊。书之岁华，其曰可读"。在幽静山谷、茂林修竹的小草屋中，读书、弹琴、喝酒、听雨，看天上的白云，听林间的鸟鸣，真是非常惬意。偶尔一两位知己来访，一番高谈阔论后，大家都安静下来，主人拨弄琴弦，弹奏几首曲子。琴声结束，人们似乎还沉浸在音乐声中，没有人说话，只有竹子的绿荫静静洒在院落里，远处传来隐约的瀑布声，一阵风吹过，落花无言落在脚边，此情此景，人淡如菊。世间的喧嚣、烦恼，已荡然无存，心灵中似乎也充盈进清新的空气，放下束缚，一瞬间感受到生命的美好。这样的感觉，也许就是诗人想描述的"典雅"吧。

"旧书不厌百回读，熟读深思子自知。"这部读来令人回味无穷的诗学经典，具有丰富的画面感，由四言长诗构成的优美诗篇，教给我用诗的形式、以美的意象来欣赏生活中众多美的内涵。

禹安诗曰：

> 曾为风华小书生，
> 南来北往独飘零。
> 千家烟村云山绕，
> 万里江天星月行。
> 机锋棒喝须定力，
> 透典穿经在虚心。
> 名是则非法无法，
> 禅门莲池正听琴。

司空图（837—908），河中虞乡（今山西运城）人；晚唐诗人、诗论家；字表圣，自号知非子，又号耐辱居士。《二十四诗品》是司空图论诗的风格和意境的重要著作，在中国文学理论批评史上有重要影响。司空图把诗歌风格分为雄浑、冲淡、纤秾、沉着、高古、典雅、洗练、劲健、绮丽、自然、含蓄、豪放、精神、缜密、疏野、清奇、委曲、实境、悲慨、形容、超诣、飘逸、旷达、流动这二十四品，并加以品评和研究。在名称上为了便于与钟嵘的《诗品》区别，习惯上又称为《二十四诗品》。

听从内心的呼唤

——读《坛经》

可以称得上岭南文化名片的人物首推六祖惠能。惠能大师是南派禅宗的创立者，与孔子、老子并列为"东方三圣"。惠能的思想集中体现于《六祖法宝坛经》（以下简称《坛经》）中。很多国学读本都把《坛经》列为必读经典。惠能大师的禅学理论不仅在中国思想文化发展上占有重要的地位，而且对世界文明也有积极的影响。《坛经》记载了惠能大师一生得法传法的事迹及言教，在佛教经典中占有重要的地位，其中的禅学思想还被宋明理学家借鉴和引用。

《坛经》是禅宗的经典，是禅宗的奠基之作，对唐代以来中国佛教的发展有极为重要的影响。要了解中国佛教，就必须了解禅宗；要了解禅宗，就必须了解《坛经》。《坛经》是惠能大师的言行录，和孔子的《论语》一样，具有不朽的历史价值。《坛经》之所以称为"坛"，中文原意是用土垒成的高台。六祖最早在广州法性寺戒坛受戒，并在寺中菩提树下开始传佛心印。之后，到韶州（今广东韶关）大梵寺讲法，他坐的地方就叫

"坛"。其后的法海等门人、弟子集记了六祖的言论成册，将六祖前后语录统称为《坛经》。

《坛经》其实可以从文学和哲学等多方面加以解读。

《坛经》讲述了一位家境贫寒、目不识丁的普通人精彩的人生故事。讲述了他在人间的76年中，如何通过修心完成了从凡人到圣贤的突破。《坛经》不仅仅是唯一一部中国人写出的佛经、是中国佛教唯一的一部经书，从某种意义上说，还可以作为一部讲创新思维和心理学、讲生活方式和处世艺术的书加以解读。

从佛教在中国的流传来看，大家都熟悉汉永平十年（67），汉明帝夜梦金人，遣使西域求法，建白马寺的故事。这些历史记载表明至迟在公元前后，佛教已传入中国。

汉代时期佛教在中国南北迅速传播，魏晋南北朝时期盛行于中华，禅宗是汉传佛教中主要的宗派之一。所谓"南朝四百八十寺，多少楼台烟雨中"（杜牧《江南春》）。南朝梁时，禅宗初祖菩提达摩抵达广州，最早到了西来庵（今华林禅寺），留下"西来初地"遗迹。到了唐代，惠能开创的南派禅宗对佛教的中国化起到了巨大作用。中晚唐之后，禅宗更成为汉传佛教的主流，也是汉传佛教最主要的象征之一。

禅宗核心思想为"教外别传，不立文字；直指人心，见性成佛"，意指通过自身实践，在日常生活中直接掌握真理，自修自悟而达到自我解脱，明心见性。在佛教各宗派中，只有禅宗是完全中国化的佛教宗派。

钱穆在《六祖坛经大义》中说："在中国学术史上有两大伟人，对中国文化有极大的影响，一为唐代禅宗六祖惠能，一为南宋儒家朱熹。""惠能实际上可说是唐代禅宗的开山祖师，朱子则是宋代理学之集大成者。一儒一释开出此下中国学术思想种种门路，亦可谓此下中国学术思想莫不由此两人导源。"

惠能大师生于岭南，长于岭南，弘法于岭南，圆寂于岭南。六祖24岁时，听闻《金刚经》开悟，于是辞母北上湖北黄梅谒五祖弘忍，以一首"菩提本无树，明镜亦非台。本来无一物，何处惹尘埃"的法偈得五祖法脉。五祖夜授惠能《金刚经》，密传禅宗衣钵信物，之后惠能成为禅宗第六代祖。

人生是个线性的过程，短暂且充满了不确定性。对人生意义和人生境界的探讨是永恒的话题。冯友兰提出了人生四境界说，分别是自然境界、功利境界、道德境界和天地境界。进入道德境界乃至天地境界，就可以与宇宙同一，既出世又入世了，此刻内心的快乐最大。从根本上说，《坛经》是一部指引人找回自己、清净本心的经典，指引我们重新回到自己的内心。这部在中华大地流传千年的经典，已经为很多人指引出了生命的方向。《坛经》最大的特点是把佛性心性化与人性化。《坛经》倡导修行功夫是在文字外，是靠心去领悟、靠实践去体悟的。担水劈柴、吃饭睡觉中都有禅，也就是所谓的"生活禅"。生活禅，用当代净慧老和尚的话说就是两步：第一步，从迷失的生活到觉醒的生活；第二步，从生活的觉醒到生活的超越。

我想，我们的生活禅正是要有"舍得"的精神，要勇敢、智慧地面对新环境和新选择，以积极乐观的心态、自强不息的精神，不断关照心灵、挖掘潜能，最终达到知行合一。在实现生活禅的过程之中，每个人都一定可以享受每一天美好的生活，拥有无悔的、内心充盈的生活。

"明心见性"：回到自己的心

六祖惠能说："善知识，菩提自性，本来清净，但用此心，直了成佛。"短短一句话，概括出整部《坛经》的大意，其核心思想是"即心即佛"。作为大乘佛教的经典，《坛经》倡导"明心见性"。

"明心见性"是《坛经》的宗旨,《坛经》中也多次提到"自性"二字,如"何期自性,本自清净;何期自性,本不生灭;何期自性,本自具足;何期自性,本无动摇;何期自性,能生万法"。"善知识,智慧观照,内外明彻,识自本心。若识本心,即本解脱。"《坛经》通过惠能所走的道路,展示了回到自己内心的方法,以及获得关于人的解放的奥秘。

这里还要提一下《金刚经》。《金刚经》被认为是最能开智慧、最能代表大乘般若(智慧)思想的一部经典。六祖年少时是在为别人送柴火时,路上听到《金刚经》的"应无所住而生其心"而开悟的。《金刚经》告诉我们,一切不假外求,本自具足,简而言之就是阐述了"不执着"三个字。只要我们真正做到了不执着,就能够彻底解脱。当然,什么才是"不执着",以及如何达到"不执着",这是千百年困扰无数人的问题。从某种意义上说,"解放"对于佛教来说是终极目标,其所倡导的不执着、放下、清净等,都是人的自我解放。和《金刚经》所倡导的要管理好自己的"念头"一样,王阳明在《传习录·答陆原静书》中说:"欲念无生,则念愈生。"越不想心有杂念,越难以控制念头丛生。因为你不想有杂念,这就是杂念,就是执着,这就需要自我觉察和克服。

《金刚经》让我们不要执着于万事万物,甚至包括死亡。一花一世界,一叶一菩提。

我们看过很多文学家、艺术家、哲学家对生与死的表述。比如,莎士比亚在《哈姆莱特》中说:"生存还是死亡,这是一个值得思考的问题。"在《一报还一报》中又讲道:"只要活在世上,无论衰老、疼痛、穷困和监禁给人怎样的烦恼和苦难,比起死亡的恐怖来,这也像天堂一样幸福。"尼采说:"人生是一面镜子,在镜子里认识自己,我要称之为头等大事,哪怕随后就离开人世。"而在佛教意义上,生与死只是一个轮回的过程。我们可能也会联想起那只著名的"薛定谔的猫"。奥地利物理学家薛定谔于1935年提出的有关猫生死叠加的著名实验,是把微观领域的量子行为扩展到宏观世界的推演。没有打开盒子之前,谁也不知道那只猫的情况;在打开盒子的一瞬间,才知道猫是死是活。

惠能通过对话的方式,用浅显明白的语言,阐述出终极解脱的秘密。他提出,要对人、事,以及自身采取一种"不取不舍,亦不染着"的态度,即不去执着于某件事,心如同虚空一般,能够包容一切,包罗万象,应该用大智慧的思想和大宽容的心态地去接纳万事万物。

《坛经》强调从内心出发为善去恶,如六祖所强调的"除十恶""行十善"就体现了这一点。《坛经》中所传达的是一种至为祥和、宁静、安闲、美妙的心境,这种心境纯净无染、淡然豁达、无欲无贪、无拘无束、坦然自得、不着形迹、超脱一切、不可动摇,只能感悟和领会,不能用言语表达。

《坛经》的生活态度和人生准则

一次,深圳的朋友有个"荒岛之问":如果带一本书到荒岛,带哪一本?

我的回答就是《坛经》,理由是耐读也好带。

确实,薄薄一册的《坛经》从不故弄玄虚,而是单刀直入、简明扼要,但又耐人寻味,仰之弥高,俯之弥深。《坛经》提倡的生活态度具有积极的意义,有助于我们形成阳光心态。

人力资源管理中常引用人生"三个圈"的故事,这"三个圈"是指要做的事、能做的事、想做的事。如果这"三个圈"完全重合,人生最幸福;如果其完全相离,人生最痛苦。人生就是在这"三个圈"中徐徐展开。要知道想的不一定能做，能做的不一定能做好。要让梦想、能力与现实吻合是有条件的，应该尽可能准确定位自己的有所为和有所不为。当我们面对选择的时候，会不会患得患失？能不能当断则断？这都是我们每天要面对的。当你目标清晰、内心坚定时，你就会豁然开朗，哪怕是面对冷嘲热讽，身处污浊泥淖，也会全神贯注于自己的目标，心怀欢喜，对明天充满希望。

六祖惠能得五祖弘忍秘传禅宗衣钵，南逃隐匿于岭南山野猎人中避难时，随遇而安；仪凤元年（676），已蛰伏16年的惠能大师到广州光孝寺，因"风动幡动"之论，令住持印宗法师大惊。询之，知惠能为禅宗法嗣，遂拜为师。惠能在菩提树下削发具戒，公开宣扬他的顿悟宗旨。当时机成熟，当断必断，毫不含糊。

如同曹溪（广东曲县江境内）的一潭清水，惠能大师的思想清澈见底而又深不可测。其伦理观念体现着对中国传统道德的顺应，特别是对"为善去恶"人生准则的强调，更体现了他立足佛教，吸收中国传统伦理观念的特点。

《坛经》主张人们要互相体谅，互相尊重；所倡导的生活理念对于现世的意义巨大；破除二元对立的极端思想，倡导"为善去恶"的人生准则。此外，《坛经》作为禅宗经典，将佛与人结合起来，提出"人自有佛性"的主张。

王阳明说："得兔后不知守兔而仍去守株，兔将复失之矣。"他的意思是说守株待兔中的"株"是外物，"兔"才是内心，不去守本心而去守外物，当然会迷失方向。

惠能大师也曾用兔子举例："佛法在世间，不离世间觉，离世觅菩提，恰如求兔角。"很多人认为佛法远离于世间，高深莫测且高不可攀。惠能大师则说，其实没那么神秘，佛法跟我们世间之人是息息相关的。如果你不将佛法跟现实联系起来，融入生活之中，而只是死记硬背，那就像是从一只兔子身上寻找兔角一样可笑。惠能大师告诫我们学习的任何知识都不能离开现实，实践才能出真知，脱离了实际的知识只不过是空想而已。

"菩提本无树，明镜亦非台，本来无一物，何处惹尘埃。"这是惠能大师针对神秀"身是菩提树，心似明境台。时时勤拂拭，勿使惹尘埃"而说的。这段广为传颂的偈子，深得人心。这是一种终极的大智慧，是惠能大师希望我们所能达到的境界。

"苦口的是良药，逆耳必是良言，改过必生智慧，护短心内非贤。"简单平实的语言朗朗上口，阐明了"兼听则明，偏听则暗"的道理。关键是后面的两句，改正缺点利于提升自己的智慧，护着自己的短处很难成为有才德的人。从行动中，做好知与行，这才是最重要的。

"心平何劳持戒，行直何用参禅，恩则孝敬父母，义则上下相怜。"惠能大师讲求的学法的实用性：心境的平和，严格的自律，不必拘泥于刻板的形式，为自己而学，为追求自己的目标而学。后面两句则是对"恩"和"义"最基本的要求，特别提出孝顺自己的父母是百善之先。

禅宗初创于北魏，盛行于唐宋，千百年来，其独特的理论和修持风格，对我们的价值取向、思想感情和思维方式有着潜移默化的深刻影响。在宁夏固原须弥山南麓，有一百多处石窟，总称"须弥山石窟"。须弥山是佛教宇宙观中一个小世界的中心。儿时，我和父亲去须弥山石窟游览时，对这些始建于北魏的著名佛教石窟心生敬畏，也充满了好奇。后来带女儿去敦煌，也在壁画中看到各式各样的须弥山。随着年龄增长，慢慢地理解了这是佛教对宇宙时空的认识。须弥芥子，大千一苇。一个须弥山塞进一粒菜籽中刚合适，广大无边世界，就像一根小小的芦苇一样。

探究生命意义和智慧的《坛经》如同清风甘露般，让自己善于觉察自我，善于关照内心。在日常生活中的每一个瞬间、每一次场景,都可能是我们觉悟的地方,如让自己安静下来,和花朵对话,和云彩微笑,或许能减少现代人的焦虑,教给我们不抑郁的活法。

《坛经》横亘千年,空谷传音。惠能大师的足迹从岭南开始,至今,那智慧的声音还响彻云霄。

当头棒喝,刹那花开。

禹安诗曰:

禅悟

之一
心远其意云与石,
内谦外让两由之。
长持如愿生花笔,
无处青山不是诗。

之二
风过轻摇乔木森,
高天水雾抚悠琴。
性真妙悟眼前景,
更勿蹉跎别处寻。

惠能(638—713),亦作"慧能",俗姓卢氏,河北燕山(今涿州)人,生于岭南新州(今广东新兴县),唐代高僧,禅宗南宗创始人,是中国历史上有重大影响的佛教高僧之一。惠能为佛教禅宗祖师,得黄梅五祖弘忍传授衣钵,继承东山法门,世称禅宗六祖。唐中宗追谥其为"大鉴禅师"。惠能是佛教界乃至儒界的伟大思想家,其对佛教及中国传统文化的贡献和影响,至今无人能出其右。

道术之间说通鉴

——读《资治通鉴》

《资治通鉴》，这部 300 万字的鸿篇巨制，着墨在朝代更替、家国兴衰，关注的是民生休戚、忠奸贤愚，其提供历史经验，审视现今生活，帮助后人探求王朝兴衰的规律，探讨具体的人事和制度上的得失。《资治通鉴》是帝王学的集大成者，它特别关注历代重要政治行为和重大政治问题的决策、经过；具有重大战争的来龙去脉、发展和演变等，被称为"资政第一书"。

梁启超说，"后世有欲著通史者，势不能不据为蓝本，而至今卒未有能逾之者"；毛泽东说，"《通鉴》叙事有法，历代兴衰乱治本末毕具"；《四库全书》更是评价它为"网罗宏富，体大思精"。司马光耗费 19 年时间编撰的《资治通鉴》本是"以资于治道"的帝王之书，但他"以时间为经，史事为纬"的编年体记录方式，使得《资治通鉴》经过了千年，却依然经久不衰。

初中时，我看过不少册《柏杨白话版资治通鉴》，柏杨先生删繁就简，讲王朝更迭，故事精彩。他在书里对帝王直呼其名，比如直接称呼"刘彻"，而非汉武帝。他还把古代官名直接翻译成现代职务，比如太子洗马（太子宫图书管理员）、中书令（立法院院长）。书里每篇后面都有"柏杨曰"，并加以述评。书中介绍的商鞅变法、围魏救赵、苏秦游说六国、范雎远交近攻、赵括纸上谈兵、吕不韦奇货可居这些故事至今让我记忆犹新。

《资治通鉴》作为我国最大的一部编年体通史，特点有二：一是时间跨度大，包含周秦、两汉、魏晋、隋唐1300多年的历史；二是关注大事件和大人物，取材专取事关国家与民生的重大事件和人物，目的是借鉴历史上的经验教训来表达治国之道，让历史成为一面镜子。读罢全书，可"观历代兴衰，识人事臧否"。

鉴前世兴衰　观天下大势

"一切历史都是当代史"是意大利著名史学理论家克罗齐提出的命题。历史学家总是从现实生活中的关切出发，将自己的目光投向过去，以今人的视角进行解读。

阳光之下并无新事，有时候历史并不遥远。

自从"王安石变法"后，北宋朝廷便分裂为两派，一边是支持"王安石变法"的新党，一边是反对"王安石变法"的旧党，而《资治通鉴》的作者司马光正是旧党的领军人物。在这个背景下，司马光的史论与政论融合在一起，寓志于修史之中。《资治通鉴》着眼于为政得失，以警诫后世。因"博而得其要，简而周其事，有资于治道"，故宋神宗为其取名为《资治通鉴》。

《资治通鉴》描绘了战国至五代十国期间，几十个政权的兴盛与衰亡的轨迹，生动刻画了这些帝王将相的治国为政、待人处世之道以及他们生死悲欢的个人命运。该书中记人多神采飞扬，叙事则要言不烦；其内容思想博大精深，求实考信，通古今之变，兼收并蓄，考评兴衰得失于前世，镜鉴往昔当今于后人。

司马光通过敏锐的观察，形象地记述了一个个生动的故事，如荆轲刺秦王、毛遂自荐、鸿门宴、七步诗等。《资治通鉴》里许多故事深入浅出地阐述了治国之道、处世之道，读之不仅能够增长见识、开阔视野，而且能够启迪智慧，如其中的"苟能识人，何患无才？""人心不同，各如其面""天下乃天下人之天下""智者避危于无形""丈夫为志，穷当益坚，老当益壮"等。

历史惊人地相似，不断地轮回，人情冷暖，世事沧桑。读史阅世，概莫如此。比如为官为商，比如人情世故，人性总是不变的。古人的智计决断到今天也还有用。历史的变与不变宛如波浪般回转。透过史事迷雾看清世事，顺势而为，则人生平顺可期。

不是断代史，也不是通史的《资治通鉴》，是一部写给皇帝看的史书，"益前世之兴衰，考当今之得失"是司马光在全书修成之后上奏皇帝所言。以史为鉴，前事不忘，后事之师，这也是我们读历史最主要的目的之一。

今天品读此书，从中一探其中智慧于一二，是何等有趣的事。1954年冬，毛泽东曾对史学家吴晗说："《资治通鉴》这部书写得好……叙事有法，历代兴衰之乱本末毕具，我们可以批判地读这部书，借以熟悉历史事件，从中汲取经验教训。"有资料说，毛泽东自称曾17次批注过《资治通鉴》，并评价说，每读都获益匪浅，这是一部难得的好书。

宋元以后，历代帝王和许多政治家都通过研读此书吸取治国智慧和政治修养，是否研读过《资治通鉴》成为衡量人才的标准之一。其以史为鉴的鲜明风格和管中窥豹的政治智慧，让我们可以在历史中寻找当代价值。

治国之道和管理之道

《资治通鉴》生动地讲述了中国传统政治文化中的治国之道，揭示了"修心治国之要——行仁政，为明君""崇礼治、谨名分""以德统才、德才兼备"的奥秘。

《资治通鉴》中的"人君修心治国之要"是"仁、明、武"，其中"仁"可概括为以民为本，"明"为不信谗言，"武"为乾纲独断。司马光认为帝王如果能够兼备三德，则国家治强。如果缺一，开始衰弱；缺二则垂危；三德皆无，国家差不多要灭亡了。这也可以看作是领导力三原则。仁就是"修政治，兴教化，育万物，养百姓"；明，是判断力，也就是对道义、发展路径、个人贤愚的判断，对危与机的判断，对人与事的判断，这实际上就是对重大问题的决策能力；武是决断力、执行力，排除干扰，把决策付诸实施的能力。

"崇礼治、谨名分"，是强调礼治的核心在于要讲规矩，名正言顺，才能保证社会的井然有序和国家的长治久安。"以德统才，德才兼备"，是说要坚持正确的用人之道，才与德要匹配，才能选拔出真正的可造之才。

当初，司马光之所以编撰《资治通鉴》，以史事为线索，从正反两方面解说古代官员的为官之道，最主要的目的是给帝王提供一个了解前代历史的优秀读本，"以史为鉴"，读史明理。后人可从中找到各种成败善恶的范例，避免重蹈覆辙。所以，最能体现历代之兴亡成败的政治之变迁、制度之沿革、礼乐之兴废等内容，是书中用功夫最多的地方。

曾国藩认为，读书要"修身不外读经，经济不外读史"。圣贤之书阐明的道理帮助我们学会修身是做人；史书是前车之鉴，读史，可以经邦济世。要寻求更大的格局，就必须要读更多的历史。《资治通鉴》启发我们在读史的时候要有独立的思考和判断，不断解读文本、还原事件，探究真相，总结政治经验，观照社会现实。研读《资治通鉴》是训练历史思维的绝佳途径，更是系统性学习和了解中国历史不可不读之书。

读了《资治通鉴》，更加有利于我们悟道理、学方法。成功的人为什么能成功？失败的人为什么会失败？成功的人是怎样成功的？失败的人是怎样失败的？帮助我们内心充盈，从中汲取更多的人性的力量，学习生存的智慧。

书中浓缩了大量的工作方法和处事智慧，从说话到办事，从管理到沟通，从识人到说话，从入世到出世。

司马光在《资治通鉴进书表》中提到，"臣之精力，尽于此书"，一点都没有错。顾炎武说《资治通鉴》是"后世不可无之书"，可以说是为该书做了最准确的评价。

《资治通鉴》中体现着领导力哲学，里面有很多关于领导力的深刻的历史启示。从三家分晋中，阐述事业成功的关键在于宏观格局，需有长远思维，善于管理、善于合作，能识才、用人，集思广益；从楚汉争雄中，分析汉高祖的成功之路；开创"贞观之治"，建立唐朝盛世的治世明君唐太宗是怎样练就的等，提出了领导者应有的素质和领导能力，谦虚谨慎，刚柔兼济，既要具备建功立业的智商，也要提升适应复杂环境和人际关系的情商。

书中揭示了通权变达的领导艺术。创业发展、职场打拼，都需要权谋智慧。在中国的学术体系中，经，讲修身治国的治国理政、修身齐家治国平天下；史，则是重操作，讲求经邦济世，通权变达和守正出奇。在故宫的中和殿的匾额上，有乾隆御笔亲书"允执厥中"四字，其出处为"人心惟危，道心惟微，惟精惟一，允执厥中。"（《尚书·大禹谟》）即16字中华心法。"道"不在心外，只在心中的修行。"允执厥中"里面蕴含着执中用权的智慧。

清朝末年，封疆大吏张之洞和曾国藩都曾分别有过"若欲通知历朝大事，莫如《资治通鉴》及《续通鉴》""窃以为先哲经世之书，莫善于司马温公《资治通鉴》，其论古皆折衷至当，开拓心胸"的感慨。曾国藩认为，《资治通鉴》"穷物之理，执圣之权"，也是说的通权变达，要根据现实调整思路。

《资治通鉴·唐纪四十五》说："惟以改过为能，不以无过为贵。"其中所展现的上千年历史中鲜活的权谋智慧，可以看作是权谋智慧案例大全。汉高祖、隋炀帝、唐太宗等的得失对思考领导者和领导力很有帮助。刘邦的自知之明和知人之智。李世民用人之道的妙处在于：用人取才胜于己者；用人之长、弃其所短、容人之短，不因个人意气用人等，使李世民成为一代明君，他的自我约束以及从谏如流，至今为人称道。

《资治通鉴》具有极高的阅读、鉴赏价值和无可替代的文献价值，书中有数百个丰富精彩的案例，是各种场景下，历史风云人物面对复杂环境所采取的应对技巧和博弈策略，以及他们成败得失的总结分析，读来自是开卷有益。

故事里隐藏的真相

人类整体进步，是由人的智慧、人的奋斗、人的意志、人的创造在不断地推动着。《资治通鉴》这一皇皇巨著，着力刻画的就是"人"本身。领导者如何重视人才和人心？下属如何与领导、同事相处？如何有效地沟通，达成共识？读之，可从数百位人物身上洞察人性、读懂人心。苟能识人，何患无才？

《资治通鉴》里有很多有趣的地方，可以慢慢品读，每读一次都有不同的收获。比如说，秦始皇一统天下之后，杀了一条大鱼。身为正史的《资治通鉴》，为何要记载秦始皇杀了一条大鱼呢？

《资治通鉴·秦纪二》说，十月始皇出游，胡亥"请从，上许之"。十一月在海上"见巨鱼，射杀之。遂并海西，至平远津而病"。不久后，秦始皇正是暴毙于胡亥跟随的这次出巡中，这真的只是巧合吗？《资治通鉴》记录的历史，如同小说一样精彩。发生、发展、高潮、结尾，人物、事件、原因、过程、结果贯穿其中。

《资治通鉴》以时间为主线，所以我们在读的时候，根据时间的推进、事件的演变，紧抓某一个人物，观察他的人生轨迹和功过得失。儿时读《三国演义》，对曹操、刘备、诸葛亮等已经形成了固定的认知，但小说中有很多虚构的故事和人物刻画。《资治通鉴》里的董卓之乱、曹操起兵、官渡之战、赤壁之战就和《三国演义》中有所不同，曹操也不是我们熟悉的那个样子。《资治通鉴》中人物鲜活、语言生动，如里面记述的刘备白帝城托孤之言："勿以恶小而为之，勿以善小而不为。惟贤惟德，可以服人。汝父德薄，不足效也。汝与丞相从事，事之如父。"诸葛亮因为主簿杨颙对他的谏言而引为知己。杨颙在担任秘书期间，知无不言、言无不尽，给诸葛亮提了许多好的意见和建议，用诸葛亮自己的话说，就是"僚属中缺少了敢于进言的杨颙，是朝廷的一大损失""及颙卒，亮垂泣三日"。

《资治通鉴》有很多精彩的故事，可以一窥帝王权术。

《资治通鉴·周纪二》中记载："成侯邹忌恶田忌，使人操十金，卜于市，曰：'我，田忌之人也。我为将三战三胜，欲行大事，可乎？'卜者出，因使人执之。田忌不能自明，率其徒攻临淄，求成侯。不克，出奔楚。"故事里两位主人公我们都很熟悉。邹忌是著名的"讽齐王纳谏"的文臣，他的名言是"我孰与城北徐公美"？田忌是赛马获胜的那位将军。他们都是齐国的重臣但却是死对头。这段话是说，邹忌命人拿着钱，去集市上占卜。那人对占卜者说:"我,是田忌的手下,打仗三战三胜,现在想要造反,你觉得可行吗?"光天化日下,这等大逆不道的话当然要告发。齐王果然很生气,让人去抓田忌,田忌证明不了自己的清白,于是就带人攻打都城,要求把邹忌交出来当面对质。结果打输了,被迫出逃楚国。

这个故事很耐人寻味。因为将相不和,邹忌派人在闹市散布谣言说田忌要造反,国君居然马上就信以为真,结果田忌被迫逃亡。为什么有这样荒诞的情节呢?或许是当年田忌赛马时,在孙膑指点下,大获全胜而得罪了齐威王,让齐威王丢了面子,挟私报复,指使邹忌也未可知。

六年后,风云突变。"会齐威王薨卒,子宣王辟疆立,知成侯卖田忌,乃召而复之。"齐宣王继位后,拨乱反正,召回田忌,正好卖一个人情,让田忌对他心生感激,也是为了牵制上朝老臣邹忌的势力。

我们熟悉的吕后刚毅果敢又阴狠毒辣。在《资治通鉴·汉纪四》中有段关于吕后忍辱的故事。"是时,冒顿方强,为书,使使遗高后,辞极亵嫚。高后大怒,召将相大臣,议斩其使者,发兵击之。"汉惠帝四年(前191),临朝听政的吕后收到一封来自匈奴冒顿单于的亲笔信。冒顿信中是赤裸裸的性骚扰,是对吕后的严重侮辱。对于唯我独尊的吕后来说,当然是难以忍受的奇耻大辱。吕后怒了,战事将起。这时樊哙说:"只消给我10万大军,就可以横行大漠,为陛下洗雪此辱!"然而,站在一旁的大臣中郎将季布却说:"樊哙该杀!季布认为,当年刘邦在时,匈奴兵临城下,32万大军尚且不能克敌,如今天下歌舞升平,如何能胜?而且也不要和匈奴这些粗人一般见识为好。"吕后听从了意见,忍辱负重,发愤图强,秋后算账。吕后亲笔给冒顿单于写了封谦卑的回信,最终以双方重新和亲来结束此事。

历史在改变,人性却从来没有变过。在阅读中,和我们过去的认知对比思考，就是一个探索真相的过程。有时候，我们不妨反思与追问一下为什么。针对同一事件，换位思考，想想新的策略。张良刺杀秦始皇，除了雇用大力士这个方法之外，还有哪些更加有效的方法能够刺杀秦始皇？反之，对秦始皇而言，如何面对刺杀行动？如何预防这样的问题产生？这就给我们提供了创新思维的方法和案例。便于读者借助具体的事件，建立自己的思考模型，"以史为镜"，洞察当下，观察身边的人、事、物，从而有新的认识。

司马光总结的人生修养要诀为"六言五规"，六言即仁、明、武、官人、信赏、必罚，五规即保业、惜时、远谋、重微、务实。

《资治通鉴·魏纪》中说："为政之要，莫先于用人。"书中那些齐家治国尤其是用人识人、广纳建言、自我修为的妙语沿用至今："识时务者为俊杰""先发制人，后发制于人""事成于果决而败于犹豫""天时地利不及人和""物不极则不反，恶不极则不亡""有功必赏，有罪必罚""取法于上，仅得其中""取法于中，不免为下""才者，德之资也；德者，才之帅也"，等等。

诸多历史人物，你方唱罢我登场。司马光所处的北宋是中国历朝历代中饱受争议的时期，积贫积弱，文明辉煌，毁誉参半。神宗驾崩后，哲宗少年即位，神宗之母太皇太后摄政，邀请司马光还朝主政，更化调整。司马光虽然迎来了生命最后的高光时刻，但也十分悲情。赵冬梅在《大宋之变（1063—1086）》中认为，司马光对"神宗的官场"缺乏基本认识，对追随者毫无约束意愿，对国家的实际状况缺乏调查研究，对政策调整缺乏通盘考虑，无队伍、无手段、无能力、无经验，空怀一腔热血，以皎皎之身投诸滚滚浊流，执政16个月即抱憾而终，徒留一曲失败英雄的悲歌。从1063年英宗即位，到1086年哲宗初司马光离世，24 年间，宋朝政治由盛转衰，堪称"大宋之变"。

王安石卒于 1086 年 5 月。同年 9 月，司马光也溘然长逝，他得到了一个文官所能得到的最崇高的谥号——"文正"。1093 年，太皇太后薨，结束了长达 9 年的摄政，18 岁的哲宗亲政，又一个新的时代开启。王安石获得配享神宗庙庭的荣誉，而司马光先被褫夺了谥号，继而又被追贬。

"是非成败转头空，青山依旧在，几度夕阳红。"《资治通鉴》讲述历史的脉络，理清前后的因果，其中的兴衰成败，可以给我们诸多启示。

南怀瑾说："刚日读经，柔日读史。"所谓刚柔，代表抽象的观念。"刚日"就是指心气刚强的时候，这里看不惯、那里看不惯，满腹牢骚，情绪烦闷。这时候就要翻一下经书，看看陶冶性情的哲理，譬如《孟子》……相反，如果心绪低沉，打不起精神，万般无奈的时候，那就是柔日，就要翻阅历史，激发自己恢宏的志气。

《资治通鉴》帮助我们打开历史视野，进行思考和判断，在不断解读文本中，还原历史真相，让历史之光照进现实。思想家王夫之（又称船山先生）有晚明的文化守夜人之誉，他写过一本《读通鉴论》，专门对《资治通鉴》记载的史实进行评点。王夫之认为，阅读《资治通鉴》，知历代兴衰，明人事臧否，"可以自淑，可以诲人，可以知道而乐"。自淑，就是可以提升自己；诲人，就是可以与人分享；知道而乐，就是知道治国之道、为人之道、处事之道，而感到很愉悦、很快乐。

禹安诗曰：

似水年华已千秋，
峥嵘坎坷鬓边流。
盘点江山平生意，

书生浩气别样愁。
三江柳岸情难改,
四海砥柱傲王侯。
文章今古前车鉴,
时运无常为谁谋?

司马光(1019—1086),字君实,号迂叟,陕州夏县(今山西夏县)涑水乡人,世称"涑水先生",北宋政治家、史学家、文学家。宋神宗时,其因反对王安石变法,离开朝廷15年,主持编撰了中国历史上第一部编年体通史《资治通鉴》。他历仕仁宗、英宗、神宗、哲宗四朝,卒赠太师、温国公,谥"文正",为人温良谦恭、刚正不阿,做事用功刻苦、勤奋。他以"日力不足,继之以夜"自诩,其人格堪称儒学教化下的典范,历来受人景仰。司马光的《资治通鉴》与司马迁的《史记》并列为中国史学的不朽巨著,所谓"史学两司马"。

此心安处是吾乡

——读《苏轼文集》

>十年生死两茫茫，
>林断山明竹隐墙。
>谁道人生无再少？
>此心安处是吾乡。

开篇这首"诗"是集苏轼四首词而成的集句诗，分别选自《江城子》《鹧鸪天》《浣溪沙》和《定风波》。苏轼的诗词文章，如此佳句比比皆是。文学温暖世界，文字温暖人心。目之所视，世界文化名人如璀璨的星辰不可胜数，而苏轼无疑是其中最璀璨的那颗之一。

说起中国的文化名人，苏轼或许是人缘最好、知名度最高的大师之一。他的经历让人叹为观止：少年得志，平步青云，闻名天下；中年获罪，一贬再贬，步履维艰；为官为人，道德文章，难出其右。苏轼写过一篇人物评传《晁错论》，评论西汉初年景帝时期的政治改革家晁错削藩，并分析了晁错被杀的根本原因。

苏轼开篇说："天下之患，最不可为者，名为治平无事，而其实有不测之忧。"苏轼的一生似乎也离不开"不测之忧"的梦魇。

《小窗幽记》说："是技皆可成名天下，惟无技之人最苦；片技即足以自立天下，惟多技之人最劳。"巧者劳而智者忧，这似乎就是在说苏轼，他的一生，就是因为会的技能太多，反而活得很辛劳。很难想象，一个人有这样强大的力量，他的足迹所到之处，竟然能产生巨大的、深远的影响力，大到能够改变世道人心，远到超越千年，至今经久不衰。苏轼是不世出的天才，千年难以重现的才华让他成为百科全书式的人物。

从一生辗转大半个中国的苏轼身上，学习他从容旷达、化危为机和对美好生活的执着追寻。"行于所当行，止于所不可不止"是苏轼的名言。此语的本意，是称赞文章在该铺陈的地方浓墨重彩、大笔挥洒，在该简略的地方则惜墨如金、适可而止。其实，也可以说明我们的生活应该审时度势，当行则行、当止则止，以争取主动，做到游刃有余。苏轼24岁时，在制科考试的试卷《策略》中写下了"临大事而不乱"。他是这样说的，也是这样做的。

宋时，远离京师汴州的岭南地区还是一片尚未开化的蛮荒之地，时人谈之色变。岭南，多指中国南方的五岭之南，包括两广、海南及湘赣的部分地区。长久以来，中原人将此地视为畏途，不仅因为其距离中原遥远，文教、经济欠发达，还出于对"瘴气"的恐惧。瘴气，指山林中蒸郁致病的恶浊之气，它频频出现在古人对岭南的想象里。在苏轼之前，唐代韩愈被贬广东潮州前，就曾忧心忡忡地写下"知汝远来应有意，好收吾骨瘴江边"的句子。

岭南的人间烟火

在苏轼漫长的贬谪生涯中，岭南对他来说显然是很重要的地方，以至于苏轼居然愿意"长作岭南人"。

元祐八年（1093），宋哲宗亲政，全面恢复变法新政。次年，朝廷把打击"元祐党人"作为主要目标，遂以"讥讪先朝"为名，把年迈的苏轼贬为岭南英州（现广东英德）知事。同年六月，苏轼还在风尘仆仆地赴英州的途中，谪贬之上再加谪贬，由英州知事贬为宁远军节度副使，在惠州安置。

面对"欲加之罪"，苏轼处之泰然，他的随行者是小儿子苏过和侍妾王朝云。苏轼内心世界无比强大，强大到能够把生死未知的放逐看成南游寻幽的行旅。苏轼穿越江西赣州，抵达距广东省南雄市约30公里的梅岭。

梅岭又称"大庾岭"，是五岭之一，在今江西大余县和广东南雄市交界处，因岭上多梅花，故称"梅岭"。大庾岭在古人心目中是腹地和南部边陲的分野，是文明和蛮荒的界限。此去虽祸福难料，但面对山青水绿、草木滴翠的南国风光，来自北方的苏轼仍然心旷神怡，写下了诗作《过大庾岭》，十分直白地表达自己人格的高洁。在苏轼笔下，人生遭遇似乎也有了诗意：

> 一念失垢污，身心洞清静。
> 浩然天地间，唯我独也正。
> 今日岭上行，身世永相忘。
> 仙人拊我顶，结发授长生。

苏轼翻过梅岭古驿道，自南雄登舟，经韶关、英州、广州、石龙（今东莞境内）、罗浮山，经过数番曲折和艰辛，终于在宋哲宗绍圣元年（1094）十月抵达惠州贬所。

冬天的惠州，处处有着绿树和红花，还有香蕉树、荔枝林和丰富的亚热带水果，带给时年59岁的苏轼不一样的惊喜。"岭南万户皆春色"是苏轼最初的感受。面对前来迎接他的朴实的惠州人，《十月二日初到惠州》一诗中写道：

> 仿佛曾游岂梦中，欣然鸡犬识新丰。
> 吏民惊怪坐何事，父老相携迎此翁。
> 苏武岂知还漠北，管宁自欲老辽东。
> 岭南万户皆春色，会有幽人客寓公。

这仿佛是15年前《初创黄州》诗的重现。初来乍到，虽处于忧患之中，却从容不迫。用苏武牧羊北海、管宁避乱辽东两个典故，表示无意北归，准备老死惠州。宋时惠州，城中有山，四面临水。北边有东江东西方向流过，环城有五湖，为南湖、丰湖、平湖、菱湖和鳄湖；承重有三山，指的是桧山、关山和方山，而桧山最著名，位居三山之首。苏东坡在惠州的时间大约两年七个月，先后在桧山居住了一年多的时间。整座惠州城掩映在绿水青山之中，风景秀美。80多年后，南宋诗人杨万里到此赋诗《惠州丰湖（亦名西湖）》不仅是赞美西湖清丽美景，也是叹东坡先生之锦绣遗风：

> 左瞰丰湖右瞰江，
> 五峰出没水中央。
> 峰头寺寺楼楼月，
> 清杀东坡锦绣肠。

初到惠州，惠州给苏轼的第一印象是地方好，人又特别热情友善。时任惠州太守詹范原先未识苏轼面，只是久仰苏学士大名，敬佩他的人格和才华。苏轼一到，詹太守即把苏轼一家安排到合江楼去居住。

苏轼为合江楼门前的风景所醉，滔滔的东、西两江之水从楼下汇合流过。放眼望去，水天一色，茫茫无际。城内几座青山如几枚青螺般耸立水中，倒影清晰可见。苏轼赞叹不已：

> 海山葱茏气佳哉，二江合处朱楼开。
> 蓬莱方丈应不远，肯为苏子浮江来。
> 江风初凉睡正美，楼上啼鸦呼我起。
> 我今身世两相违，西流白日东流水。
> 楼中老人日清新，天上岂有痴仙人。
> 三山咫尺不归去，一杯付与罗浮春。

适应性超强的苏轼很快就喜欢上了岭南的山山水水和风土人情并融入其间，乐在其中。吃喝玩乐大家都爱，东坡先生当然更爱。

苏轼不光能吃、爱吃、会吃，还大力推广吃，光那些以"东坡"命名的菜式就可摆成一桌宴席。东坡肉、东坡羹、东坡肘子、东坡饼、东坡豆腐、东坡鱼……

在惠州，羊肉是稀罕物。吃不到羊肉，但是想解馋，于是他发明了烤羊脊。把没人吃的羊脊煮熟再用酒腌一会儿，点薄盐用火烤。因为羊脊没什么肉，就用牙签挑出肉来吃。想必那情景，东坡先生一定觉得就像吃大闸蟹一样，有仪式感又美味无比。

一次吃荔枝时，苏轼突然生发灵感：惠州风景秀丽，民风淳朴，又有美味的荔枝佳果，这是多么难得的终老之地啊。于是，情不自禁地写下了脍炙人口的《惠州一绝》：

>　　罗浮山下四时春，
>　　卢橘杨梅次第新。
>　　日啖荔枝三百颗，
>　　不辞长作岭南人。

东坡嗜肉、嗜鲍、嗜荔枝，亦嗜蚝。他在惠州期间吃了新安蚝，信笔写下《食蚝》一文，新安蚝产区便在今日深圳的沙井镇。

>　　"己卯冬至前二日，海蛮献蚝。剖之，得数升。肉与浆入与酒并煮，食之甚美，未始有也。又取其大者，炙熟，正尔啖嚼……每戒过子慎勿说，恐北方君子闻之，争欲为东坡所为，求谪海南，分我此美也。"

离开惠州后的元符二年（1099），已经62岁的苏东坡在荒凉的海南儋州又吃到了蚝。读此文，一个无比可爱的老顽童的形象突然出现在我们眼前。欣喜之余，苏轼写家信给幼子苏过，谈及这里的生蚝美味之极，简直是充满了幸福感，还和儿子开起了玩笑，叮嘱儿子切勿外露此消息，以免其他人听说之后，纷纷要求被贬到海南来，跟他瓜分这美味……

只有想不到，没有做不到。苏轼酿酒也有一手，好酒的苏东坡发现了一种极不寻常的酒——桂酒。他说这酒不啻仙露，能益气补神，使人容颜焕发。他给朋友的信里赞美此酒的异香，一度吸引他的朋友不远千里特来惠州喝此美酒。

在玩乐方面，苏轼更表现出无与伦比的天赋和激情。哪里好玩去哪里。游山玩水中，每打卡一个景点，都要写个诗词，其中不少即兴之作传诵至今。

山势雄伟、风景秀丽的罗浮山在惠州博罗县境内，素有"岭南第一山"之美称，它又是著名的道教名山。东晋时期，葛洪在此炼丹，写出了《抱朴子》。尚未到惠州的途中，苏轼便立下了"便向罗浮觅稚川"的誓愿。到惠州之后，很快就去游罗浮山，写下了"人间有此白玉京，罗浮见日鸡一鸣"。

苏东坡住在惠州的时候，他把丰湖称为"西湖"。一来因湖位于城西，二来也因惠州的这个湖的风景与他熟悉的杭州西湖一样美丽，惠州西湖也因此而得名。老朋友时不时来惠州看望东坡先生，他们会于西湖边钓鱼，然后拿着鱼去好友家畅饮，潇洒自在；有一次钓到一条大鳗鱼，就带着鳗鱼和酒到新朋友詹范太守家去吃饭聊天。他常常夜游西湖，以至"达晓乃归"。

岭南的山水因苏东坡而有了别样的灵性。

超凡脱俗的东坡

苏轼是个有情的人。每年中秋，我总是想起他的《水调歌头》，这是苏轼思念他弟弟子由的词。月是故乡明，骨肉情深更是牵肠挂肚，情之所至，成就了"但愿人长久，千里共婵娟"的千古名篇。

他思念逝去的妻子，"十年生死两茫茫"字里行间，杜鹃啼血，痛彻心扉。

苏轼有首非常优美的词：

蝶恋花·春景

花褪残红青杏小。燕子飞时，绿水人家绕。
枝上柳绵吹又少，天涯何处无芳草。
墙里秋千墙外道。墙外行人，墙里佳人笑。
笑渐不闻声渐悄，多情却被无情恼。

词人写了春天的景、春天的人，表达了对春光消逝的惋惜，寄寓了惆怅失意之意。据说王朝云最喜欢这首词。苏轼视朝云为红颜知己。尚在苏轼官运亨通时，某日于朝中跟司马光展开了一场争论。回家后意犹未尽，苏轼指着自己的肚子问几位丫头："有谁知道我腹中都是些什么东西吗？"有答："满腹文章。"也有答："满腹见识。"苏轼均摇头。朝云笑答："满肚子不合时宜。"苏轼点头赞叹："知我者，朝云也。"

当苏轼再遭厄运，流放惠州时，已年近花甲，而朝云才30岁出头。朝云不远千里随苏轼来到惠州，给了苏轼极大的安慰。天妒红颜，朝云在惠州，为南方瘴热疠雾所困，终于一病不起。临终时与东坡执手诵《金刚经》偈："一切有为法，如梦幻泡影，如露亦如电，应作如是观。"苏轼葬之于西湖孤山栖禅寺旁的松林中，于墓前建"六如亭"，并撰写楹联于此：

　　　　不合时宜，唯有朝云能识我
　　　　独弹古调，每逢暮雨倍思卿

现存的六如亭为1946年重建。清道光年间，名士林兆龙为六如亭作楹联一副，浑然天成。上联取自《金刚经》：

　　　　如梦如幻如泡如影如露如电

下联取自《心经》：

　　　　不增不减不生不灭不垢不净

苏轼是个有趣的人。他爱开玩笑，是个不折不扣的乐天派。他说："吾上可陪玉皇大帝，下可以陪卑田院乞儿。眼前见天下无一个不好人。"可见，自信与洒脱且与人为善的苏轼一辈子广结善缘，过得快乐自然不足为奇。

宋元符三年（1100），苏东坡曾来广州一寺庙游览，见寺内有苍翠老榕六株，欣然题书"六榕"二字。光绪元年（1875）该寺改称为"六榕寺"，并沿用至今。六榕寺在历史上与禅宗名寺广州光孝寺齐名，门两边楹联曰：

一塔有碑留博士
六榕无树记东坡

寺中一亭名曰"补榕"，里面有苏东坡的立像，还刻着那首豁达的《定风波·莫听穿林打叶声》。

苏轼是个有力的人。"老夫聊发少年狂"，他身上有种英雄气概，渴望建功立业，是黎民百姓的好朋友，为官一任，必然造福一方。无论是杭州的苏堤、惠州的西湖，还是开海南的文风等，所到之处，春风化雨，温暖四方。

苏东坡接到广州太守王敏仲的来信，得知广州人喝的水又苦又咸。他建议在岩下凿大石槽，引以五管大竹，引山上的水进城，给出"自来水"的妙方。后来，他还建议引水的竹竿钻绿豆小眼，塞上小竹针，方便以后检修维护。

腹有诗书气自华，读书万卷始通神。苏轼被罢黜流放岭南，能以阳光的心态，顺应天命，随遇而安，无忧无惧，苦中作乐，于安谧宁静中，勇往直前。

此心安处是吾乡

到惠州三年之后，苏轼再次遭贬。这次被贬得更远，远到了天涯海角的儋州。宋绍圣四年（1097）六月，苏轼到达北宋最为边远的一方瘠薄之地——儋州。

途中，他耳畔尚有朝云所吟《蝶恋花》"天涯何处无芳草"，一语成谶。儋州，已是天涯海角。如今苏轼是独行天涯路，芳草无觅处了。

既来之则安之。路过广州时，他作《与友》诗曰：

> 他年谁作舆地志，海南万里真吾乡。

乐天知命的苏轼还是没有想到海南岛的生存是这样的艰难，他的心情一度跌入低谷。海南岛四季如春，喜爱春天的苏轼，心态尚处于孤寂凄凉之中，眼中也就没有了春色。在给友人程全的信中，他抱怨说："此间食无肉，病无药，居无室，出无友，冬无炭，夏无寒泉，然亦未易悉数，大率皆无耳。"这样的环境，恐怕一般人都无法忍受，乃至于内心崩溃。但苏轼活了下来，和他之前的境遇一样，还活得很好。

苏轼真正感受到海南春天的美好，是到了第二年的春天。他又迅速找到了心灵的港湾，记录了海南春天之美。在中国词史中，这是对海南之春的第一首热情赞歌。

减字木兰花·立春

> 春牛春杖，无限春风来海上。便与春工，染得桃红似肉红。
> 春幡春胜，一阵春风吹酒醒。不似天涯，卷起杨花似雪花。

"达则兼济天下，穷则独善其身。"苏轼来到海南，在儋州播撒下文化的种子，为海南百姓指凿双泉、开坛讲学、传道授业，对海南的文化有开启之功。据当地史志记载："宋苏文公之谪儋耳，讲学时道，教化日兴，琼州人文之盛，实自公启之。"

元符三年（1100），苏轼获赦北返。三年儋州贬谪生活，东坡先生留给了海南丰富文化的财富与精神遗产，也留下了"九死南荒吾不恨，兹游奇绝冠平生"的诗句。

记住一个地方，往往因为一个人。苏轼一生都在远山孤旅中行走。在颍州、扬州和定州曾有"二年阅三州"的感慨；在杭州、徐州和密州，也留下文人佳话和政绩。

苏轼在《自题金山画像》诗曰：

> 心似已灰之木，
> 身如不系之舟。
> 问汝平生功业，
> 黄州惠州儋州。

作此诗时，距苏轼去世仅两个月。早过耳顺之年的苏轼已参透人生，洞察世事。回首自己跌宕起伏的精彩一生，再也不需要用什么华丽的辞藻和天才的表达了。这四句简单平实的诗，说出了先生心中无尽的感慨。那时候，不知道苏轼是否有这样的感叹，感觉自己是个人才，感觉时间就是生命，但是，"人才"好像和"时间"一样，到头来只是用来浪费的。

"浩然天地间，唯我独也正。"苏轼一生做人做事，从来无愧我心。他一生既有高居朝堂、志得意满的风光，也有九死一生、失魂落魄的遭遇。黄州、惠州、儋州，就是他先后三次被贬谪的地方，也是他人生不堪回首的三次低谷。然而，也正是在一次比一次更加遥远偏僻的贬谪之地，苏轼证明了人生的"波浪理论"，最终成为胸怀天下的文化巨人。

> 人生到处知何似？
> 应似飞鸿踏雪泥。

> 泥上偶然留指爪，
> 鸿飞那复计东西。

人生飘忽不定，就像雪泥鸿爪。苏轼 20 多岁时写的这首诗本来是对弟弟的劝勉，却不曾想预言了他飘摇的人生。被贬黄州后，苏轼彻底正式开启了颠沛流离的余生。他就像落单的鸿雁，在大宋王朝的版图上独自飘零……

十多年前，苏轼的好友王巩因为同受"乌台诗案"牵连，被贬谪到岭南荒僻之地宾州。王巩受贬时，其歌妓柔奴（寓娘）毅然随行到岭南。后王巩北归后，与苏轼会宴时，苏轼问及岭南风土人情，柔奴答以"此心安处，便是吾乡"。苏轼听后，大受感动，心安定的地方就是我的故乡。他即席创作《定风波》赞之曰：

> 万里归来颜愈少，微笑，笑时犹带岭梅香。
> 试问岭南应不好，却道：此心安处是吾乡。

好一个"微笑"。

苏轼的很多诗作中都凸显了唐朝以来佛教禅宗的思想。"不以物喜，不以己悲"、万物皆空、荣辱不惊等，常常体现在苏轼的人生观、价值观和处世之道中。他与佛印等高僧也交往甚密，佛祖拈花一笑，禅宗以心印心，想必亦是他们常谈的话题。这微笑，只能意会，不可言传。

南怀瑾先生讲过中国文学史上著名的三个梦：庄子的蝴蝶梦、吕洞宾的黄粱梦、唐人的南柯梦。就像是苍天开的玩笑，苏轼的命运似乎也可以从这三个梦中解读。苏轼信佛，人生就是"梦幻泡影"。功名利禄就是一场梦，但是苏轼的梦真诚、率性，无比精彩。心知所系，天下为家，皆是吾乡。

苏轼曾经写过另外一首著名的中秋词《西江月》。

> 世事一场大梦，人生几度新凉？
> 夜来风叶已鸣廊，看取眉头鬓上。
> 酒贱常愁客少，月明多被云妨。
> 中秋谁与共孤光？把盏凄然北望。

中秋之夜，对景伤情。孑然一身，回首往事，造化弄人。感叹时间的流逝，冯唐易老；不甘未酬之壮志，故土难归。

秋风萧瑟，落叶纷飞；浮生若梦，谁知我心？

临终前，留下《观潮》：

> 庐山烟雨浙江潮，
> 未至千般恨不消。
> 到得还来别无事，
> 庐山烟雨浙江潮。

林语堂在《苏东坡传》的"序言"中这样写道："苏东坡是个秉性难改的乐天派，是悲天悯人的道德家，是黎民百姓的好朋友，是散文作家，是新派的画家，是伟大的书法家，是酿画的实验者，是工程师，是假道学的反对派，是瑜伽术的修炼者，是佛教徒，是士大夫，是皇帝的秘书，是饮酒成癖者，是心肠慈悲的法官，是政治上的坚持己见者，是月下的散步者，是诗人，是生性诙谐爱开玩笑的人。"苏轼的人生境遇千百年来无出其右。他的政敌王安石曾赞之："不知更几百年，方有如此人物？"2000年法国《世界报》评选出1001—2000年间的12位世界"千年英雄"，苏轼赫然入选，而且是唯一入选的中国人。《世界报》的副主编说："苏东坡入选最重要的原因是，他有一个自由的灵魂。"

"莫道谗言如浪深，莫言迁客似沙沉。千淘万漉虽辛苦，吹尽狂沙始到金。"刘禹锡的《浪淘沙》似乎就在写苏轼。他一生为世人留下了2700多首诗、300多首词，各种文章约4800篇，在当时倾倒世人，被奉为天下文宗。苏轼彪炳后世，《宋史·本传》赞之为"雄视百代"。这位中国古代历史上少有的文化全才以他的亲身实践，树立了一种理想人格的标准。居庙堂之高，处江湖之远；遇贵人之助，遭小人之算；诗文书画，冠绝天下；有趣有情，以德报怨；为人为政，美名千年……这样一个超然旷达、近乎完美的人，难怪为世人喜爱，为百代敬仰。

看似无可奈何花落去，实则春城无处不飞花。苏轼说："古之立大事者，不惟有超世之才，亦必有坚忍不拔之志。"诚哉斯言。

禹安词曰：

诉衷情·岭上

重寻岭上品华章，行路风雨茫。
词宗豪放椽笔，调寄凤求凰。
文载道，梦黄粱，是何乡。
功成名遂，东坡明月，山高水长。

苏轼（1037—1101）字子瞻、和仲，号"铁冠道人""东坡居士"，世称"苏东坡""苏仙"，眉州眉山（今四川眉山）人，祖籍河北栾城，北宋著名文学家、书法家、画家。苏轼是北宋中期文坛领袖，在诗、词、散文、书、画等方面均取得很高成就。苏轼文纵横恣肆；诗题材广阔、清新豪健，善用夸张比喻的手法，独具风格，与黄庭坚并称"苏黄"；词开豪放一派，与辛弃疾同是豪放派代表，并称"苏辛"；散文著述宏富，豪放自如，与欧阳修并称"欧苏"，为"唐宋八大家"之一。苏轼善书，为"宋四家"之一；擅长文人画，尤擅墨竹、怪石、枯木等。

把握自己，也就把握了世界

——读《传习录》

钱穆曾说，中国人必读的书有七本。这七本书是《论语》《孟子》《老子》《庄子》《坛经》《近思录》和《传习录》，集中体现王阳明良知精神的著作就是《传习录》。钱穆列出读《传习录》的七点大纲：①良知；②知行合一；③致良知；④诚意；⑤谨独；⑥立志和；⑦事上磨炼。

哈佛大学教授杜维明接受《商业评论》专访时，认为现在中国需要阳明思想。他说："我觉得阳明心学相当于我们的强心针，对于现在的年轻人，对于希望我们这个民族往前走的这一批人来说，阳明学是我们急需的一种重要的精神之源。""如果现在学习阳明学的话，第一就是立志，第二是勤学，第三是改过，第四就是责善。"杜维明在哈佛的博士论文是《宋明儒学思想之旅——青年王阳明（1472—1509）》，文中指出，王阳明对自己内在价值的不懈追求，具有永恒的意义和世界的意义。

一部生动的对话集

《传习录》的书名取自《论语·学而》:"曾子曰:吾日三省吾身,为人谋而不忠乎?与朋友交而不信乎?传不习乎?"《传习录》的内容主要是王阳明的语录、书信与弟子们的对话等。三卷里,卷上、卷下是弟子们记录的师生对答,卷中是王阳明和弟子们的往来书信。《传习录》开篇就有徐爱问王老师怎么理解"格物"等儒家的核心观念。王阳明说"格物"就是"正心",世界这么大,谁能格尽天下万物?一个人只需从心上格,"格物者,格其心之物也,格其意之物也,格其知之物也"。一个人不断地丰富自己的知识,纯洁自己的灵魂,拔高自己的生命纬度才是最大的学问。《传习录》贯穿王阳明的哲学思想,他的哲学思想的核心是"心学"。他说:"心即理也,天下又有心外之事,心外之理乎?"王阳明认为,世界与"心"、"心"与世界应该是一体的,也就是"天人合一"的。如何既不动心又能随机应变,这就是"心学"的独特魅力。

要想了解王阳明,从《传习录》里师生的对话,通过奏疏和朝廷的对话,可以走近阳明先生的世界。这些对话让人自然想起了苏格拉底、柏拉图以及很多圣贤和弟子间的对话,后人从这些对话中获得无限的知识和智慧。王阳明的著作包括各种诗文案牍,《传习录》虽只占其中的六分之一左右,但被称为"心学"第一书,是我们读懂王阳明、感悟心学大智慧必读的一本经典。

在《传习录》中,有一段广为人知的记载:先生游南镇,一友指岩中花树问曰:"天下无心外之物,如此花树在深山中自开自落,于我心亦何相关?"先生曰:"汝不看花时,花与汝心同寂;汝来看花时,花的颜色一时明白起来,便知此花不在汝心之外。"亦有人问:"人皆有是心,心即理,何以有为善,有为不善？"先生曰："恶人之心失其本体。"

这段话中的"寂"源自禅宗，讲的是事物间的一种状态。就如山中的花，自开自落，"我"未观时，它是沉寂的，它和"我"的内心不存在关联；"我"看花时，心物圆融，这才打破了"寂"，花才会在"我"的心中盛开，因为花朵原本就在"我"心中。这里花的存在，仅仅是客观存在，也是一种价值存在。

"无善无恶心之体，有善有恶意之动。知善知恶是良知，为善去恶是格物。"心原本是没有善、没有恶的，有善有恶是因为你的思想在活动了。知道善、知道恶是一种良知，有好的作为及去掉恶行都是基于对事物的理解。王阳明在56岁时与两位弟子曾在浙江绍兴家门口的碧霞池天泉桥上讨论著名的"心学四句教"，史称"天泉证道"。阳明先生将"心学"精华凝成这4句话共28个字。他认为，"良知"是心之本体，无善无恶就是没有私心物欲遮蔽的心，这是"天理"。在"情感未发"之中，是"无善无恶"的，也是他所追求的境界。我理解，致良知，就是不断学习，让自己的"良知"达到最大限度，然后自觉应用到各个方面，加强为善去恶的道德实践。

儒家讲尽心、知性、知天，道家讲凡人有颗天心，佛家讲觉悟，讲的都是善用其心、坚守其心。中华文化特别关切人类命运，追求宋代大儒张载（横渠）先生所说的"为天地立心，为生民立命，为往圣继绝学，为万世开太平"。

阳明其人　知行合一

从历史的角度去看，在中华文化的传承中，王阳明甚至可以和尧、舜、禹、文王、周公、孔子、孟子等圣人并列，也成为这个文明传统当中的一位圣人。他所继承的是周公、孔子、孟子以来关于天道的一种内在的自我觉醒。

从个体的角度来讲,王阳明是一个不朽之人物。在他57年的生命中,实现了《左传》所谓的"立德、立功、立言"三不朽,500多年来,更成为中国与世界的王阳明。

明史载,圣人王阳明的出生很有神秘感。他原名王云,出生于成化八年(1472),也就是拍卖行中赫赫有名的"成化斗彩"盛行的年代。王阳明母亲怀胎14个月,根据传统说法,先天的元气是比别人多的。出生的时候,他的祖母做了一个奇异的梦,看见祥云中有位神仙抱着小孩子送到他们家来。所以,王阳明出生以后,祖母特意地给他起名为"云",就是想应这个奇异的梦。阳明先生长到5岁时还不会说话,后在高人指点下,改名王守仁。改名之后,奇迹发生,这个少而有志、带有叛逆思想的孩子,一鸣惊人开始了他辉煌的人生。

有首佚名所撰《鹊桥仙·岳云》似乎就是少年王阳明的写照:

> 湛湛长空,乱云飞度,吹尽繁红无数。
> 正当年,紫金空铸,万里黄沙无觅处。
> 鲜衣怒马少年时,能堪那金贼南渡?

15岁始,鲜衣怒马的世家子弟王阳明就四出游历长城要塞居庸关、山海关及塞外等地。他饱览山川形胜,谈兵论道,胸怀天下,其建功立业的雄心初现。他不只是纸上谈兵,更躬行其间,骑马射箭,都达到很高水平。王阳明"格竹"事件就在他十五六岁之时,可以想象,少年时的王阳明是个多么富有个性、注重实践经验、充满理想和激情的人。其父王华贵为当朝状元公,或许是强大的家族基因,为这位震烁古今的天才赋能。

王阳明21岁时,乡试中举,有天才之誉。28岁,会试二甲

第七，入仕工部，堪为能员，后升为刑部主事、兵部主事。31岁告病。还乡休养期间，在浙江会稽山得遇"阳明洞天"。从此，"王阳明"的知名度远大于其本名"王守仁"。虽然阳明先生前程似锦，但"不识时务"，因言获罪。随后命运多舛，被贬到遥远的西南地区，甚至一度有性命之虞。

1508年春，37岁的王阳明到达贵州龙场当驿丞。当时，他无车、无房、无粮、无药，主仆四人面临饥饿、疾病，甚至死亡的威胁。此时此刻，王阳明把得失荣辱都放下了，他在洞中静坐，苦苦思考圣人之道。经过肉体和心灵的锤炼，王阳明感受到了天地宇宙的精神和正气，另辟蹊径，悟出了"只在身心上做"的格物致知之旨。把《大学》的"物"解释为"心"，把"知"解释为不学而知、不学而能的天生的"良知"。后人把这一哲学史上的重大事件称为"龙场悟道"。龙场悟道使王阳明悟出了"吾性自足，不假外求"。就是人人心中都有良知，良知无所不能，能解决一切问题，不需要任何外来帮助。我们应该追求的是在心中的天理，追求的是良知的光明。诚如是，何事不成？

阳明心学和禅宗接近，都讲究悟性，但更为积极和进取。龙场悟道，万象归心。求人不如求己，求诸外物不如求诸本心。龙场对王阳明来说，考虑的问题不是如何成为一个圣人，而是圣人该怎么做。太多知识，有时候反而把人的良知遮蔽了。我们不难想起禅宗的渐悟和顿悟。王阳明知行合一的功夫与六祖惠能大师"顿悟顿修"就十分相似。

1516年的秋天，45岁的王阳明升都察院左佥都御史，巡抚南（安）、赣（州）、汀（州）、漳（州）。此后，王阳明的军事爱好和军事才能得以充分发挥。王阳明所管辖的这四处，位于华南地势险峻之处，在南岭的山脊两侧。南岭，亦称为"五岭"，是山脉但被分成了五处不相连的山岭。它和秦岭一样，也是中国的一条地理分界线。南岭之南是粤桂，南岭之北是湘赣，几省交汇之地，匪患横行，易守难攻。在这里，王阳明的文治武功得到了充分的检验。

战争，是一门艺术，王阳明用他的"良知"法宝，举重若轻，完成了许多不可能完成的任务，当然，他的战争艺术是更加精彩和匪夷所思的。正德十三年（1518），王阳明在给弟子的信中写到了一句话，"破山中贼易，破心中贼难"，用实践检验了他的理论。阳明心学中蕴含的心灵正能量告诉我们，只要心不去轻易为外界所动，就是不动心，就是从容行走，任意东西。

阳明初战漳州詹师富，小试牛刀平定匪患；后改革军制，形成了严格有效的指挥系统，作战时能达到如臂使指的效果；再剿横水谢志珊等，三战浰头池仲容，大获全胜。他的制胜之源是善于治军和善用《孙子兵法》中的庙算，或重兵围剿，或谋略智取，善战而先胜，正奇结合，善用奇计。史书上对王阳明的善战多有赞颂。平宁王叛乱是他一生最大的功业，但他个人在此事上并无实际的好处。生不逢时的王阳明闲居数年，朝廷对他不闻不问。直到嘉靖六年（1527），两广的少数民族首领卢苏、王受起兵造反，朝廷无计可施，只好再次起用王阳明。他官复原职，又担任了左都御史和两广总督和两广巡抚。阳明复出后，用兵如神，攻心为上，恩威并用，迅速平患……

"人需在事上磨，方可立得住，方能静亦定，动亦定。"有个学生问王阳明："安静的时候我感觉很不错，思想清晰，可一遇到事情就乱了阵脚，为什么？"王阳明说："这是你只知道静养，却没有下克己的功夫。这样一来，碰到事情就乱了阵脚。人应该在具体的事情上磨炼自己，才能站得稳，才能静亦定，动亦定。"

阳明讲学授徒、开宗立派，百世师范；平定叛乱、安邦定国，彪炳青史，是中华文明的标杆性人物之一。明嘉靖七年（1529）十一月二十九日上午，江西南安青龙铺赤江村，已在弥留之际的王阳明对门下弟子周积说道:"吾去矣。"周积泣问:"何遗言?"阳明说:"此心光明,亦复何言!"说罢溘然而逝,终年57岁。

阳明先生灵柩从江西经过,当地军民感念恩德,都戴孝哭送。王阳明一生几经波折,辗转多地,足迹遍布全国多地。究其一生,大体分为贵州龙场悟道、江西平定叛乱、浙江越中论道三个阶段。几百年来,阳明心学一直激荡着人们的心灵,尤其是他的"知行合一""致良知"学说,对当今提倡的实干精神等具有重要意义。

南宋理学家、教育家张栻的《论语解·序》曰:"始则据其所知而行之,行之力则知愈进,知之深则行愈达,行有始终,必自始以及终。"这句话阐释了"知"与"行"的相互关系,意思是说,"知"与"行"相互生发、相互促进,越是深入实践,认识越能精进;有了越发深刻的认识,实践越能通达透彻,"知"与"行"自始至终相互随行。

"知"字的造字之意是"识也,憭于心,故疾于口",即心中明了清楚,就可以很快地表达出来。"行"在甲骨文里的写法像个十字路口,本指道路,引申为行走,再表示行为。

对朱熹"知行相须""知先行重""论先后,知为先;论轻重,行为重"的观点,阳明持批评态度,他提出了"知行合一"的思想。这里的"知",不是"知道",而是"良知",是每个人发自本能的反应,是与生俱来的判断力。他认为,"只说一个知,已自有行在;只说一个行,已自有知在",知行无法分开。知行只是一个功夫,不能割裂。知是行的出发点,是指导行动的;行是知的归宿,是实现知的。

操作简单又效果显著

作为一个普通人，怎样的日子才值得一过呢？王阳明以自己的理论和实践告诉我们，要胸有大志，要建功立业，也要诗意地栖居。他的心学就是这样的学问。

《传习录》类似于《论语》，是语录体的言行记录。曾子是孔子的好学生，他每天对照老师的言行，检讨自己、反省自己，有错改错，没有错就自我鼓励，再接再厉，继续进步。后来曾子写了《大学》。孔子的孙子子思是曾子的学生，他以曾子为榜样，写成了《中庸》。王阳明非常喜欢《大学》《中庸》，他从小立志，学圣贤，做圣贤。

朱熹所著的《近思录》是中国第一本哲学言论集，取名也是来自《论语》中的"切问而近思"。《传习录》和《近思录》属于同一个系统，朱熹和王阳明是中国思想史上的高峰，理学和心学代表了宋代和明代思想的不同取向。

和朱熹的观点不同，王阳明特别看重善念。通俗地说，就是人要心安理得。"天理在人心，亘古亘今，无有终始。天理即是良知"（《传习录中·答欧阳崇一》），心就是天理，"善念发而知之，而充之；恶念发而知之，而遏之"。善念萌发之时就要认识到并去扩充它；恶念萌发之时就该意识到并去遏止它。"种树者必培其根，种德者必养其心。"善根结不出恶果。"不贵于无过，而贵于能改过。"善于改过比不犯错更可贵。"人胸中各有个圣人，只自信不及，都自埋倒了。"人人心中都有个圣人，人人皆可以为圣人；人要成为圣人，必须反求诸己，向本心里致良知，寻求万事万物之理。人心中的"圣人"被自身不当的行为、观念所掩埋、所遮蔽，人若要成圣，则必须除掉这些遮蔽本心的行为和观念。

这让我们联想起《论语·里仁》中的关于"忠恕"的对话。在孔子和弟子曾参对话中，明确了其一以贯之的理念就是"忠恕"两个字。朱熹对"忠恕"解释很传神："尽己之谓忠，推己之谓恕。"衡量一下自己内心的标准，看看良知在哪里，这是忠；推己及人，将心比心，换位思考，这是恕。

不做就是不知。王阳明教育弟子："日间工夫，觉纷扰则静坐，觉懒看书则且看书，是亦因病而药。"内心烦躁，就静坐一下；越懒得看书，就越要看书，这就是对症下药。他说："未有知而不行者。知而不行，只是未知。"没有知而不行的事。知而不行，就是没有真正明白。相信它，才能拥有它。我们想要获得成功，有很多路径可以选择，最终殊途同归。但离开实践，一切都是空谈。空谈误国，实干兴邦。思想的力量，只有在行动中才能发挥作用，必须在身体力行上下功夫。

人到中年，于国于家必须要有担当，负起社会所赋予的责任。每个人的道路都注定不会一直平坦，有时候需要内敛，有时可能要委曲求全甚至忍辱负重。事情来的时候尽自己的良知应付，但也别没事找事，只要在关键时刻想着内心的良知，知道哪些该做和不该做就对了。

很多时候，我们自以为懂了，悟到了什么，却未能付诸行动。原因只有一个，虽然你知道了这个道理，却并未真正用"心"去体悟它。王阳明有诗云："人人自有定盘针，万化根源总在心。"这里的"心"是良心，也是人品、人格。从这个角度理解，心学或许就是让我们活得自然，活得合理又舒服的学问，核心是从自己的"良知"出发，以心中的"良知"指引，忠于自己，善待他人。这样，什么该做，什么不该做，自然不会搞错。

不忙不乱，不焦不躁；回归简单，做人要诚；耐住寂寞，久久为功；反观自身，自我提升；自强不息，天天向上……这些融心理学、管理学、运筹学等为一体的思想都是阳明先生给我们指出的方向。我们学习并且实践，选择适当的策略，把对生活的渴望和对事业的追求和谐统一起来。这样，就是无招胜有招，既操作简单，又效果显著，当然也能随心所欲，立于不败之地。

学习王阳明的"知行合一"，在商业管理上也很有借鉴意义。我以为，起码有两点：

其一，新视角：重建认知系统。

（1）审时度势（战略）：系统战略思考；

（2）铁腕立威（权威）：制订目标计划；

（3）滴水不漏（流程）：理清逻辑关系；

（4）利益驱动（分配）：形成数学模型；

（5）韬光养晦（沉淀）：功成名遂身退。

其二，新赋能：从胜任力到创造力。

（1）推功揽过（担当）：敢于承担责任；

（2）有效授权（控制）：走出事无巨细；

（3）沟通协调（平衡）：以对方为前提；

（4）倚重幕僚（高管）：掌握人性弱点；

（5）明镜高悬（用人）：分解落实到人。

"吾心自有光明月，千古团圆永无缺。"阳明先生告诉我们，内心要谦虚不自满，胸怀要大度能容人。认识是实践的起点，实践是认识的成果。一个人的修炼更重要的是在具体事上的磨炼，在日常的平淡生活中的真实表达。千秋万代，不论你处在生活的何种阶段，是乐亦是忧，不论是在哪种情况，是甘或是痛，都能遵从良知，按自己内心的指引，过好属于自己的精彩人生。

按心兵不动，如止水从容。

此心不动，随机而行。

禹安诗曰：

韶华百代不悲秋，岁月峥嵘踏浪头。
陋室挥毫飘紫焰，闲庭阔论斥方道。
情酬四季甘和痛，气韵今宵乐亦忧。
事上知行心即理，阳明草色润田畴。

王守仁（1472—1529），浙江余姚人，幼名云，字伯安，号阳明子，世称"阳明先生"，故又称王阳明。明代最著名的思想家、哲学家、文学家和军事家，是中国历史上罕见的全能大儒。他创立的"心学"体系，在明以后的思想界占有重要地位，影响深远，也因此与儒学创始人孔子、儒学集大成者孟子、理学集大成者朱熹并称为"孔孟朱王"。其学术流传至今，堪称学界巨擘，有"百世之师"之称。清代名士王士祯称赞王阳明"立德、立功、立言，皆居绝顶"，为"明第一流人物"。

人生驿站　心灵港湾

——读《徐霞客游记》

在今天看，徐霞客也是一个另类的人。一辈子的大好时光，不追求功名利禄，不在意世人褒贬，写出的作品，也没有藏之名山、传于后世的宏愿，就那么行走，那么记录，不停地探索千里江山。

"云散日朗，人意山光，俱有喜态。"《徐霞客游记》开篇首句就充满喜悦之情，这是为见证中华大好河山而生的人。徐霞客创作的这部游记，是系统考察中国地貌地质的开山之作，亦是文字简洁而优美的散文佳作，在地理学和文学上都有着重要的价值。

《易经·系辞》云："仰以观于天文，俯以察于地理。"在崇尚"上通天文，下通地理"的古代，行万里路何其难也。徐霞客是个专注而有趣的人，他酷爱自然，有着科学精神，醉心于探究未知的世界且矢志不渝。他的游历和我们今天简单的旅游寻访名胜不同，更重要的是为了探索自然的奥秘，了解自然的变化规律。

从 22 岁开始，徐霞客的脚步逐渐遍及大半个中国，东到浙江普陀山，西至云南腾冲，南达广西南宁，北抵河北蓟县盘山。在以徒步跋涉为主的行旅游记中，他通过实地调查，做出真实记录，并解释相关疑问，最终写成《徐霞客游记》。其调查的对象遍及各行各业，有樵夫、牧童、农民、商贾、僧侣等。有的内容虽在现场听别人介绍了，仍存疑必加注说明。游记中用"即""疑""闻"等字注明亲自体验、道听途说等，对没有到的地方则注明"惜未至"，严谨可信。徐霞客善于利用资料，又不轻信，通过沿途寻访，相互印证，其游记具有很高的科学价值。

徐霞客处在明亡前夕，在社会大动荡的岁月中行走，超越世俗的认知，行走四方，心无旁骛，只是为了实现自己心中的梦想。

脚步写就的《千里江山图》

《徐霞客游记》犹如一幅明末风俗画的长卷，从东往西，展现了从江南水乡到西南边疆千姿百态的社会生活，生动真实，绚丽多彩。

徐霞客在山脉、水道、地质和地貌等方面的考查及研究都取得了超越前人的成就，如岩溶地形、洞穴探察、物候观察、水源探询、长江考察等，都明显早于西方数百年。

在明朝，有的人立志当文人，如徐文长（别号"青藤"）；有的人立志当圣人，如王阳明。还有的人，什么都不想，只想做自己喜欢的事情，徐霞客就是这样的人。他的行为举止，不要说在明朝，在今天也绝对是特立独行的。他才是"世界那么大，我想去看看"的最佳诠释者和实践者。《徐霞客游记》开篇之日（5月19日），已被定为中国旅游日。

徐霞客经历了 34 年的旅行，写了天台山、雁荡山、黄山、庐山等各个名山的游览记录和《浙游日记》《江右游日记》《楚游日记》《粤西游日记》《黔游日记》等作品。徐霞客的游记有60多万字，是有记载的游记里最长、字数最多的。我们无法想象，徐霞客是靠何等毅力和坚持，让他对30多年旅行观察所得，对地理、水文、地质、植物等自然现象，都做了详细的记述。和黄公望泛舟三年完成《富春山居图》一样，徐霞客用脚步丈量山川河水的执着和坚韧不是为了闻达于诸侯，而是为了心中的理想。

徐霞客美词妙句的文章对景物的描写优美精当。明朝文坛领袖钱谦益曾评价《徐霞客游记》，"此间真文字、大文字、奇文字"。这部游记描绘的景色，美不胜收。泉声山色，往复创变；老干屈曲，根叶苍秀；天色渐霁，雨后新霁；山峻路滑，溪石渐幽；明星满天，日光烨烨，一碧如黛。字里行间，徐霞客的风骨和才情跃然纸上。

生命最美的绽放

当年明月的七部《明朝那些事儿》，写尽了帝王将相、风云人物，结尾时却用了徐霞客这个看似不起眼的人物作为结尾。他是这样写的："我之所以写徐霞客，是想告诉你：所谓百年功名、千秋霸业、万古流芳，与一件事情相比，其实算不了什么。这件事情就是——用你喜欢的方式度过一生……成功只有一个——按照自己的方式，去度过人生。"徐霞客一生都在做自己喜欢的事，游历天下，看尽世间奇景，他执着于探究大自然运行之奥秘，终被誉为"中国地理学之父"。青年徐霞客由家乡江阴的胜水桥头登船起航，开始了长达30多年，遍及大半个中国的游历，他一生中大部分时间都是在山山水水中度过的。徐霞客穿行中国，不仅详细地记述了当地的风土人情、风景名胜、寺观庙宇，还对山川河流、气候物产等地理自然进行了科学考察，给后人留下这部鸿篇巨制。他撰写的考察日记，被誉为"千古奇书"。

遥想当年，徐霞客收拾好行装——一根竹杖、一双芒鞋、一顶远游冠，便开始他的远山孤旅。在路上，不知道他是否也会吟诵《定风波》，但可以肯定的是，徐霞客和苏轼一样，都有着乐观旷达的愿一生沉醉于山川的豪情。

> 莫听穿林打叶声，何妨吟啸且徐行。
> 竹杖芒鞋轻胜马，谁怕？一蓑烟雨任平生。
> 料峭春风吹酒醒，微冷，山头斜照却相迎。
> 回首向来萧瑟处，归去，也无风雨也无晴。

苏轼的《定风波·莫听穿林打叶声》作于黄州之贬后的第三个春天，途中遇雨所感所思，表达了东坡先生泰然处之的生活态度。东坡先生吟咏自若，缓步而行的身影想必就是徐霞客终身追随的榜样。徐霞客从未入仕，人生境遇和东坡先生大不相同，但和苏轼相同的是，他一生坚守自己的精神世界，执着于内心的呼唤。正如苏格拉底所说："世界上最快乐的事情，莫过于为理想而奋斗。"

徐霞客畅游中国大地，一路风尘，走过通都大邑；一路风景，关照山河古今。他所寻找的历史印迹与此时的呈现，为人所津津乐道。直到今天，他曾经走过的地方的人民都还在纪念他，讲述他的故事。在他的文字背后，饱含着深厚的情怀，就像一壶龙井，色绿、香郁、味甘、形美，需要静下心来细细品味，才能感受到茶水的悠长回味。

徐霞客注重对山势、水脉和石洞的严谨执着的科学考察。明崇祯十年（1637），徐霞客来到湖南耒水流域，游历了郴州、宜章、耒阳等地。短短十几天，徐霞客的耒水流域之旅，就记录了八县、九洞、十渡口、十一铺、十二村。以亲历亲知的日记体游记形式真切记录了湘南山川地理、山水城郭、风土人情、社会现状等诸多内容。

"读万卷书，行万里路"，旅行和读书其实是一体两面，读书是为了明理，而旅行是为了长见识，旅行更高的追求是"感、悟"。徐霞客在一生的旅途中，除了骑马或乘舟外，基本上都是步行的，"赤足跳草莽中，揉木缘崖"，光着脚，跋山涉水是寻常事。在《游雁荡山日记》中，他这样描述攀登的艰险："余与二奴东越二岭，人迹绝矣。已而山愈高，脊愈狭，两边夹立如行刀背。""踌躇崖上，不敢复向故道。俯瞰南面石壁下有一级，遂脱奴足布四条，悬崖垂空，先下一奴，余次从之，意可得攀援之路。""及下，仅容足，无余地，望岩下斗深百丈，欲谋复上，而上岩亦嵌空三丈余，不能飞陟。持布上试，布为突石所勒，忽中断，复续悬之，竭力腾挽，得复登山岩。"

文中可见旅途之艰难，但徐霞客从不畏难，在他的眼中，处处都是人生驿站，而情之所至就是心灵港湾。

崇祯十二年（1639），徐霞客两天内翻山越岭50多公里，渡过滚滚急流的怒江，翻过云遮雾绕的高黎贡山，从潞江分水关徒步来到了腾越县城（今云南腾冲），挥笔写下了"极边第一城"的题字，终于完成了他年轻时就定下的毕生誓达的目的地，也结束了他一生的游历，腾越之旅成为绝唱。

崇祯十三年（1640）正月，徐霞客终因沉疴不治，"两足俱废"，遗憾再也不能跋涉游历。而此跨越浙、楚、粤、黔、滇的"万里遐征"，自崇祯九年（1636）农历九月十九日始，至此已三年有余，思乡之心尤切。徐霞客遂由请他编修《鸡足山志》的丽江府第十三任土知府木增派人护送其返乡。当徐霞客向鸡足山众僧告别时，悉檀寺全寺僧人在山门排成长队挥泪相送。木府派出8人，轮流肩抬滑竿，身背书箧行囊，跋山涉水，日夜兼程，历尽艰辛，至湖北黄冈，又自黄冈乘船，历时156天，终将徐霞客及基本完成的60余万字的《徐霞客游记》安全护送回江阴。在生命最后的绽放中，不知道徐霞客是否会想起距此几百里外的浙江绍兴兰亭，1200多年前，王羲之写下了《兰亭集序》："仰观宇宙之大，俯察品类之盛，所以游目骋怀，足以极视听之娱，信可乐也！"他的一生，无怨无悔，乐在其中。

1641年，徐霞客去世，享年56岁。他生命绽放出耀眼的光芒，成为大明王朝的余晖。三年之后，崇祯皇帝在煤山自缢殉国。大明王朝落下400年帷幕。徐霞客可能是最后一位全面记录大明河山的行者。

忽然觉得徐霞客和早于他550年的苏轼有类似的地方。他们或者主动，或者被动，都在短暂的一生中走遍了大半个中国，他们特立独行，足迹所到之处，至今流传着他们的故事。虽然人生坎坷，但他们尚处在和平的时代，而他们身后不久，王朝都走向没落甚至是消亡。

上大学期间，我也曾独自游历湘粤和京沪杭，独自行走在城市街巷里，流连于名胜古迹中，也曾想到过徐霞客和他的故事。一个人走的路越多，他的生命就越精彩。古代西方哲学家圣奥古斯丁曾说过："世界就像一本书，不去旅行的人只读到其中的一页。"我们不能走遍世界的每一个角落，但我们可以进行选择，让每一次旅行都成为一次文化的探索、一次对历史的追寻、一次对自己心灵的清洗。

"五岳归来不看山，黄山归来不看岳。"有时候，并不是美丽的风景让你忘却了烦恼，而是你忘却了烦恼，眼前的风景才更美丽。生活让人有时候快乐、幸福，但更多的时间我们是在空虚、无聊、彷徨中度过的。《诗经》说得好，"靡不有初，鲜克有终"。刚开始做的时候都能有一个好的开始，但很少有人能坚持到最后。有趣的灵魂和坚定的信念一旦融合,往往会产生奇迹。

禹安诗曰:

> 功名利禄古今同,
> 熙熙攘攘意无穷。
> 远见卓识真豪杰,
> 知止后定可称雄。
> 从来顺势方得志,
> 鲜见逆流能建功。
> 纸上说来终觉浅,
> 行者脚步已匆匆。

徐霞客(1587—1641),名弘祖,字振之,号霞客,明朝南直隶常州府江阴县(今江苏江阴)人。徐霞客是中国历史上伟大的地理学家之一,30余年间足迹遍及相当于今日中国的20余个省、市和自治区。徐霞客"达人所之未达,探人所之未知",所到之处,探幽寻秘,并记有游记,记录观察到各种现象、人文、地理、动植物等状况,最终撰写成60余万字的地理名著《徐霞客游记》,被称为"千古奇人"。

第二章

国学浅悟

知书识礼悟真义

——感悟礼仪之美

故宫里的礼仪密码

礼仪在古代可应用于各个方面，从我们熟悉的明清古建筑中也可以看到。我们熟悉的故宫紫禁城里面，太和殿作为"盛世会聚之地，祭祀之所"，是宫内规模最大的建筑，一切均须采用级别最高的建筑规制。太和殿的重檐庑殿顶本身是最高等级的建筑形制，其殿顶颜色为黄色，《易经》中有"天玄而地黄"一说，黄色相当于五行中的土而位居中央，同为色彩中的最高级别。

老舍在《四世同堂》中写到，这些矛盾在他心中乱碰，使他一天到晚的五脊六兽地不大好过。北京人常用"五脊六兽"来形容一个人内心的心烦意乱、忐忑不安。其实，"五脊六兽"是中国传统建筑的一种装饰。在中国古代建筑中，宫殿殿顶多为庑殿顶，其屋顶前后左右四面都有斜坡，前后两坡相交成为正脊，左右两坡与前后两坡相交形成四垂脊，统称"五脊"。"六兽"的一种说法是四条垂脊排列着五个蹲兽，分别是狻猊、斗牛、獬豸、凤、狎鱼，再加上正脊两端的龙吻，又叫"吞兽"。

紫禁城古建筑屋顶的五脊六兽，其主要目的是装饰，并能凸显出建筑的等级。建筑等级越高，小兽的数量越多。脊兽的配置自然也要配合其建筑规制，太和殿（金銮殿）采用最高级别，即十个脊兽。据《大清会典》记载，这些小兽依次是：龙、凤、狮子、天马、海马、狻猊、狎鱼、獬豸、斗牛、行什。十个脊兽，在中国建筑史上是独一无二的，皇帝居住和处理日常政务的乾清宫地位仅次于太和殿，用九个；坤宁宫原是皇后的寝宫，用七个；妃嫔居住的东西六宫，用五个，以此类推。另在屋脊边缘处安放骑凤仙人。相传，战国时期齐国国君齐湣王败北后被追兵紧逼，逃到江边，危急中，遇一大鸟。齐湣王骑上大鸟，渡江而去，化险为夷。古建筑上将骑凤仙人安排在首位，表示腾空飞翔并有祈愿吉祥意。此外，骑凤仙人安坐在屋檐的顶端，具有绝处逢生、逢凶化吉的象征意义。

这些小兽依次排列，从文化寓意角度讲，具有浓厚的防灾文化特色，我们也可以称之为"镇物文化"，使得建筑更加宏伟与庄重。这不仅是皇权礼仪的象征，反映了明清帝后的执政和生活理念，也是古代祥瑞文化的重要组成内容。

追根溯源　礼仪之邦

中华民族自古就非常重视礼仪教育，把它列为综合素质教育的首要科目。古代教育的六种科目就包括礼、乐、射、御、书、数。据《周礼·地官·保氏》记载："保氏掌谏王恶，而养国子以道。乃教之六艺：一曰五礼，二曰六乐，三曰五射，四曰五御，五曰六书，六曰九数。"古代教育家把"礼"放在综合素质教育的第一位。

中国古代礼仪有所谓"五礼",构成古代礼仪的基本内容:以祭祀的事为吉礼,以冠婚的事为嘉礼,以宾客的事为宾礼,以军旅的事为军礼,以丧葬的事为凶礼。

历代朝廷都格外重视礼仪建设。汉武帝建元五年(前136)置五经博士,始有五经之说。汉班固《白虎通·五经》云:"五经何谓?谓《易》《尚书》《诗》《礼》《春秋》也。"五经中的《礼》,汉代指《仪礼》,后世指《礼记》。

古代的礼仪教育与古代的道德伦理教育的关系非常密切。古人把礼仪当作立身处世的重要学问,孔子曰:"不学礼,无以立。"(《论语·季氏》)古代有所谓"五常",指的是"仁、义、礼、智、信"。这是古代的道德伦理教育,也离不开礼。古代修身讲究温、良、恭、俭、让,这是孔子身体力行的德行修养,也是从礼的角度而言的。孔子的一生就是为礼仪教育而献身的一生。子曰:"道之以政,齐之以刑,民免而无耻;道之以德,齐之以礼,有耻且格。"(《论语·为政》)礼是维系社会道德伦理的纽带和准则。《论语》中对礼的阐述包括两层意思:一层是从整个社会的结构而言。孔子理想的社会是西周时的社会形式,贵贱有序,尊卑有别。另外一层含义对个人而言,士大夫和国君各有其礼,在礼里要充满内心的尊敬和爱心,将内在的东西和外在的东西要统一起来。

儒家十三经之中就有三部讲礼的经典,即《周礼》《礼记》和《仪礼》。其中,《周礼》原名《周官》,也称《周官经》,西汉末列为经而属于礼,故有《周礼》之名,分《天官》《地官》《春官》《夏官》《秋官》《冬官》六篇。《仪礼》是春秋、战国时代一部分礼制的汇编,古代只称《礼》。对记言部分而论,则曰《礼经》,合记言部分而论,则曰《礼记》。自西晋初,以戴圣所编49篇称《礼记》,因称《礼经》为《仪礼》。

任何礼节的本质都是"曲己以敬人"。替他人着想，也是礼的基本精神。礼的表现为有序，礼的内在为敬，形式包括点头、鞠躬、握手、屈膝、下跪、叩首等。现在拜祭父母、感恩激德之际也有下跪、叩首之礼。

杜桂林教授在《中华礼仪学》中总结出礼仪的"讲究"和"反对"：礼仪讲究自谦而敬人，反对骄傲自满；礼仪讲究孝亲而敬长，反对没大没小；礼仪讲究"文明"，反对"粗野"；礼仪讲究"治""和"，反对"乱"；礼仪讲究尊老而敬贤；礼仪承认差别，尊重等级。诚哉斯言。

处世以诚　待人以敬

今天提倡学习中华礼仪，就是希望规范社会全体成员的行为，从而提高国民的道德礼仪素质，进而稳定社会，促进文明的发展。我们的历史责任是承前启后，传承古代礼仪要思考其内核，而不可只行于其表。不能仅将目光聚焦于"礼"的外壳，而要秉承尊儒思想下"诚实守信、表里如一、节制慎独"的"礼"的精神，择优而取，应时而承。因为礼仪是在人类社会千百万年的交际实践中约定俗成的风俗习惯，然后由历代朝廷逐渐规范，这才形成了今天的礼仪。礼仪是与时俱进的，不是固定不变的。

《礼记·曲礼》曰："夫礼者，所以定亲疏，决嫌疑，别异同，明是非也。"就是说，"礼"是用来确定人际关系的亲疏远近，判定人际间存在的疑惑难明的问题，区分古今的异同差别，辨明各种社会现象与个人行为的正确与错误的一种准则。

"礼"是一种指导人际关系的道德准则与行为规范。这种准则与规范随着社会的发展而发展，随着社会的变化而变化。

"仪"，东汉许慎的《说文解字》解释道："仪，度也。"宋朝徐锴的《说文系传》曰："度，法度也。"仪就是礼的各种仪节、仪式。

《礼记·仪礼》道："言语之美，穆穆皇皇。"就是说，对人说话要尊敬、和气，谈吐文雅。现在我们称呼对方的代词有"你"和"您"，老北京的说法对第三人的尊称还有一个"怹"字，很少有人知道。比如说起对方老人时，可以说"怹老人家"。

生活中，也有很多礼仪使用不当的例子。如坐者与立者的关系。一般的原则是，尊者坐，卑者立。尊长之间见面，陪同的年轻人应该站着，称为"侍立"。中学课本里就选有《论语》的一篇"侍坐"文章。"侍"有侍奉的意思。"侍立"，一方面是表示不敢与尊长平起平坐，另一方面也含有恭候调遣，随时奔走效力的意思。如果得到师长允许而坐下，则称为"侍坐"。在合影时，年轻人与尊长合影，要让尊长坐在正中，只要不是尊长的特许，是不能与之并排而坐的，一般应该站在尊长后面。

但生活中，我们却经常见到一些场合出现失礼的情景。有的主持人不明于此，故常有失礼的行为。比如说，当嘉宾走上场时，主持人安坐不动；嘉宾主动握手，主持人端坐不起身等行为。

祭孔和礼仪变迁

礼仪是随着社会文明的发展而发展的，所以，它有明显的时代性。构建中华礼仪，就应继承中华民族传统礼仪的有用部分，吸收其他民族的适用部分，抛弃过时无用部分。

比如，延绵不息的祭孔大典。近些年，我们常看到两岸同胞一起祭孔，同脉同源，共同追忆中华文化的先哲——孔子，盛况空前，折射出传统文化的时代魅力。

两千多年来，祭孔活动从未间断，成为世界祭祀史、人类文化节史上的一个奇迹。祭孔活动可追溯到公元前478年，孔子卒后第二年，鲁哀公将孔子故宅辟为寿堂祭祀孔子，孔子故居成为世界上第一座孔庙。祭孔大典在古代被称作"国之大典"。民国政府明令全国祭孔，其程序和礼仪都做了较大变动，如古典祭服改为长袍马褂，跪拜改为鞠躬礼。从20世纪80年代以来，国内恢复公开祭孔。曲阜祭孔大典由大成殿前八佾舞（大成乐舞）表演和各界人士行祭拜礼组成。时至今日，祭孔大典主要包括乐、歌、舞、礼四种形式，紧紧围绕礼仪进行，所有礼仪要求"必丰、必洁、必诚、必敬"。

　　近年来，曲阜已进行了多次祭祀大典，祭孔大典分为春、秋两季，分别在清明节和孔子诞辰日举行，也成了当地的一项盛事。这说明礼仪是随着社会的发展而发展的，是有时代性的。

　　孔子把原始公社时代的礼仪制度概括为"大同"。《礼记·礼运》曰："大道之行也，天下为公。选贤与（举）能，讲信修睦……是故谋闭而不兴，盗窃乱贼而不作，故外户而不闭，是谓大同。"

　　孔子把夏禹、商汤、周文王时代的礼仪制度概括为"小康"。研究古代的礼仪是必要的，但是推行过时的礼仪是没有必有的。

　　任何时代的礼，都是由当代物质生产水平决定的。

　　荀子说："凡礼，始乎梲，成乎文，终乎悦校。"任何时代的礼仪都有一个从简略到完备的过程，使所要表达的感情和礼节仪式都能尽善尽美。

　　孔子曰："夏礼，吾能言之，杞不足征也；殷礼，吾能言之，宋不足征也。文献不足故也。足，则吾能征之矣。"周代的杞国虽然是夏朝的后裔，但是时代已经变了；周代的宋国虽然是殷朝的后裔，但是时代也变了，不但文献不足，而且现行礼仪也都发生了巨大变化，无法证明夏朝与殷朝的礼仪是什么样子了。

这体现了礼仪的继承性，也证明了夏、殷、周三代各有各的礼仪，而且各具特色。孔子把礼仪看成是发展的，而不是一成不变的。

鲁哀公曾经问过孔子的学生宰我，祭祀土地神要用一个木制的牌位，应该用什么木头。宰我回答说，夏代用松木，殷代用柏木，周代用栗木，意思是这能使民众畏惧。可见，三代祭祀"建社"之礼是有区别的。

班固在《汉书·礼乐志》中主张"因前王之礼，顺时施宜，有所损益，即民之心，稍稍制作，至太平而备"。

中国为文明古国，素有"礼仪之邦""君子之国"之称。礼仪从生活实践中来，礼仪与文明同步发展。"礼"不仅是行为举止的规范、道德的准则，更是社会的规则和根基。随着社会变迁、时代变化，要深入挖掘中华优秀传统文化蕴含的思想观念、人文精神、道德规范，结合时代要求继承创新，让中华文化展现出永久的魅力和时代的风采。

古代的婚礼讲究结婚要互换庚帖，今天结婚要领结婚证，拍婚纱照；古代上学要先拜孔子画像，今天上学要先升国旗，这是明显的时代标志。中华礼仪既然是与时俱进的，就必然不断地弃旧更新。

《礼记·中庸》曰："故君子尊德行而道问学，致广大而尽精微，极高明而道中庸，温故而知新，敦厚以崇礼。是故居上不骄，为下不倍。国有道其言足以兴国，无道其默足以容。"古往今来，希望国家大治，以礼治国是所有人的梦想。

认识超越时空的大自然的运行法则，此之谓道；顺从大自然的法则，不违越地做人，此之谓德。中国传统的礼仪乃至圣贤教育帮助我们建立富足的精神家园和幽静的心灵港湾。人离不开生活，生活离不开人，"幸福地享受生活"是我们知书达礼的意义，是我们内在的根本动力。

禹安诗曰：

> 妄谈国学本外行，
> 经史浩瀚卷茫茫。
> 知书懂礼悟真义，
> 愿为小小读书郎。

虚实墨舞见精神

——感悟书法之美

最体现中国特色的艺术形式可能就是书法了，在点线中展现出中国人文精神，成为中国文化核心精神表现之一。书法的基本要素是点、画、形、量、质、墨色六项。几千年前的文字，今天还能读懂，字里行间，线条纵横；银钩铁画，直指心性。

刘熙载的《艺概·书概》说："写字者，写志也。"书法作品带给我们视觉的震撼力，各种匪夷所思的线条组合和笔情墨韵，寄寓着书法家的艺术情趣，欣赏者对其中之意韵与精神也能感知体会。

如今，毛笔、硬笔的实用性书写被普遍放弃，我们的生活环境和以往相比发生了根本性的变化，书法也经历着波浪式的发展轨迹。今天，普通人或许很难创作一幅书法，也可能不太懂得欣赏书法，但这都不要紧。书法是文化的传承，只要我们能够尊敬它，怀着敬畏之心面对每一幅书法作品，认真写好每一个字，或许我们的心就会安静下来，就能体会被我们忽略的那些美好的一笔一画。王羲之说："后之视今，亦犹今之视昔。"书法如此，人生俯仰之间亦如此。

带着父亲体温的书法

　　蒋勋在《汉字书法之美》一书中，谈了汉字的起源与书写的艺术，其文字温情而唯美，让读者轻松进入汉字的世界。这本书的开头第一页，记录了蒋勋最早对于书写的记忆，是父亲抓着他的手，一笔一画地描红"上、大、人"。

　　书中写道："我偷偷感觉着父亲手掌心的温度，感觉着父亲在我脑后均匀平稳的呼吸。好像我最初书法课最深的记忆，并不只是写字，而是与父亲如此亲近的身体接触。一直有一个红线框成的界线存在，垂直与水平红线平均分割的九宫格，红色细线围成的字的轮廓。红色像一种'界限'，我手中毛笔的黑墨不能随性逾越红线轮廓的范围，九宫格使我学习'界限''纪律''规矩'。"

　　透过父亲的体温，感悟书法的美学，这是多么温馨的画面。

　　回想起30年前，先父也曾这样指导我临摹柳公权的《玄秘塔》，"颜筋柳骨"是父亲最早告诉我的。后来，父亲带我到西安碑林观赏历代碑帖，在北京故宫、香山等古迹的楹联前，总是带我一起品读。斯人远去，斯景常在，至今回想起来，仍然备感亲切。父亲何时爱书法我不得而知，但是，他小时候在乡间受到的家庭熏陶是肯定的。父亲出生于江西鄱阳，兄弟姊妹四人，他最小，大哥是中医。小时候，我的家里存有一本张仲景的医书，就是由大伯手抄的。这本工笔小楷的手抄本，极其精细，估计抄完要花费很多功夫。中医抄方子是基本功，父亲儿时帮助大哥抄过中医方子，可能那时候就对书法产生了兴趣。父亲最喜欢王羲之、柳公权，家里这两类的字帖很多。他对《灵飞经》等字帖也爱不释手。父亲的字基本功扎实，虽然缺乏名师指点，在艺形式上略显粗糙不足，但笔锋苍劲、结构平实，少有华而不实的东西，这和父亲作为一位医生所秉持的严谨、朴素的做人风格是一致的。

有人说，书法是"墨舞之中见精神"。每一幅书法作品都渗透着对生命的体验和感悟，体验也是一种人生境界。

书法家的人生百味

书法既以文字为载体或素材，则书法之演变与文字之演变亦不可分离。

篆书（大篆、小篆）、隶书、楷书、草书、行书五大书体是中国文字的演变过程。千百年来，书法家在这五大书体中风起云涌，追摹古人精神，进行个人艺术风格的展现，蔚为大观。很多书法家的人生百味至今仍引起我们的共鸣。

李斯，被称为"书法鼻祖"，是中国书法史上第一位留名的书法家。当年李斯以一封胸怀坦荡、气势磅礴的《谏逐客书》流芳百世，为秦国挽留六国人才立下汗马功劳，自此，他也走向了权力的高峰。李斯书写的刻石有《泰山封山刻石》《琅琊刻石》和《峄山刻石》等，都是中国书法里程碑式的存在。

张旭，为人洒脱不羁、豁达豪放，嗜好饮酒，常常大醉呼叫狂走，挥毫作字，甚至以头发蘸墨书写，时人称之为"张颠"。"脱帽露顶王公前，挥毫落纸如云烟"，其狂草是书法中自由表现上的极致。与张旭并称的怀素，是位"狂来轻世界，醉里得真如"的僧人。比之张旭，怀素似更洒脱。醉僧怀素曾种蕉练字，有"砚泉""笔冢"的传说。一日九醉，只是埋首于书法，"遇寺壁里墙，衣裳、器皿、靡不书之"，极大地成就了书法。怀素的《自叙帖》纵横洒脱，笔意中飞扬灵动，他的狂草作品弥漫其中的是盛唐气息。

赵孟頫，元代书法家、画家，宋太祖赵匡胤十一世孙。赵孟頫在中国书画史上占据极其重要的地位。他对文人画的发展，从理论到实践都有着划时代的贡献；所倡导的艺术主张，对中国艺术发展贡献尤为卓著。他精于山水、人物、花鸟、竹石、鞍马等绘画创作，擅长草、行、楷、篆、隶五体书法。赵孟頫不仅开创了元代书画的时代先锋，对后世也产生了深远影响。赵孟頫官居一品，去世后，元朝皇帝追封其为魏国公。但因为赵孟頫有着双重的身份：大宋的皇室后裔及仕元的高官，不忠不孝，失节、"贰臣"的评价也伴随他一生，甚至影响了后世对他书法的评价。

　　王铎，明末清初的书法大家。由于晚年投降了清廷，"晚节不保"长期为世人诟病。中国传统的书法价值取向看重人品，历来有"书如其人""人品即书品""心正则笔正""作字先做人"之说。因此，这位草书炉火纯青的大师在书法史上的地位不高。

　　书家是特立独行的。黄庭坚的书法充满禅意，像《松风阁》，徐渭是个"疯子"，"难得糊涂"的郑板桥是"扬州八怪"之首……他们真诚、率性，笔下都折射出内心"独与天地精神往来"的境界。

　　中国书法史上最有名的三幅行书作品就是最好的例子，可这三幅传世名作竟然都是再普通不过的草稿。

　　东晋王羲之的书法曾被誉为"尽善尽美"和"古今之冠"。他出生的家族琅琊王氏，至少从汉代开始就已是名门望族。这位书圣的"天下第一行书"《兰亭集序》是中国书法史上的高峰。在那个美好的春天，群贤毕至兰亭，高谈阔论，对酒当歌。王羲之在游目骋怀之后，心底里一定涌现出他一次次的驻足沉思、一篇篇的笔情墨意，才化成了兰亭之韵、兰亭之神，成就了中国书法之魂。由于《兰亭集序》的文字优美，也成为千古名篇。写就这篇千古奇文之后两年，王羲之称病弃官。

"三更灯火五更鸡，正是男儿读书时。黑发不知勤学早，白首方悔读书迟。"这首熟悉的《劝学》诗，出自唐代的颜真卿之手。颜真卿是名门之后，五世祖颜之推曾写下著名的《颜氏家训》。颜真卿的《祭侄文稿》被称为"天下第二行书"，他的书法丰腴雄浑、骨力遒劲，与柳公权并称"颜筋柳骨"。不过比他的书法更让人惊心动魄的，是他刀光剑影、光明磊落的人生。

1082年，清明节的前一天，46岁的苏轼在名臣介子推的祭日写下《寒食帖》，苦闷心情力透纸背，将寒食时沉郁的情怀表露其中。这是苏轼被贬黄州第三年的寒食节所发的人生之叹。《寒食帖》被称为"天下第三行书"，是苏轼现存最杰出的书法作品。

这些文化瑰宝流传至今，都是书写者思想情感、境界个性等的自然流露，其书法艺术中也诠释了对时间和空间、自然与生命等的认识。

欣赏书法的关键词

南朝王僧虔在《笔意赞》中说："书之妙道，神采为上，形质次之，兼有者方可绍于古人。"可见好的书法作品，最重要的有两点，即神采和形质。

"神采"即书法作品的各种形式因素达到了完美的结合后所显示出的整体精神面貌。古人对"神采"的内蕴，经常用一些比喻来形容，如"荆轲负剑""壮士弯弓""云鹤游天""群鸿戏海""骨气洞达""爽爽有神"等，如同中医脉象的滑与涩，很难解释清楚，需要多体会才行。一幅优秀的书法作品，首先应能从整体上感染欣赏者。如果失去了整体美，局部的美也失去意义。因此，在整体领略作品的神采后，再关注于形质，为欣赏书法的门道，即整体欣赏后再看局部。

欣赏书法可以从不同的维度思考，如从书法史看、从内容看、从社会环境看等。书法艺术欣赏，一般归为"笔法"（用笔、运笔）、"结字"（结构、间架）、"章法"（布局）、"墨色"、"气韵"或"神采"几项。此恰可与张彦远的《历代名画记》中所云的南齐时代画家谢赫的"画之六法"相称。谢赫提出绘画的"六法"是：气韵生动（精神意境）、骨法用笔（用笔）、应物象形（结构）、随类赋彩（墨色）、经营位置（章法）、传移模写（临摹）。书法品鉴，因人而异，没有定式，当然也就没有统一的评判标准。如书法胖瘦之辩，颜真卿字胖厚有力，有人称之为"厚皮馒头"，杜甫诗却说"书贵瘦硬方通神"；王羲之的字"体势雄逸"，如"龙跳天门，虎卧凤阙"，也有说"有女郎才，无丈夫气"。

具体说，欣赏书法有几个关键词。

笔法。"夫用笔之法，急捉短搦，迅牵疾掣，悬针垂露，蠖屈蛇伸，洒落萧条，点缀闲雅，行行眩目，字字惊心，若上苑之春花，无处不发，抑亦可观，是予用笔之妙也。"（欧阳询《用笔论》）笔法是欣赏评价书法的重要方面。成功的用笔应该法度严谨，笔力遒劲，活泼生动，光洁圆润；又要不拘泥呆板，富有变化，有骨有力，力透纸背。同时，看字的结构造型。明代陶宗仪在《书史会要》中说："夫得不偿失，兵无常势，字无常体：若坐，若行，若飞，若动，若往，若来，若卧，若起，若日月垂象，若水火成形。倘悟其机，则纵横皆成意象矣。"《兰亭序》书迹28行共324字，凡重复出现的字，均重构别体，绝不雷同。其中，20个"之"字姿态各异，极尽变化之妙。苏轼谈到书法笔法时认为，晋书之美在"发纤秾于简古，寄至味于淡泊"。苏轼倡导新的书法评价标准应该打破模式化的审美标准。苏轼在《孙莘老求墨妙亭诗》中说："杜陵评书贵瘦硬，此论未公吾不凭。短长肥瘦各有态，玉环飞燕谁敢憎。"

章法。总体布局的美观，局部细节的和谐。通篇的气势，字体的疏密、留白，如字与字之间、行与行之间的呼应关系。

意境。《兰亭序》中的酒酣兴怀、洒脱放达时，也有人生如梦的慨叹；《祭侄稿》里所感受到的肝胆俱裂、国破家亡的悲愤惨怛；《寒食帖》间的此心安处与无奈惆怅……扬雄所谓"能观千剑，而后能剑；能读千赋，而后能赋"。

著名书法家白蕉曾提到，他听语言学家郭绍虞讲《怎样欣赏书法》，郭先生提出了六项标准：一是形体，看结构天成，横直相安；二是魄力，从笔力用墨看；三是意态，要飞动；四是流派，不拘泥碑帖，不以碑标准看帖；五是才学，书法以外关系；六是气象，浑朴安详。其中，形体、魄力、意态三项是关于字的形体，流派是书学，才学、气象是学问。白蕉还补充了一点：艺术的产生，是思想、生活、技巧三者的高度结合。"思想是灵魂，生活是材料，技巧是熟练程度和创造性。"写字离开了思想、离开了生活、离开了实践而肆谈艺术，是不可想象的。我们的书法要有魄力、气势，要开朗，要与时代相适应。

美轮美奂的中国书法，要求思想与手法完美结合。蒋勋说："汉字的美，仿佛是通过五千年岁月在天地间的各式书写：可刻、可画、可歌、可舞……如水波跌宕、如檐牙高啄、如飞鸟双翼翱翔，笔锋随书写者情绪流走。书法是舞蹈，是音乐，是心情的节奏，是审美的符号。"

明代祝枝山这样说书法："情之喜怒哀乐，各有分数，喜则气和而字舒；怒则气粗而字险；哀则气郁而字敛；乐则气平而字丽。"这段话说出了理解书法作品，就是要通过作品外在的静止的形式，想象作者创造的动态过程。

现在，写字不知不觉之间成为奢侈的事情。如果不是学生，除了开会时偶尔写几个字，签一下名字，成年人已经不怎么用笔了。硬笔都这样，毛笔更是曲高和寡。但是，在每个中国人心中，书法总是和文化、高雅、教养、品味、价值、收藏、洒脱、秀美、气势等词语联系在一起的。

随遇而安三境界

宋末蒋捷的《虞美人·听雨》曰：

少年听雨歌楼上，红烛昏罗帐。
壮年听雨客舟中，江阔云低，断雁叫西风。
而今听雨僧庐下，鬓已星星也。
悲欢离合总无情，一任阶前点滴到天明。

人生的少年、中年、老年三个阶段都有不同的风景。

王国维用宋代的三位大词人的三段词，写成了一个美妙的经典语录，这就是脍炙人口的三境界说。"古今之成大事业、大学问者，必经过三种之境界：'昨夜西风凋碧树。独上高楼，望尽天涯路。'此第一境也。'衣带渐宽终不悔，为伊消得人憔悴。'此第二境也。'众里寻他千百度，蓦然回首，那人却在，灯火阑珊处。'此第三境也。"第一境界，有了目标，也要有执着的追求；第二境界，成大事者，必须坚定不移，孜孜以求，坚持不放弃；第三境界，专注，反复追寻、研究，终会豁然开朗、融会贯通。

《五灯会元》也有一段著名的禅语：看山是山，看水是水；看山不是山，看水不是水；看山还是山，看水还是水。

山水之间，艺术也罢，人生也罢，何处不是三境界？

中国书画之中其实也有三种境界，即第一重的"写实"、第二重的"写意"、第三重的"写心"。最终，人书俱老、人画俱老。老，在这里当是炉火纯青、精于其事、熟练老道之意。

书法是大美。我们在领略书法之美时，也可以涵养气质、提升修养、怡情益智，兼以养生。随着对世事人情的练达通透，诸事洞明，心态平和，随心所欲，融会贯通，自然会无为而无不为，无心自达，炉火纯青，臻于化境。

江苏无锡梅园荣毅仁旧居有一副很有名的对联：

发上等愿结中等缘享下等福
择高处立就平处坐向宽处行

看过一个资料，从某种意义上说，圆满人生的最高境界也是三个：无恨而终、无憾而终、无疾而终。

明代画家董其昌在《画禅室随笔》里说："读万卷书，行万里路"，知古今事，得笔墨韵。品人、品书，中国书法之美正如同花好初放、秋月常新。

庄子说，天地有大美而不言，四时有明法而不议，万物有成理而不说。岂能尽如人意？但求不愧我心。知止有定，随遇而安。事在人为，境由心造。

在一个悠闲的春天午后，我们在林中漫步时，空气中是淡淡的草木芬芳，树丛边杂陈着不知名的花草。沿着林间小路，洒落的阳光像一个个点、横、撇，宛如书法的精灵，随微风拂过树叶，欢快起舞。或许，我们会想到千年之前，在会稽山下一片幽静的竹林边也是如此的风景。

禹安诗曰：

学书偶得

之一
虚实气脉笔锋藏，
聚点成字任开张。
墨舞神韵见精神，
千金难换字数行。

之二
汉隶曹全韵飞扬，
怀仁集字太宗藏。
雄壮秀丽看颜柳，
妙笔醉素与颠张。

妙在似与不似间

——感悟国画之美

近年来，故宫博物院的《清明上河图》《千里江山图》以及苏轼主题书画特展、赵孟頫特展、上海博物馆的董其昌书画艺术大展等文人画越来越受到大众的关注，且在全国引起热议。我们不难发现，喜欢中国画的人越来越多了。该现象不仅仅是体现在参观中国画的展览和收藏、拍卖上，在各个场景中，如书房和办公室的墙壁上、书刊的封面、公众号里的配图乃至于酒店餐厅的壁纸和装饰里，中国画都随处可见。种类繁多、风格迥异的中国画让很多人都爱不释手。傅抱石曾经说："中国绘画是中国民族精神的最大表白，也是中国哲学思想最亲切的某种样式。"孔子"志于道，据于德，依于仁，游于艺"的理念千百年来一直贯穿于中国画的传承中。看着赏心悦目、内心欢喜，是读懂中国画的前提。中国书画讲究"以形写神"，更多强调画家主观感情的抒发，追求的是妙在似与不似之间的感觉。

朱良志的《南画十六观》是一部从文人画的视角来描写关于元明清时期一部分代表性画家的著作，涉及黄公望、吴镇、倪瓒、沈周、徐渭、八大山人等画家。朱良志提出了传统文人画的三种"新语言"：首先是程式化，比如题材语言的程式化、笔墨的程式化以及境界的程式化，寒林、枯木、远山、近水、空亭、溪桥，就是画家的语言；其次是非视觉性，不是为了用眼睛去看，而是以整体生命去体验；最后是非时间性，文人和画家常常将个人的生命体验、生活经验放到恢宏的历史中，讲述一个在变动的世界中永恒的故事。

元代大画家倪瓒（号云林）的山水画超尘拔俗、格局清高，他笔下寂寥的山水，其实含纳着对真性的追求。倪瓒有洁癖，其画作平实简朴、中间布白空灵，很耐看。倪瓒的画作多取材于太湖附近景色。他曾画过很多居所，比如容膝斋、水竹居，还爱画几棵萧瑟的树，树下有一个空亭，亭子旁边有拳石，而到了中晚年的时候，慢慢都简化成简简单单的一个亭子。如朱良志所说"小亭溪上立"，意在展示人地位的渺小——在空间上，相对广袤的世界，人的生命就像一粒尘土；在时间上，相对绵邈的历史，人的存在也只是短暂的一瞬。江山无限景，都聚一亭中。画家通过树下小亭的程式化描写，表现人放旷天地宇宙的情怀。

蕴含了丰富的文化精髓和悠久历史内涵的中国画通过虚实相生、书法、印章结合，展示独特的艺术境界。中国画从构图、布局到意境、意象，再从画具、色彩到描画线条，都有独特的艺术魅力。经过长期演变，中国画形成了融中华民族独特文化素养、思维方式、美学思想和哲学观念为一体的完整的艺术体系。

辛丑年春节后首次亮相的新邮是《五牛图》特种邮票。《五牛图》是唐代画家韩滉的名作，为我国十大传世名画之一。《五牛图》笔法粗豪老辣，用极简朴的线条细腻地概括了牛的健壮朴厚，画风朴实，五牛形态各异，曲尽其妙。

中国画有工笔画、写意画和"兼工带写"三个类型。其中，写意画又有大小写意之分。工笔画形象逼真，手法细腻；写意画形象在"似与不似之间",有时候山非山、水非水、花非花、鸟非鸟,表现手法上充分发挥笔墨张力和水墨神韵。

一幅好画引起的联想

我们欣赏评点一幅国画好不好,当然很难。但从一般的欣赏者角度看,其实还是看自己感性的、直观的感受,你自己觉得怎么样、喜不喜欢、有没有意思、有没有触动。如果有,就是好画。董其昌说,他作画是"放一大光明",强调鉴赏绘画能照亮人心灵的一隅。我们欣赏国画,不在于看到什么,而在于想起什么。

元代画家夏文彦将山水画分为"三品","气韵生动,出于天成,人莫窥其巧者,谓之神品。笔墨超绝,敷染得宜,意趣有余者,谓之妙品。得其形似而不失规矩者,谓之能品"。在神品、妙品和能品之外,还有人将此"三品"又各分三等。

南齐的谢赫提出品画艺术的标准"六法"论,即"气韵生动、骨法用笔、应物象形、随类赋彩、经营位置、传移模写"六项法则。其中,气韵,在传统中国画中,是指神气与韵味的总和。气韵生动是绘画的一种整体感应,好的作品总是伴随着气韵而生。气韵生动成为画家在创作中追求的最高目标,是对作品的总体要求,是艺术应达到的最高境界,也成为中国画品赏的主要准则。自六朝到北宋,在以形写神、气韵生动理论影响之下,又出现了对画外神韵的追求,画要有象外之意、韵外之致等。中国传统人物画强调"动势、传神、神气",山水画重视"气势、意境、气象",花鸟画侧重"态势、生机、意趣",所有这些无一离开气韵生动这一准则。

朱耷,明末清初画家,明朝宗室,号"八大山人"。他的作品空灵苍凉,他所画的鱼和鸟,寥寥数笔,或拉长身子,或紧缩一团。特别是他笔下的眼睛，千奇百怪，或者白眼，或者怒目。他画的风景，山石，荒荒凉凉，头重脚轻；树木，老干枯枝，东倒西歪。其诗文题跋含蓄隐晦，亡国之痛与狂放之态跃然纸上，不难理解他内心在面对国破家亡时的情绪表达。

宋代李唐的题画诗曰：

> 云里烟村雨里滩，
> 看之容易作之难。
> 早知不入时人眼，
> 多买胭脂画牡丹。

静下来，才能用心品味。欣赏中国山水画要求欣赏者有比较丰富的历史、人文和艺术方面的修养，可以从气势、线条、笔墨、协调等多个角度加以赏析。

气势之美。我们欣赏一幅山水画，首先，在远处审阅它的气势如何。然后站在近处查看画中用笔是否挺拔有力、皴法是否富有表现力、用墨是否五色聚生等。观画要远观其势、近观其质，利用不固定的视距观其物象。远看大势气韵，近看点线质量。中国画的构图习惯称谓"章法""布局"。一幅作品境界之高低、气度之雅俗，构图至为关键。构图的好坏，对作品的成败起着决定性的作用。中国画以形写神，韵味无穷。

因此，中国画首先讲究气势。画中笔意传达的势，历代传世的画都有这样的一种气势，比如像吴昌硕、张大千的作品中，那种气势就令人震撼。中国画受国学中儒、释、道思想的影响巨大，如孔子"智者乐水，仁者乐山"的美学思想，老庄"天人合一"的哲学观，禅宗思想的"止观、静虑"等，对中国画的发展都起着至关重要的作用。中国画最高的境界就是由小我之境到大我、无我之境的不断迸发。这种将时代的现实特征与艺术家的人生理想、自然景观与人文风情相结合，并转换为一种审美上的崇高与大气，表达了一种文化积淀与当代情怀，正是对国画意境最好的诠释。

线条之美。中国画多以线条构成，线条是中国画家独到的艺术语言，是中国画的灵魂，是作者在抒情达意中的宣泄。国画大师黄宾虹把绘画的点线用五个字概括：平、留、圆、重、变。

笔墨之美。中国画以墨为主、以色为辅，是其基本特点，"笔墨"二字几乎成了中国画的代名词。墨分五色，释为焦墨、浓墨、重墨、淡墨、清墨五大色阶，并由五种色阶形成无数细微的渐变。

协调之美。中国画讲究稳中求奇，险中求稳，着意对比，打破对称，形成一个富有节奏的协调整体。画面太枯则有燥气，画面太湿则无生气，墨无变化则僵滞死板。因而，数块浓墨必以淡墨破之，一片淡墨必以浓墨破之，一片枯墨必以湿墨润之，一块湿墨必以枯墨提醒之。观其面目时往往尚未看清具象形态，就已被画面笔墨中溢出的抽象意韵所感染。

中国画的构图不像西方画遵循黄金分割点，长卷、立轴、斗方等各异。国画独有的散点透视的构图，局部汇总成一体，不露痕迹，协调自然，这也和西方油画不同。西方油画的定点写生，按透视法描绘特定视域内的景物，以求真实地再现客观对象。中国的画家观察点不是固定在一个地方，也不受下定视域的限制，而是根据需要，移动着立足点进行观察，凡各个不同立足点上所看到的东西，都可组织进自己的画面中来。散点透视山水画能够表现"咫尺千里"的辽阔境界。此外，中国画往往不画满背景，利用空白造成虚实相生的艺术效果。

有"诗佛"之称的唐代大诗人王维也是一位大画家，其在所撰的《山水论》中提出，"丈山尺树，寸马分人。远人无目，远树无枝。远山无石，隐隐如眉；远水无波，高与云齐。此是诀也"。王维提出了处理山水画中透视关系的要诀，山如果够画成一丈，那么树就画成一尺，马如果够画成一寸，那么人就画成一分；远处的人不画眉眼，远处的树不画枝条；远处的山看不见石头，要画得像隐隐约约的眉毛一样；远处的水看不见波纹，要画得与云天相接。这就是画山水的口诀。王维还说，山腰上要画些云彩去遮挡，石壁上要画些泉流去打破，楼台间要画些树木去掩映，道路上要画些行人去点缀。石头要分三面去表现立体感，道路要画得有来路又有去向，画树要注意描绘树冠，画水要注意表现风向……我们不懂创作，但在欣赏中国画时可以从这里入手。

苏轼在《书摩诘蓝天烟雨图》中评价王维的作品说，"味摩诘之诗，诗中有画；观摩诘之画，画中有诗"，这是最早提出以诗入画的观点。

元代饶自然在《绘宗十二忌》中总结了什么是不好的国画：布置迫塞、远近不分、山无气脉、水无源流、境无夷险、路无出入、石止一面、树少四枝、人物伛偻、楼阁错杂、滃淡失宜和点染无法。名画看多了，这些毛病或瑕疵，自然会有感觉。

手卷的魅力

宋代王希孟的青绿山水手卷《千里江山图》是丹青小景中独步千载的作品。这幅手卷正确的欣赏方式是从右往左看的，类似的还有《清明上河图》《韩熙载夜宴图》《溪山行旅图》《虢国夫人游春图》《富春山居图》等手卷。这些手卷都有其独有的打开及欣赏方式。顾名思义，手卷是有手参与其中。一般为欣赏者独自欣赏或者小范围内朋友间的交流，如同置身于三五好友品茶论道的环境。观赏者一边展开左手的画卷，一边收卷右手的起始部分。一段一段地看，一段一段地品，而不是全部摊开观赏。唐代张彦远曾说："近火烛不可观书画，向风日、正餐饮、唾涕、不洗手，并不可观书画。"北宋刘道醇在《圣朝名画评》一书中更加强调仪式感，他说天阴、下雨、夜晚、灯下、大风天等都不适合观画，而要在天气晴朗的白天，坐北朝南的房屋内，把画挂在北壁，人位于南边进行品鉴。宋代文人审美的生活方式经久不衰，从建筑到家具，再到器物，乃至插花、挂画、焚香、煮茶、品酒、唱曲闲适的美学，都成为独特的东方审美与美学风尚。观赏手卷的仪式感非常强，是很讲究的事情。

遥想当年，宋徽宗第一次看到18岁的天才王希孟画的《千里江山图》，随着用一匹整绢完成的画卷慢慢地展开，峰峦岗岭奔腾起伏，江海湖港烟波浩渺，似乎不知不觉中进入了大宋千里江山中。长卷一段一段地徐徐展开，欣赏者的心也随之在千里江山上飞翔。绝美的山水好像在告诉我们，不用急，慢慢欣赏。

手卷画最有意思的地方是它背后的时空观念，即它的延续性。这与西方绘画不一样，当达·芬奇完成了《蒙娜丽莎》、当莫奈完成了《日出》、当凡·高画完了《星月夜》，他们的绘画就完成了，一幅画的时间永远定格在这一刻；中国画则不同，当画家画完，他仍是当初那个游山玩水的兴致少年，流连一番，题首小诗写篇小文，有缘收藏的人不断在前人的基础上书写题跋与盖章，一幅手卷不知经历了多少次装裱。由于参与的人越来越多，手卷越来越长，如果一幅手卷没有进到故宫或博物馆，也许永远没有真正完成的那一天。古人用手卷这种形式，鼓励后人的参与，他们共同创造了长卷的意义。

艺术家在进行艺术创作时，往往是"行于所当行，止于所不可不止"，在艺术中创构一个符合自身审美理想的境界，韵外之致的审美追求往往产生于漠然自定的人生态度之中。

清代张潮的《幽梦影》中说："楼上看山，城头看雪，灯前看月，舟中看霞，月下看美人，另是一番情境。""因雪想高士，因花想美人，因酒想侠客，因月想好友，因山水想得意诗文。"

这或许就是欣赏手卷的魅力。

文人画的笔墨意韵

　　文人画开创于东晋，由唐代的王维推动，后苏轼第一次提出了士人画，区别于宫廷绘画和画工画，文人画具有文学性、哲学性、抒情性，将文人们那种优越感表达得淋漓尽致。至元代涌现了黄公望、倪瓒等四大山水画家，使山水画艺术成就登上了新高峰。黄公望，字子久，被推为四家之冠，甚至有人将他比作画坛王羲之，他的代表作《富春山居图》等同于《兰亭序》的地位。后经明代董其昌等的倡导和努力，使文人画形成强大的潮流，不仅写意性的文人画山水艺术走向成熟，同时也开创了文人画写意花鸟画艺术。诗、书、画、印有机融合，提高了文人画的品位，使文人画成了民族绘画艺术的代表之一。

　　近代著名画家陈衡恪对文人画是这样界定的：画中带有文人之性质，含有文人之趣味，不在画中考究艺术上之功夫，必须于画外看出许多文人之感想。此之所谓文人画。他同时还提出文人画之四要素：第一人品，第二学问，第三才情，第四思想，具此四者，乃能完善。由此可以看出，文人画有它特殊的审美标准，不仅要在画之范围内用功，还须在画之外提高主体精神的文化品位。

　　当代文人画是一种综合型艺术，集文学、书法、绘画及篆刻艺术为一体，是画家多方面文化素养的集中体现，体现出画家创作过程中特有的心态、气质和个性。

　　一般说来，中国艺术的特点可归纳为两点：一是深入全面地认识生活，二是大胆的高度的意匠加工。书画最高的境界就是由小我之境到大我、无我之境的不断迸发。达到这种境界的书画将时代的现实特征与艺术家的人生理想、将自然景观与人文风情相结合，并转换为一种审美上的崇高与大气，表达了一种文化积淀与当代情怀。

岭南画派，是指广东籍画家组成的一个画派。创始人为高剑父、高奇峰、陈树人，简称"二高一陈"。当代岭南画派的代表人物之一关山月师从高剑父，关山月曾说："没有风格，就是我的风格。"

西北知名画家李尚星，其画大气磅礴，富于虚实、浓淡、主次、聚散等诸多审美趣味，深得各界喜爱。多年来，尚星尤以画大写意山水见长。他在营造自己独特风格的同时，更强调了沉郁厚重的境界，颇有文人笔墨意韵，其画风浑厚雄峻而又飘逸轻灵，形成了自己的文人画风格。他认为，当代画家要有所突破，必须要有大视野和大格局，要能够站在深厚的历史人文的高度，以心为画，这样才会创作出富有生命力的作品。中国画的道路无限宽广，文人水墨的传统会继续延伸。

中国画就是中国人内心修养的呈现，格局贵正大高远，气象贵深邃隽永。如今，水墨丹青不再是遥不可及的观赏艺术，而是每一个中国人对幸福生活的期盼。透过一幅幅中国画，读懂画作中的精彩之处，完成我们对世界的思索，会带给我们不一样的体验。

禹安诗曰：

奇石古松白云堆，山寺桃花仍芳菲。
仙风道骨青牛卧，亭台楼阁黄鹤回。
尺幅可大含天地，方寸不小有喜悲。
千岩万壑潺湲声，二三好友已忘归。

含菁咀华意无穷

——感悟诗词之美

　　中华诗词,是中国古代文学艺术的精髓,是中华民族的艺术瑰宝。欣赏中华诗词,享受其中的节律美、声律美、韵律美、骈律美,以及它所反映的物境美、情境美、意境美,不但能够提高我们的诗礼修养和生活品位,而且能够修身养性。千年岁月更迭,浓厚的诗情依旧在人的精神中熠熠生辉。解码中华民族基因,古诗词无疑是一把钥匙。

　　何谓诗?《书·舜典》亦云:"诗言志,歌永言。"读诗、作诗,关乎人性修养和感情的陶冶、道德的净化以及爱人、爱物、爱自然的精神升华,体现了对真善美的一种追求。任凭时光流逝,总能温暖人心,这或许是中华诗词永恒的魅力。

起承转合

　　《说文》云:"诗,志也。从言,寺声。"这是从诗的功能来给诗下的定义。晋朝陆机《文赋》云:"诗缘情而绮靡,赋体物而浏亮。"是说诗为了抒情而采用美丽语词。诗，就是一种有韵律、可歌咏的文学体裁。

　　诗，运用有节奏、有韵律的语言，抒发情感，歌咏心志，反映生活，创造美的意境。词，是诗的发展变化，古人称其为"诗余"。欣赏诗词，是中华儿女传承中华文明的审美享受。我们热爱中华文明的博大精深，我们更爱中华诗词的意境之美。

　　举一个例子，我们看看律诗的结构——八句四联。

　　无论是五言律诗，还是七言律诗，每首诗一共八句（律绝四句，长律多于十句），诗家习惯上把它们分为四联。

　　第一、第二句组成一联，叫作"首联"。

　　第三、第四句组成一联，叫作"颔联"。

　　第五、第六句组成一联，叫作"颈联"。

　　第七、第八句组成一联，叫作"尾联"。

　　以李白《赠孟浩然》来看：

吾爱孟夫子，风流天下闻。（首联）
红颜弃轩冕，白首卧松云。（颔联）
醉月频中圣，迷花不事君。（颈联）
高山安可仰，徒此揖清芬。（尾联）

　　四联的关系一般是起、承、转、合的关系。

　　人生之中又何尝不是起、承、转、合？

诗词创作

　　诗词歌赋距离现实生活实在是太远了。诗词为国粹，然而近年日渐衰微，远远不及新媒体深入人心。阳春白雪，曲高和寡，用典艰深，佶屈聱牙，自然不会大行其道。爱者，觉得乐趣无穷；不爱者，觉得陈旧过时。其中滋味，见仁见智，难以尽道。

我在大学比较系统地学习了古代诗词理论和作品，印象很深的有唐骥教授讲范仲淹的《渔家傲》，唐老师微闭双目，陶醉在"塞下秋来风景异"中；张迎胜教授讲乐府诗，讲竹林七贤魏晋风骨的情景至今仍历历在目。20年前，我被外派到北京海淀区工作时，曾写打油诗一首："平川万里绕大河，人生无处不坎坷。旧景新境总感念，犹有豪情唱牧歌。"

古体诗词赋最具代表性的当属"唐诗宋词汉赋"。唐代以前的诗词称为"古典诗词"。唐代以后至今的诗词，称为"近体诗词"。其中，七绝相较于律诗创作起来比较容易（主要是句式少、不对仗），其特点有"首句平起押韵"等四种形式。岭南诗词名家汪广茂教授以原创七绝举例如下：

平平仄仄仄平平，仄仄平平仄仄平。
朝霞丽景满山舒，欲把新诗满眼浮。
仄仄平平平仄仄，平平仄仄仄平平。
最是霜邀红叶处，能将我意醉穹庐。

近两年来，诗词正有复兴的趋势，文化学者杜沛彤、杜沛鹤合著的《中华诗词艺术欣赏与格律启蒙》就是一部非常出色的诗词欣赏与格律启蒙的通俗读物。作者认为，"格律"是所有诗体的共性。但是每个诗体的格律内涵深浅不尽相同，它们之间是一种"同中有异，异中有同"的关系。比如说，诗经基本上是四言，但是也有五言句子；楚辞基本上是六言，但是也有七言句子。无论是古体诗还是律诗，不仅有五言，还有七言，这都是避免单调、保持多样化的历史事实。经过诗词格律改革，四言、六言照样可以保留；经过格律改革，词和曲也会更奇妙。新诗创作不妨适当使用现代词语，让古诗词蕴藉魅力插上现代生活的翅膀。

　　有专家提出了写"学者之诗"和"诗人之诗"的观点。如果学识渊博，懂得很多典故，那么可以写出典雅的学者之诗；反之，同样可以写出诗人之诗。

品读诗的境界

　　诗的境界，主要包括四个要素：时间、空间、物象、意象。不少好诗的这四个要素往往相互交织。诗境就是讲何时何地、何人何物，发生了何种变化，产生了何种感情。我们且来看看最熟悉的《千家诗》开篇诗。

春日偶成

程颢

云淡风轻近午天，
傍花随柳过前川。
时人不识余心乐，
将谓偷闲学少年。

　　这是一首即景诗，描写春景的同时也写理趣。用最简单的语言把柔和明丽的春光同作者自得其乐的心情融为一体，这里就有时间和空间的要素以及诗人自己内心世界的直接抒发。

　　还有更熟悉的"白日依山尽，黄河入海流。欲穷千里目，更上一层楼"，同样如此。站在鹳雀楼上东望，当然看不到大海，而黄河东流，必然入海，诗中意境中有海，理所当然。后面写到"欲穷千里目"，是在寻找一种物象，而"更上一层楼"，登高才能望远，成为一个意象。

20多年前，在深圳最浪漫的事可能是带着恋人登顶罗湖的地王大厦，在当时的亚洲第一高楼顶层"深港之窗"鸟瞰特区，指点香江，编织梦想。登斯楼也，长抒胸臆。多少独在异乡深圳的异客希望在上面看到故乡的云，回望北国，思念亲人。几年前，"我有一壶酒，足以慰风尘"这句网红诗，不知道击中了多少人的心。客居深圳，游子思乡；如人饮酒，甘苦自知。我最喜欢一首思乡的宋诗：

乡思
李觏

人言落日是天涯，望极天涯不见家。
已恨碧山相阻隔，碧山还被暮云遮。

能够从诗词之中获得精神上的享受和愉悦，是一种福分。我非常喜欢《蜀相》和《过零丁洋》这两首诗，它们都有类似的主题与浩然之气。

第一首是写丞相的。

蜀相
杜甫

丞相祠堂何处寻？锦官城外柏森森。
映阶碧草白春色，隔叶黄鹂空好音。
三顾频烦天下计，两朝开济老臣心。
出师未捷身先死，长使英雄泪满襟。

这首咏古诗写于杜甫初到成都去拜武侯祠之时。首句用问答句开始，表现出无限感慨；接着写进入祠堂后看到的景色；随后写诸葛亮一生的功绩；最后表达了千古遗恨和对现实的忧虑，寄托了复兴唐王朝的愿望,具有强烈的艺术感染力。

第二首是丞相写的。

过零丁洋

文天祥

辛苦遭逢起一经,干戈寥落四周星。
山河破碎风飘絮,身世浮沉雨打萍。
惶恐滩头说惶恐,零丁洋里叹零丁。
人生自古谁无死?留取丹心照汗青。

伶仃洋又称"零丁洋",在珠江口。北起虎门,南达港澳地区,曾是中国南大门上的一道防线。《过零丁洋》是1278年冬,文天祥被俘由水路去崖山(今广东新会崖门)时所写的千古名篇。首联,诗人回顾平生;颔联、颈联紧承"干戈寥落",明确表达了作者对当前局势的认识;尾联是作者对自身命运的一种毫不犹豫的选择。全诗表现了慷慨激昂的爱国热情和视死如归的高风亮节,以及舍生取义的人生观,是中华民族传统美德的崇高表现。诗中"风飘絮""雨打萍""惶恐滩""零丁洋"都是眼前景物,信手拈来,对仗工整,出语自然,形象生动。

无论是新体诗还是旧体诗,将向何处去呢?用杜桂林教授的话说,就是"必将沿着它们自己的发展道路发展下去,它们必然变得更好,既不会复古,也不会欧化"。中华民族的美好前景与中华民族后来人的审美观的发展变化,决定了中华诗词的发展方向,它不以任何人的主观意志为转移。

诗意生活

杜桂林教授曾对我说，吟诗可以祛病，主要是指修身养性、宁心静神。例如，唐代诗人李颀在《圣善阁送裴迪入京》一诗中说："清吟可愈疾，携手暂同欢。"就是说欣赏诗词艺术可使人心旷神怡。

苏东坡《安州老人食蜜歌》云："正当狂走捉风时，一笑看诗百忧失。"陆游《山村经行因施药》云："儿扶一老候溪边，来告头风久未痊。不用更求芎芷药，吾诗读罢自醒然。"这些均可理解为用诗的意境来疏导人的精神郁闷状态，其功效不浅，消愁解闷，去火清心。正如陆游在《闲吟》一诗中吟道："闲吟可是治愁药，一展吴笺万事忘。"

欣赏中华诗词，可以按照个人爱好从多角度欣赏。唐代僧人释皎然首先提出"学诗如参禅"的主张，到宋代更为盛行。

宋代的吴可的《学诗》说：

> 学诗浑似学参禅，
> 自古圆成有几联？
> 春草池塘一句子，
> 惊天动地至今传。

还有一首同名的《学诗》是宋代龚相写的：

> 学诗浑似学参禅，
> 悟了方知岁是年。
> 点铁成金犹是妄，
> 高山流水自依然。

诗词的美见仁见智，适合自己的，就是最好的。
禹安诗曰：

> 寒风骤起几桐黄，碧海滔滔自诉殇。
> 冷暖人情知冷暖，沧桑世事话沧桑。
> 身无迥异描新景，心有相牵思故乡。
> 万点繁星观子夜，此生不觉鬓成霜。

第三章

江山观止

光荣和梦想：绚烂多彩的深圳城市精神

在一座城市的发展史上，总有时间的玫瑰绽放在一个个里程碑之上，标注光辉的历史，铭刻前行的坐标。2020年，对深圳而言至关重要。8月26日，深圳经济特区迎来建立40周年纪念日。不仅仅是每个深圳人，甚至所有的中国人都会有置身于改革史诗中的骄傲和自豪。

一个民族需要有民族精神，一个城市同样需要有城市精神。深圳是中国第一个经济特区、高新技术产业发展的一面旗帜、粤港澳大湾区核心引擎、中国特色社会主义先行示范区、现代化强国的城市范例。作为中华人民共和国成立后最早设立的经济特区，创新、法治、务实、文明构成了深圳精神的关键词。

在粤港澳大湾区+深圳先行示范区的"双区效应"驱动下，深圳正在发生着"静水流深"的变化。这其中，绚烂多彩的深圳城市精神尤其引人注目。我们可以从无数生动可感的深圳文化现象，看到一个充满创新氛围和现代气息的魅力深圳，这包括引领社会发展的现代观念、紧跟时代的企业家精神和工匠精神、时尚的流行音乐和服装设计、风格别致的城市建筑、读书月和图书节的书香、精彩绽放的"文化+"模式……所有这些都表明，深圳是富有文化底蕴的现代化新兴城市。深圳在改革开放进程中所形成的创新意识、拼搏精神、平等观念、包容心态等，无可争议地成为深圳文化底蕴的外显和展示。

高品位城市文化的直接体现是城市文化形象。而城市文化形象是形神兼备的整体概念，其形是外在的处于物质文化和自然风貌层面的城市文化景观，其神是内在的处于精神文化层面的城市精神。"来了就是深圳人"，作为一座移民城市，深圳最显著的城市精神便是"包容"。一座城市的包容程度显示着这座城市的活力。五路四海的新移民的到来，共同铸就了多元、包容、开放的精神特质，为深圳注入了强劲的活力和创造力。

新时代深圳精神

从深圳经济特区的发展历程上看，先有蛇口，后有深圳。蛇口工业区是深圳经济特区的缩影。蛇口，中国改革开放的突破口，以"蛇口精神"闻名于世。蛇口工业区曾经创造了多项全国第一，"改革创新""敢想、敢言、敢试、敢闯、敢为天下先"就是"蛇口精神"的具体体现。在蛇口微波山脚下，工业一路和南海大道交汇处是著名的时间广场。时间广场上一块醒目的招牌上写着12个鎏金大字——"时间就是金钱，效率就是生命"。离时间广场不远，有中国第一家五星级酒店南海酒店；有著名的女娲雕像、明华轮，还有太子湾邮轮母港。时间广场所在地，正是蛇口工业区开山填海"第一炮"的原点。

1979年，蛇口工业区成立，成为我国经济改革的第一块试验田。1980年，深圳经济特区诞生，成为我国改革开放的一扇窗口。

蛇口提出的"时间就是金钱、效率就是生命"的口号，被誉为"冲破思想禁锢的第一声春雷"。此后,兴于蛇口的创新理念"空谈误国、实干兴邦""敢为天下先"也成为我国改革开放进程中的时代强音。

1983年建校的育才中学是深圳名校,也是蛇口工业区初建时最突出的标志性建筑物,即使在今天,它的建筑理念和风格在校园建筑领域仍独具一格。特殊的办学历史和区位优势,让育才中学成为第一个提出"培养与资本主义打交道的人"的学校。传承着蛇口基因的育才中学,已成为享誉全国的名校。

从某种意义上讲,"蛇口精神"在很大程度上代表了"深圳精神",并持续为深圳特区先行先试贡献精神力量。招商局集团将"蛇口精神"总结为"一根五脉",其中,"一根"是"责任担当","五脉"则是"改革、开放、创新、激情、务实"。"招商血脉、蛇口精神"的核心是实干精神。1986年,袁庚在香港中文大学演讲时曾说:"我们希望人们把蛇口看作一根试管,一根注入外来有益的经济因素对传统式的经济体制进行改革的试管。"随着自贸区和粤港澳大湾区的建设,蛇口再一次站在了新的起点之上。2015年4月27日,东滨路(原工业十路)与南海大道(原工业大道)交汇处竖起了一道蓝色拱门——中国(广东)自由贸易试验区深圳前海蛇口片区,拱门以南便是蛇口区块。历史已经证明,蛇口这支"试管"对于改革开放具有重要的意义。

1987年,深圳就提出了"开拓、创新、奉献"的"深圳精神"概念。1990年,"深圳精神"被完整地概括为"开拓、创新、团结、奉献"八字。从此,"深圳精神"就成为深圳这座新兴城市和广大市民精神风貌的科学概括。深圳也由一个边陲小镇发展成为现代化城市,被世人誉为"一夜城"。

1995年,深圳提出"二次创业"的口号,以"高新产业为先导,先进工业为基础,第三产业为支柱"为发展方针,进行产业转型和升级。

　　2002年,"深圳精神"又被进行了新的概括和表述,增加了"诚信、守法、务实、高效",形成了"深圳精神"的完整表述:开拓创新、诚信守法、务实高效、团结奉献。从新的高度体现了深圳强化法制观念、加强道德修养的自觉意识,反映出深圳这座城市追求高效率、高境界的科学态度。

　　城市文化的核心是城市的精神,它体现了一座城市的精神气质和价值导向。2020年10月9日,深圳发布了"敢闯敢试、开放包容、务实尚法、追求卓越"这16个字的"新时代深圳精神"。这既是40年来深圳人共同的精神标识,也承载着崭新的时代内涵。"新时代深圳精神"承载着深圳人高度的情感认同、价值认同、文化认同,既是深圳人共同的精神标识,也是深圳发展的支撑力量,为城市精神体系的建立标注崭新的坐标。

　　深圳是一个新兴城市,也是一个移民城市。来自天南地北的深圳移民有一个对深圳文化的认同过程,在这个过程中伴随着观念意识的更新和生活方式的改变。著名文化学者、深圳大学城市文化研究所所长吴俊忠教授认为,这些移民们承受生存的压力,经受文化的冲突,在生存和发展中形成了全新的现代观念意识和现代生活方式,突出体现在时效观和价值观上。

　　时效观是深圳人现代观念意识的突出体现。无论是经济特区初创时提出的"时间就是金钱,效率就是生命",还是在《深圳市民行为道德规范》中提出的"无约不访,有约守时",都体现出深圳市民对时间的珍惜、对效率的看重。正是这明确的时效观,催生了"深圳速度",扫除了议而不决、办事拖拉、得过且过"少慢差费"现象,形成了敢想敢说、说干就干、雷厉风行的工作作风,使得深圳人的生活节奏加快、工作效率提高。

　　价值观是深圳市民现代观念意识的又一体现。价值观的核心是崇尚什么,追求什么。深圳市民从不迷信名人、明星,但却崇尚英雄，即崇尚事业有成的创业者。无论是谁，也不管他以前担任何种社会角色，只要他在深圳干成了事业、做出了贡献，就能得到市民的尊重和钦佩，成为他人学习的榜样。在深圳湾核心地带——南山建起了深圳唯一一座以人才命名的公园，一大批创新人才或者领军人才在这里备受尊崇。深圳人才公园入口的石碑镌刻着"创新驱动实质上是人才驱动"这句话。

这种崇尚和追求，反映出深圳市民不慕虚名、求真务实的价值观，展现出深圳这座新兴城市的新锐之气和发展之势。深圳市民的日常话语中也有很多生动的体现。"你不可改变我""深圳不相信眼泪""深圳没有流行色"等一系列耳熟能详的话语，无一不是深圳人现代观念意识的形象体现。这些话语犹如一股清新之气，弥散在深圳这座新城。

浪漫情怀　实干精神

深圳是在改革开放进程中崛起的现代化新城，创新是深圳的传统和灵魂。特殊的地位和开放的社会文化环境，使深圳市民形成了思想解放、富有想象力的理想主义精神和充满朝气的浪漫情怀。

深圳创造出经济奇迹，正是浪漫情怀和实干精神融合的结果，深圳将自身的成功精准地总结为"拓荒牛精神"。同时，在某种意义上，浪漫是深圳人思想解放、敢于创新的思想前提和情感基础，也是深圳城市精神的一个显著特征。

"云散月明谁点缀？天容海色本澄清。"

观念见证历史，观念改变城市。2010年，在深圳经济特区建立30周年之际，产生了"深圳十大观念"。入选头条的"时间就是金钱，效率就是生命"，最早由蛇口工业区在1981年提出，这个口号也成了最有代表性、最能反映经济特区建立早期深圳精神的观念。可以说,这一观念的出现是社会主义市场经济"破壳"的标志,是深圳精神的逻辑起点。其他入选的"空谈误国,实干兴邦""敢为天下先""来了就是深圳人"等也无不风靡全国,广为人知。此外,还有没有入选但依然风靡全国的观念,相信大家也很熟悉,比如"'杀'出一条血路、胆子更大一点,步子更快一点""同在一方热土,共创美好明天""今天工作不努力,明天努力找工作""增创新优势,更上一层楼""我的生活与你无关"等。可以说,每个观念都浓缩着激情燃烧的岁月,都见证着这座城市的发展历程。一部深圳发展史,正是深圳观念不断生根发芽、开花结果的成长史,也是中国改革开放的精神财富和文化坐标。

英国《经济学人》杂志曾评价,改革开放40年,中国最引人瞩目的实践是经济特区。全世界超过4000个经济特区,头号成功典范即为"深圳奇迹"。从小渔村到国际大都市,深圳的发展见证了中国最富有传奇色彩的历史大变迁进程。深圳和"深圳精神"成为一个影响全国、被广泛讨论的热点。深圳的城市精神所迸发出的旺盛的生命力和强大的行动力、其城市品格和文化精神,始终为大湾区发展赋能。在乘风破浪中,深圳将会迎来新的高光时刻。

双城记：粤港的源头

"双城记"这个词，有无数的解读。这里说的不是深圳、香港，也不是北京、上海，更不是狄更斯小说里的巴黎和伦敦，而是两座古城。它们不仅历史久远，还都曾是军事重镇，在历史上威名远播。这两座古城都和深圳息息相关。

南头古城和大鹏所城见证了深圳的久远历史。

深圳是海滨城市，被大鹏半岛、香港九龙半岛、蛇口半岛分隔为大亚湾、大鹏湾、深圳湾以及珠江口4个大海湾。以城而论，深圳最老的城就是南头城。现在的南头古城仍然是这个城市中心城区的一部分，坐落在深圳主干道深南大道一侧。

千年沧桑　古朴小城

南头古城距今已有1700余年，是历代岭南沿海地区的行政中心、海防军事重镇、江海交通和对外贸易的集散地，是深港澳地区同宗同源的真实见证，故此被誉为"粤东首府、港澳源头"。

《晋书·地理志》载，东晋设东官郡、宝安县时，其郡、县治均设在汉代东官盐场衙署所在地城子冈，即今天的南头。南头古城一直处在"扼外洋要害之冲，为省会之门户"的战略地位，也是中国古代对外贸易的"海上陶瓷之路"。

唐代的宝安县管辖今东莞、深圳、香港、澳门、中山、珠海的大部分地区以及广州南沙区一带，整个环珠江口都是其属地，县治位于南头城。南头的名称有一种解释是，"南头"是"南山"和"沙头"的合称。这里靠近海湾，历史上曾形成过由入海河道冲击而成的大沙滩，在本地话里就叫"沙头"，当地人就将南山和沙头合并，称"南头"。明朝广东提刑按察使汪鋐曾写诗赞扬南头父老对抗击外国侵略的支持，题目中就有"驻节南头"四字。这是对"南头"的最早文字记载。

南头古城是历代岭南沿海地区的行政管理中心。明太祖朱元璋在南京称帝后，为防海盗侵犯，于洪武十四年（1381）在此设立"东莞守御千户所"，并在洪武二十七年（1394）筑城。明万历元年（1573）建立新安县，在原有的所城基础上建县城。明清两代，南头均是县治的所在地。鸦片战争时期，香港从新安县被割去，当时中英双方勘界代表斗争非常激烈，此处就成了中华民族反抗外来侵略第一线，新安县衙也成为鸦片战争时多次战斗的指挥部。新安县衙成了近代至今见证深港澳历史变迁的重要坐标。

清代顾祖禹的《读史方舆纪要》有记载："南头城，东南二百里至屯门山，唐置屯门镇兵，以防海寇。"深圳曾经是唐代军事重地。唐开元二十四年（736），在新安县南头城设立了一个独立于地方政府之外的军事机构——屯门镇，驻军2000余人，防线从南头一直布到香港青山下的海岸边，这是古代深圳最早的军事驻防。

南头古城内六纵三横的道路网与自然地势完美结合，辟有县前街、显宁街、永盈街、聚秀街、和阳街、迎恩街、五通街、牌楼街、新街9条街道，故乡民俗称南头古城为"九街"。现存街道实际为中山东街、西街、南街、朝阳街、兴明街、春景街、梧桐街、文化街8条，是今南头城社区管辖范围内人口密度最大、最热闹的区域。

今天，南头古城有不少历史建筑和岭南文化的宝贵遗存。建于明洪武年间的关帝庙是古城的主要民俗场所之一。古城的南城门遗址始建于明代，城门匾额上的"岭南重镇"四字由清康熙年间的知县靳文谟所题。古城里保存有纪念民族英雄文天祥的信国公文氏祠、东莞会馆、南城门洞、报德祠等历史建筑，仿古县衙也成为昔日行政中心的印记。

改造后的南头古城面貌一新，成为遗址本体保护、传统历史传承、多元文化展示、城市功能服务与城市共生的新时代街区样本。沿着南头古城石路往前走，可以看到脚下标注了从265年的三国时期到1980年深圳经济特区建立至今，南头古城一路走来的12个重要的发展节点。南头古城数字展厅内，通过一幅岭南工笔画、一系列故事、一条数字沉浸式体验影片，向参观者展示清嘉庆年间处于鼎盛时期的南头风貌。

作为深港两地历史之根，岭南重镇南头古城焕发新机。我们可以想象古时深圳"海天尽处，旭日凌空"的壮阔景象。那些曾经在深圳这片土地上生活过的人们，他们的历史有人回忆，他们的故事有人讲述，市井温情，民间祥和；太平盛世，近在眼前。

"鹏城"之源　将军之城

大鹏所城是伴随着明清两朝的军事移民而诞生的。

大鹏所城特别像今天的深圳，是个移民之城。历经了600多年的风雨，仍是一处保存较为完整的海防遗迹。深圳有"鹏城"之称，"鹏城"之名就源自大鹏所城。而大鹏所城的得名则源于大鹏山，大鹏山又名为"七娘山"。

《庄子·逍遥游》曰："鲲之大，不知其几千里也。化而为鸟，其名为鹏。"鹏是中国神话传说中最大的一种鸟。这种在九天之上翱翔的神鸟，故乡却是在水中，由叫作"鲲"的大鱼变化而来。深圳东南部有一座堪比自然宝库的半岛——大鹏半岛。大鹏半岛位于深圳东南部，三面环海，东临大亚湾，西抱大鹏湾，地形复杂，地貌多变。

《新安县志》中描述，新安县城至大鹏所城，"高山峻岭如弁鸟鹰三转，大小梅沙尖、九顿岭等处轿马难走，必步行越，横涌海港无渡，伺潮退以涉，无大风雨四日可至"。当年的大鹏半岛，僻远荒凉，山势险峻，是古代海路进入广州的必经之地。这一所沧桑的古所城曾经是海防军事要塞，见证了深圳地区的历史文化变迁。

根据史料记载，大鹏所城的起源，可以上溯到明洪武元年（1368）。明朝建立初期，在广东境内设置"卫""所"，卫戍沿海要冲，那时大鹏即开始屯军。洪武二十七年（1394），为抗击倭寇设立"大鹏守御千户所城"，简称"大鹏所城"。城中赖氏将军家族曾孕育"三代五将"，实为中国军史所罕见，素有"宋朝杨家将、清代赖家帮"的美誉。清代的赖恩爵将军在这里取得了鸦片战争首战九龙海战的胜利，是深圳历史最辉煌的一页。大鹏所城不仅是管辖深港地区400里海岸线的一个"省会门户"，更是"深圳之源"。

海防重镇大鹏所城包容的文化在建筑上也有所体现。

低矮的民居一排排延伸开去，全城皆用客家"堆瓦"盖顶，屋顶融入了广府建筑"飞带"的元素，屋顶侧面有如利刃插向空中。而东城门的一处民居则用了潮汕的"水形山墙"……大鹏所城被誉为中国 18000 多千米海岸线上保存最完整的明清海防城，整座城宛若一座博物馆。同济大学建筑系教授阮仪三说，大鹏所城是他见过的中国明清以来所有卫城中最好的一座。

据《深圳文物志》记载，大鹏镇有咸头岭古遗址、大鹏所城、大坑烟墩、龙岩古刹、东山寺等文物古迹 60 余处，大鹏古城还被广东省列为"省级文物保护单位"。大鹏镇依山傍海，海边融湖光、山色、林涛、潮音、海风、征帆、鸟语、花香为一体，有如蓬莱仙境；陆上山峦起伏，峭壁林立，云雾缭绕，林密鸟众，草茂花繁，好似世外桃源。

大鹏所城自建成以来，就被多年的战火和风雨沧桑无情地侵蚀着。大鹏所城平面呈不规则四边形，城内有三条主要街道，分别为东门街、南门街和正街；除了主要街道外，还有红花巷、石井巷等多条小街巷；就在这互相联通的街巷间，近十万平方米的古建筑鳞次栉比地排列。现大鹏所城尚保留有东、南、西三门及东北部分城墙。大鹏所城城墙由青砖砌成，高约 6 米，城门洞约有 3 米高，却有 4 米多厚，足见当时防御的坚固。整个城墙的周长约 1000 米。城墙上有雉堞（城垛）654 个，并辟有马道，每个城门上都有一座敌楼，每座敌楼两边设有四个警铺。在所城外围东、南、西三面，环绕着一条长 1200 米、宽 5 米、深 3 米的护城河，四时灌水。所城的北面没有护城河，但有靠山，是一道天然的屏障。大鹏所城东门外的龙头山上，有座东山寺，和大鹏所城同时建成是传承中国禅宗"东山法门"的岭南名刹。该古城还保存了独特的民俗文化，是岭南文化的重要组成部分。

数百年的沧桑隐藏在斑驳的石巷间，诉说着伟烈丰功，风云变幻。金戈铁甲，物换星移。人杰地灵，古城依旧。

禹安诗曰：

> 云横大鹏壮千峰，
> 石屹南头伴古榕。
> 览尽双城多少景，
> 英雄俯仰总从容。

陈白沙：岭南第一人

可以称得上岭南文化名片的人物除了唐代的六祖惠能，还有明代的陈献章（陈白沙）和湛若水（湛甘泉）。

陈献章是明朝中叶著名的理学家，本是广东江门新会城北圭峰山下都会村人。少年时，随祖父迁居白沙乡（今属江门市蓬江区）的小庐山下，自号"白沙子"，故后人尊称为"白沙先生"。

江门，古称"五邑"，在南海滨上、西江与潭江环抱下，滋养出了这片富饶的土地，自隋唐起，便是广府文化之栖所、岭南文脉之所在。江门市区因地处西江与其支流蓬江的汇合处，江南的烟墩山和江北的蓬莱山对峙如门，故名"江门"。江门是传统岭南文化的发祥与形成之地。

陈白沙是江门"醇儒""诗圣"。他创立了"江门学派"，树立起"江门诗风"，在宋明理学群贤中出类拔萃，泽被后世。陈白沙也是岭南地区唯一一位从祀孔庙的大儒，故被称为"岭南第一人"。白沙学说高扬"宇宙在我"的主体自我价值，突出个人在天地万物中的存在意义，对整个明代文人精神的取向产生了深刻的影响。

在江门白沙纪念馆里，有一副对联向世人宣示着白沙先生崇高的学术地位：

道传孔孟三千载
学绍程朱第一支

关于陈白沙的故事和传说不少，新会县志里有"遇贼无恙""以鹿代僮""崖门吟玺"等神奇故事。

据传，陈白沙在阳江海面遇见一群海盗，海盗听闻"新会陈白沙"之名不敢造次，仓皇退去。他不雇用书僮，只养了一头梅花鹿，以供驱使。每次买菜时，在鹿角上挂一只竹篮子，篮中放张纸条和铜钱。那梅花鹿会自行跑去市场，卖东西的人看见陈白沙的梅花鹿来了，就从竹篮里拿出字条，看看写的是要买什么菜，然后自取铜钱，把他要买的菜放到竹篮里，让聪明的梅花鹿把东西带回去。一次，陈白沙乘着小舟到南宋最后一个皇帝赵昺殉国之地——崖门。当年元将张弘范引元军攻宋至新会，宋军在崖门海域全军覆没。丞相陆秀夫背着8岁的少帝赵昺，连同玉玺投海殉难。陈白沙在舟中，触景伤情，吟诗凭吊。

天王舟楫浮南海，大将旌旗仆北风。
义重君臣终死节，时来胡虏亦成功。
身为左衽皆刘豫，志复中原有谢公。
人众胜天非一日，西湖云掩鄂王宫。

相传在他吟得悲切的时刻，那早已沉在海底的玉玺也先后两次浮出水面。

心学前驱　圣代真儒

明朝初期被认为是一个学术气氛沉闷的时代，宋以来的程朱理学占据了意识形态的统治地位，思想界如同一潭死水。开启了明朝心学先河的一代大儒陈白沙，打破程朱理学沉闷和僵化的模式和理论格局，使明代的学术进入新的阶段，确立了岭南文化在整个中国文化发展中的地位。

有人把明代心学发展的基本历程归结为：陈白沙开启，湛若水完善，王阳明集大成。也有评价说，陈白沙是主静的心学，王阳明是主动的心学，他是与王阳明并称明代心学两大代表人物的思想家。学术界习惯把陈白沙定位为明代心学的开端，在陆九渊和王阳明之间承前启后式的心学宗师。陈白沙承前启后，是一个不可或缺的中介和重要的环节。

陈白沙纪念馆里有明代"圣代真儒"木刻匾额，还有上款"正德辛巳仲冬"，下款"门人增城湛若水题大清乾隆乙卯季冬重修"的"千秋仰止"石匾。这些都是对白沙先生的褒奖。《明史·儒林传》中评价明代的"学术之分，则自陈献章、王守仁始"。江门心学有很多重要的可贵特质，比如"学贵自得""内外合一""学宗自然"以及"因诗写道"等。只有将以陈白沙为代表的江门心学与"陆王心学"放在一起，才能更好地看清和理解明代心学的全貌，以及心学的发展历程。

陈白沙早期治学，一般被认为是远以孔孟学说、近以程朱理学为宗，后来受到陆九渊（被称为"象山先生"）和吴康斋的影响，提倡"心理合二为一"，开明代心学先河。

陈白沙比王阳明大44岁，是王阳明的前辈，但历史上没有他们相见的记录。黄宗羲认为，"明代学说由白沙始而达到精致"。作为明代心学的奠基者，从陈白沙倡导涵养心性、静养

"端倪"之说开始,明代儒学实现了由理学向心学的转变,成为儒学发展史上的一个重要转折点。

陈白沙提出了"天地我立,万化我出,宇宙在我"的心学原理,曾教人"静中养出端倪""养善端于静坐"。白沙先生早年苦读群书而无所得,之后通过静坐悟出"学贵自得"之道。他主张学贵知疑、独立思考,提倡较为自由开放的学风,逐渐形成一个有自己特点的学派,史称"江门学派"。岭南大儒陈白沙的心学为传统岭南文化奠定底色,江门学派成为具有岭南特色的儒家学派。

陈白沙教弟子"洗心"。诗曰:

一洗天地长,政教还先王。
再洗日月光,长令照四方。
洗之又日新,百世终堂堂。

用三个"洗"字,贯穿起天地、日月、四方、百世这些意象,表达出陈白沙对现实世界做一番改革的决心。对此首充满明代心学意味的哲理诗,他的学生湛若水这样解释道:"一洗其心,则天地长清宁矣;再洗之,则日月合明而照四方;又洗之,则此道流行百世不息矣。"

陈白沙认为,要从书本中解放出来,回归自然,和自然融为一体;做人要本本分分、踏踏实实,用自己的心把握"道"。

诗书传奇　茅龙神韵

陈白沙不好著述,独好为诗。他善于以诗为教,善于用诗表现其哲学思想,有"以道为诗,自白沙始"之称。饶宗颐在《陈白沙在明代诗史中之地位》一文中称:"明代理学家多能诗,名高者前有陈白沙，后有王阳明，而白沙影响尤大。此一路乃承宋诗之余绪，推尊杜甫、邵雍二家，取道统观念，纳之于诗。"明代从祀孔庙的四儒，白沙先生位列其中，而他是写诗最多的一位，有将近两千首诗存世。

其诗《浮螺得月》曰：

道眼大小同，乾坤一螺寄。
东山月出时，我在观溟处。

该诗形象地表述了他特有的"道通于物""形虚本乃实"的宇宙观。

他写给弟子陈秉常的赠诗曰：

我否子亦否，我然子亦然。
然否苟由我，于子何有焉？

这首诗体现其主张：不要人云亦云，即便是自己老师说的话，也要经过思考，否则就不会有什么长进。陈白沙有真性情，忠君孝亲，"多病一生长傍母，孤臣万死敢忘君"。他崇尚自然，"桃花寂寞梨花开，山中薄酒三五杯。村西有客可人意，风雨今朝期不来"，还有"茅君稍用事，入手称神工""笔下横斜醉始多，茅龙飞出右军窝""耻独不耻独，茅锋万茎香"等佳句。

陈白沙说："大抵论诗当论性情，论性情先论风韵，无风韵则无诗矣。今之言诗者异于是，篇章成即谓之诗，风韵不知，甚可笑也。情性好，风韵自好；性情不真，亦难强。"作为明代岭南最著名的书法家，他的书法刚健有力，深受世人喜爱。

新会圭峰山是广东历史文化名山，登临可东望西江，南眺崖海，西见潭江。圭峰山是陈白沙读书讲学的地方。在讲学之余，他或饮酒放歌，或赏花吟咏，或遨游山水，或交友论学，过着一种自由闲适、自得自乐的耕读生活。陈白沙晚年，很多人求字，但当时岭南地方遥远，交通不便，好的毛笔总是买不到。于是陈白沙就地取材选用圭峰山茅草制成"茅龙笔"，独创"茅龙书法"。

他用当地特有的茅草，束成一束，末端打烂，令茅草的纤维露出来，然后用来写字。因为茅草的纤维质地较硬，弹性好，茅龙笔介于硬笔与毛笔之间。写字时须用中锋行笔，而写出来的每个字都留有"飞白"，每个字的转弯之处也是方形，字体刚劲有力，独成一体。白沙书法得之于心，风格独特，苍涩枯峭，一扫元明间柔弱萎靡的书风，令人耳目一新，在书坛享有盛誉。

在白沙传世书法作品中，用茅龙笔书写的《慈元庙碑》被誉为"岭南第一碑"，现珍藏于新会崖山祠慈元庙；用茅龙笔和毛笔书写的两篇《大头虾说》，分别珍藏在北京故宫博物院和江门市博物馆。《大头虾说》为白沙61岁时书写，是借乡间俚语"大头虾"来阐述人生哲理，立意新奇。此书用茅龙笔书写。茅龙笔笔毫锋秃散，毛硬易干，下笔顿挫力很强，毫端开叉，形成了较多的飞白之笔。字迹墨色干枯，粗细变化丰富，兼之运笔迅疾奔放、挥洒自如，又少见连绵之笔，显示出动中寓静、拙中藏巧的韵致，书风独树一帜。其代表作还有纸本手卷、行草书《种蓖麻诗卷》，现为国家一级文物。

陈白沙在江门蓬江的遗迹有很多。其中，陈白沙祠堂建成于1584年，结构为四合院式，坐北向南，共四进。祠堂由春阳堂、贞节堂、崇正堂、碧玉楼组成，每进都是一堂挂两廊。白沙先生以"半为农者半为儒""及第何人似献章"等事迹闻名于世，其"士不居官终爱国""民为邦本、注重民生"的白沙精神是中华民族宝贵的精神财富。以陈白沙为代表的江门学派对传统儒家文化产生了深远的影响。

禹安集句诗曰：

日高深院静无人①，
碧海青天夜夜心②。
清渚白沙茫不辨③，
数间茅屋水边村④。

> 陈献章（1428—1500），字公甫，号石斋，生于广东新会，明代思想家、教育家、书法家、诗人，世称"白沙先生"。他主张学贵知疑、独立思考，提倡较为自由开放的学风，逐渐形成一个有自己特点的学派，其学说则称"白沙学说"或"江门学派"。明万历十三年（1585），朝廷诏准他从祀孔庙，这是岭南唯一诏准从祀孔庙的学者，故有"岭南一人""岭学儒宗""圣代真儒"之誉。

---

① 〔宋〕晏殊《踏莎行》："日高深院静无人，时时海燕双飞去。"
② 〔唐〕李商隐《嫦娥》："嫦娥应悔偷灵药，碧海青天夜夜心。"
③ 〔宋〕秦观《金山晚眺》："清渚白沙茫不辨，只应灯火是渔船。"
④ 〔宋〕孙觌《吴门道中》："数间茅屋水边村，杨柳依依绿映门。"

岭南的人文地理

提起岭南,很多朋友都是从苏轼的诗词中"试问岭南应不好,却道:此心安处是吾乡""日啖荔枝三百颗,不辞长做岭南人"开始认识的。当年苏轼被贬至广东惠州时所作的这首《惠州一绝》使"岭南"一词广为流传。

岭南和南岭

岭南,顾名思义,是指中国南方的五岭之南地区。相当于现在广东、广西及海南全境,以及湖南及江西等省份的部分地区。岭南腹地纵深极大,容易导致指称不清晰。现在提及"岭南"一词,特指广东、广西、海南、香港、澳门三省二区,亦即当今华南区域范围。由于岭南是古代海上丝绸之路的要道,因而成为西方文明与华夏文明交流的窗口。历史上,唐朝岭南道也包括曾经属于中国皇朝统治的越南红河三角洲一带。在宋代以后,越南北部才分离出去,岭南之概念便逐渐将越南排除在外。

"岭南"的"岭"实际指的是南岭,它是中国长江流域和珠江流域的分水岭，其位置在今天的广西壮族自治区、广东省、湖南省和江西省的边界上。南岭西起广西壮族自治区西北部，经湖南省南部、江西省南部、广东省北部，一直向东延伸进入闽南与武夷山脉相接。南岭的基本走向为东西走向，但在多次造山运动中受到北东向构造线的干扰，形成了许多南北走向、东北—西南走向的山谷，这些山口低谷就成为南岭南北天然的交通孔道。其中最为著名的就是五岭，故而狭义的"南岭"也指五岭。

五岭，三个在湘桂间，因此一般是由西到东排列，指越城岭、都庞岭、萌渚岭（湘桂间）、骑田岭（湘南）、大庾岭（赣粤间，腹地在江西大余县），横亘在湖南、两广、江西之间，它是史称南岭的主要构成部分。

"岭南"和"南岭"都是地域片区概念。

"南岭"是秦汉早期开始的朝廷及其相关人员对楚国之南（湘桂赣粤相连区）的群山区域的总称，其中与秦汉早期重大的南下行军路线相关的五个重大军事驻地合称为"五岭"（都有秦汉时期的军事遗址）。例如，越城岭到都庞岭之间的海洋山、韶关市西北部的瑶山等都属南岭。

毛泽东写的《七律·长征》中的"五岭逶迤腾细浪"，所说的"五岭"就是南岭，它西接云贵高原，东连五夷山脉，由一系列东北—西南走向的山岭组成，东西绵延1000多千米。在这些山岭中，最有名的就是中段的越城岭等五岭，它们构成了南岭山脉的主体部分，五岭的名称就是这样来的。南岭山脉平均海拔在1000米左右，山体是一块一块的，互不衔接，但是从整体来看，仍是由东向西，连成一气，主体山峰几乎都是花岗岩山峰，显得气势磅礴、层峦叠嶂。南岭的山势不高，而且比较破碎，所以毛泽东用"腾细浪"来形容这峰峦起伏的群山，像翻腾着的细小的波浪。

南岭，粤之最北，粤之最高。南岭山脉是长江与珠江流域的分水岭，对冬季的寒潮南下起着一定的拦阻作用，使岭南和岭北的气候有所不同。岭北常见霜雪，越冬作物都比较耐寒；岭南则很少有霜雪，热带性栽培植物比较多。由于山岭的阻挡作用，南侧降水比北侧稍多。所以，南岭也是一条重要的人文地理分割线。

岭南文化的源头

郦道元《水经注》中说："古人云，五岭者，天地以隔内外。"五岭以北，是荆楚文化区；以南，属于岭南文化。岭南地区因其相对封闭性的地理环境，形成了隔绝于岭北的半封闭式地形，严重阻隔了岭南地区与外界的交流，对于中原人而言，岭南地区是相对而言的"蛮荒之地"、未知之区。岭南水土湿热，湿度大而蒸腾小，空气的湿闷易令人虚火上升，郁结暑气，北方人一般难以适应。"岭南"这个概念，其中自然带有"化内"与"化外"之别，传递着中原文化某种心理上的优越感，岭南之蛮荒险恶也就成为人云亦云的共识。

唐王朝在五岭以南设岭南道和岭南节度使起，"岭南"便一直被叫到了今天。唐懿宗咸通三年（862），岭南道划分为东西两道。今天广东大部分地区属于东道，治所在广州，这是两广分为东西的开始。至北宋时期，实行路、州、县三级行政管理架构，把岭南地区划分为广南东路和广南西路，东路治所仍然在广州，西路治所在今天的桂林。"广东"，即广南东路的简称，流传至今。随着南粤民系的不断发展，逐渐融合形成了广府、潮汕、客家三大民系。

岭南文化是中华文化的重要支脉，是中华优秀传统文化中最具特色和活力的地域文化之一。岭南文化气息浓郁，历史悠久，诞生了很多的文化名人，从唐代的六祖惠能到明代的陈白沙、湛若水，从张九龄到康有为、梁启超，再到陈垣、陈寅恪等，前贤往矣，声华长存。岭南文化在兼容中迅速崛起，形成了特有的兼容气派。

南洋精神是岭南文化另一个源头。"下南洋"是中国近代史上一次跨国大迁移。岭南，是中国近现代史的开启之地，得风气之先。早期的岭南人走出国门，改变命运。其中，广东的华侨文化是岭南文化的主要构成部分，体现出爱国爱乡、包容开放的文化特质。

与京味文化的皇城风韵、海派文化的精致洒脱、边塞文化的厚重悠远相比，岭南文化的务实品位别具一格。从地域上看，岭南文化又分为广东文化、桂系文化和海南文化三大块，尤其以属于汉族广东文化的广府文化、潮汕文化、客家文化，构成了汉族岭南文化的主体。岭南各个思想流派博采众长，在传承与包容中开眼看世界，实现了中西方文化的交流，在不断地传承和交流中，日显活力。岭南建筑也是非常有特色和迷人的，岭南四大园林——番禺余荫山房、佛山梁园、东莞可园、顺德清晖园无不精致奇巧、玲珑典雅，令人称奇。

面向未来，岭南深厚的历史文化底蕴和丰富的文化遗产熠熠生辉。其中，以广东音乐、粤剧、龙舟、醒狮等为代表的传统文化艺术，传承岭南文脉，彰显岭南特色。在岭南，多文化的族群、多种方言的民系自古交融，山海共筑的南粤文脉生生不息。

第四章

时文新读

深圳学者的哲思与深情

——读《读懂深圳——四十年四十个视点》

2020年是深圳经济特区成立40周年。在这样一个重要的时间节点，深圳文化学者吴俊忠的新著《读懂深圳——四十年四十个视点》（以下简称《读懂深圳》）应时问世。这既是给深圳特区的一份生日礼物，也是文化界的一件喜事。

我与吴俊忠教授相识多年，亦师亦友。他文如其人，厚重而生动、严谨而洒脱。他治学严谨，视野开阔，逻辑思维缜密，学术功底扎实。令人敬佩的是，他丝毫没有名教授的架子，古道热肠，乐于成人之美。只要时间允许，身体状况尚可，凡有文化公益活动，他总是有求必应，毫不马虎。多年来，他已经为社会各界进行文化讲座数百场，普及社科知识，彰显学者风范。

吴俊忠是江苏通州人，本是俄罗斯文学研究专家，但他自1987年到深圳大学任教后，一直牢记"为社会服务"的学者使命，长期关注和研究深圳文化，成为有广泛影响力的知名文化学者；其先后出版14部著作，多篇论文入选《深圳蓝皮书——深圳文化发展报告》；主持完成广东省哲学社会科学规划项目"深圳经济特区文化创新功能研究"等。作为共和国同龄人，他已经到了"从心所欲不逾矩"的境界。由这样一位资深文化学者来解读深圳经济特区 40 年，其权威性以及深度和广度自然毋庸置疑。

《读懂深圳》是吴俊忠的新著，以开阔的视野和深刻的思想，勾勒出深圳经济特区 40 年发展全貌，书中所列的 40 个视点，堪称读懂深圳经济特区之"纲"。纲举目张，立体展现，纵横交织，互为印证。《读懂深圳》具有对深圳文化的阐释功能，它从 40 个不同角度，把深圳的改革史、创业史、发展史、建设史、文化史等全面而生动地展现出来，既丰富多彩，又发人深思。

通读《读懂深圳》，发现它有三个明显的特点。

第一，纲举目张，内涵丰富。本书取名《读懂深圳》确实是言简意赅，体大思精。阅读本书，你会觉得深圳这 40 年来的大事尽收眼底，经纬分明，要言不烦。深圳这座传奇城市所经历、所发生的重要里程碑式的事件、人物、文化现象等，在书中多有涉及。

谈改革史，有"创办初衷——'杀出一条血路来'""小平题词——关键在于'证明'二字""开放有度——难能可贵的政治智慧""立国强国——一体两面决不偏废"，等等。

谈创业史，有"'蛇口模式'——中央决策与袁庚的大手笔"，等等。

谈发展建设史，有"高教发展——从应急办学到高端布局""前海新区——深圳的'曼哈顿'""产业体系——现代化经济体系的强力支撑""智慧城市——深圳试点的前沿探索"，等等。

当然，更多的篇幅是城市文化史。吴俊忠认为，深圳的新移民各自带着本土文化的痕迹来到深圳，使深圳成为京味文化、海派文化、关东文化、中原文化、岭南文化、港澳文化等地域文化的荟萃之地。多元并存的文化观念影响和塑造出具有宽容意识和开放心态的深圳人。深圳文化是传统文化和现代文化相融合的成功范例,是新型的富于活力的城市文化。吴俊忠从深圳文化形象、深圳特有的文化标志、文化象征以及文化名城、文化立市、十大观念、"深圳学派"等多个引人入胜的主题切入,理论阐述清晰,可读性强,深入浅出地展现了深圳波澜壮阔的宏伟画卷。

第二,角度新颖,史海拾珠。长期以来,关于深圳的解读不可胜数,大多是官方和民间的热点话题。深圳经济特区40年的发展可圈可点,值得挖掘的历史素材太多太多。深圳经济特区经济建设的巨大成就往往更为人关注。与之相比,对于深圳文化的深度解读就显得分量不够,甚至时有一些谬误之见。在此,吴俊忠"躬身入局",多年从事深圳城市文化研究。他认为,形成这些谬见的原因,一是对深圳历史的无知或知之甚少,二是对深圳文化现状的认识肤浅。

《读懂深圳》从不同角度正本清源,向人们展现了一个充满活力的、真实的深圳:在"学术天空——群星闪耀,蔚为大观"一章中,解读了深圳学术文化建设如何后起发力,胡经之、李凤亮、陶一桃诸教授如何开创并引领"深圳学派";在"文化愿景"一章中,对深圳学者提出城市文化"十大愿景",并做了精彩的解读,提出深圳的文化想象力是城市文化自觉和文化自信的充分表现,更是在构筑一座文化的"理想城",经吴俊忠浓缩为十大关键词:"观念、包容、舆论、权利、产业、法治、主权、人才、学派、目标",清晰准确,易于理解;在"深圳三赋——文学视野中的深圳巨变"一章中,对出自三位"资深市民"的深圳三赋做了解读;此外,给读者介绍了不少鲜为人知的历史场景,史海钩沉,这些都是深圳经济特区40年间无比珍贵的文化史料。

第三,文风生动,厚积薄发。《读懂深圳》在理性思考的同时，也是一本富有文学性的文化随笔。首先，标题设置简洁明快。全书共40章，标题精巧，简单准确，就像深圳的务实与高效，切中要害，绝不拖泥带水。同样，本书各章开篇的小引也是简明扼要，富有特色。其次，引述材料权威、细致，交代清楚；逻辑论述条理清晰，删繁就简；文字表述生动活泼，形象可感。吴俊忠举重若轻，用淡雅的文字解读深圳，让人过目不忘。自深圳经济特区成立40年来，宏大解读之作甚多，而这部著作从"小"处、"细"处下大功夫，显示了吴俊忠深湛的学问积累。字里行间，充满了温和之气、赞美之情，绝无居高临下的阐述。他娓娓道来，更像是父辈对子女的从容诉说，"老深圳"对"新深圳"的围炉夜话。

吴俊忠教授在深圳大学任教多年，桃李满天下。他对深圳大学有着深厚的感情，在本书中专列一章介绍深圳大学，叙述深圳"高校长子"的改革传奇。他提到，"深大精神"的完整表述是"脚踏实地，自强不息"，而"脚踏实地"作为一种精神概括，深圳大学办公楼的墙上早有形象的表述，那别致而生动的画面设计，给所有到过深圳大学的人都留下了深刻的印象。可以说，"脚踏实地"不仅雕刻在深圳大学的建筑物上，更印刻在广大师生的心坎上，师生们以此为参照，为之自豪。

《论语》中有"君子三变"之言，即"望之俨然，即之也温，听其言也厉"。吴俊忠就是这样的君子：远远望去举止庄重，接近时温和可亲，听他说话则准确严谨。作为文学与文化研究专家，年逾古稀的吴老笔名常用"寒门学士"。他出身贫寒，经历坎坷，沧桑人生，笔底温情。他宽人严己，厚德载物；待人接物，使人如沐春风；教书育人，著书立说，君子之风。他的身上何尝不是展现着"深大精神"与"深圳人"的风采？

"读书明理，理应惠及社会大众；治学求道，道在塑造智慧人生。"这是吴俊忠读书治学的自勉联。他说："作为一位在深圳工作生活了 30 多年、对深圳感受很深的老市民和老学者，应该编写一本读懂深圳的书，把深圳 40 年来各个领域的改革创新全面梳理一下，给年轻人和来深圳稍晚的人，提供一本全面了解深圳的文化读本。"吴俊忠骨子里深爱着深圳，他是深圳老一代的移民，参与了深圳城市文化的建设，更是深圳 40 年发展的亲历者和建设者。《读懂深圳》就像是带给读者的一把打开深圳 40 年城市文化宝库的金钥匙，让我们一起感悟这位深圳学者的哲思与深情，读懂深圳。

"深圳样本"的榜样价值与样本力量

——读《深圳样本》

大潮奔涌向前,生生不息,历史总在特殊的时间节点镌刻永恒。全景式描绘经济特区发展历程的纪实文学作品《深圳样本》的出版恰当其时,该书作者试图通过"历史性跨越"解剖细微的情节,用经济特区经历者的视野还原一个真实而具象的深圳;全书对深圳经济特区40年经济发展与历程的阐释和回望,动人心魄。

由罗亚平牵头,跨越了20世纪从40年代一直到90年代半个多世纪,汇集三代作者的《深圳样本》一书,由10名作者联手,跨越太平洋,在中国内地、香港地区和美国三地同时写作。这个作者团队涉及深圳十多家行业,经历丰富,均为年轻有为的高级专家和学者,他们本身也是深圳样本的一个具体体现。

作者为读者解码深圳阅读提供了多重视角,该书分为3个部分、18个章节。该书以历史、现实、未来3个维度展开,立意高远,视野广阔,从深圳具有典型意义的历史文化、人物事件等入手,从不同的侧面反映深圳经济特区40年的前世今生;通过点面结合，深度剖析，传达了最年轻的现代都市的风土与精神，展现了立体与鲜活的深圳，使读者对深圳缘何成为第一个经济特区、粤港澳大湾区核心引擎之一和中国特色社会主义先行示范区也有了更加深入的理解。

40年来，深圳发生了翻天覆地的变化。40年风雨、40年征程、40年奋进、40年收获，从潮起南海到赶海逐浪，再到湾区潮涌。时至今日，一个充满创新氛围和现代气息的魅力深圳，它有着光荣的历史，它被喻为中国的硅谷，它引领社会发展的现代观念、紧跟时代的企业家精神，以及它的金融创新和高科技等，所有这些都表明，深圳不仅仅是中国的，更是世界的。《深圳样本》承载着深圳的往昔、今朝和明天，汇聚起实现中国梦的"样本力量"。这种力量具有令人瞩目的榜样价值。

"因为这本记录深圳改革开放40周年的书，让他们为了一个共同的目标，从五湖四海走到了一起。"罗亚平介绍，《深圳样本》写作时间不到半年，但有些人的故事已经酝酿了多年。时空之中的深圳故事，是中国道路、中国故事最佳的诠释。深圳改革开放的发展轨迹也暗含着中国前进之路的逻辑，重寻改革开放的足迹，不忘初衷。罗亚平表示，该书的另外一个初衷是希望通过对40年经济特区建设道路上曾经有过的困惑和彷徨做全景式的回顾，细数那些破釜沉舟般的奋进之路和当年重铸辉煌的艰难历程，给全国人民和深圳先行示范区的青年以启迪和激励。

深圳经济特区值得记录与研究的案例数不胜数，解读深圳，绝非易事。1987年，罗亚平还在大学求学期间，他第一次来深圳就以实习记者的身份到"三来一补"的企业体验生活。罗亚平凭借多年积淀，以及对深圳的无比热爱，匠心独运，其作品在注重严肃性与权威性的同时，兼顾可读性和趣味性，既生动可感，又发人深思。1994年，我在大学毕业后，由内地到深圳工作，见证并加入深圳经济特区的产业转型升级、创新与发展等历史洪流之中。读罢全书,感悟作者们的真知灼见,常有酣畅淋漓之感。那段激情澎湃的美好时光,一定也会流淌在每个经济特区建设者的记忆之河中。

　　创新、法治、务实、文明构成了深圳精神的关键词。深圳,作为中国改革开放的排头兵、试验田,作为当代中国的一张名片,广纳四海优秀文化基因,兼容并包,充满活力,被誉为"地球的经济中心",吸引了世界的目光。了解深圳经济特区,也就了解了这个伟大的时代。此时此刻,我们亟须一份有代表性的"深圳样本"供世人学习与借鉴。从这个角度上说,读懂《深圳样本》,有助于我们理解并思考深圳未来的发展新模式和深圳永续发展的城市基本内涵,具备"敢闯敢试、开放包容、务实尚法、追求卓越"的"新时代深圳精神"的读者读懂此书,也一定会对深圳有全新的认识。

青春之河　空阔无边

——读《深圳传》

少时读《左传》，知其有"三立"之论，即"立德，立功，立言"。这可以理解为人生的三个最高标准，是否也可以看作对一座城市的最高褒奖？放眼古今，为一个人作传已经非常之难，而为一个城市尤其是在世界上都赫赫有名的深圳作传，这需要多大的勇气和多深的积淀与才情！在深圳经济特区创立40年之际，读到胡野秋先生的《深圳传》，让我欣喜和感动，我认为这是送给深圳最好的生日礼物。

40年来，有很多人都在试图解读这个城市。他们带着各自的视角，因为起点不同，自然结构、取材、着墨迥异。如同胡野秋在《深圳传》的自序所言，是"一次幸福的探险"。该书对深圳的城市特征、风貌、成就进行了系统的梳理和展示，串联历史，聚焦当下，以崭新的维度向世界讲述深圳故事。

深圳是未来的世界之城，是"以梦为马的城市"。深圳的奇迹就像是骏马疾驰在草原上，跨过深圳这条青春之河，奔向空阔无边的世界。胡野秋才思敏捷，看似天马行空，其实暗藏主线，多维交织，精心布局，巧妙剪裁，宛如《千里江山图》画卷，写意深圳青绿山水，写实经济特区人事风物，并将其情感付诸创作之中，把深圳之美、经济特区之神肆意铺展。在壮美的历史长卷中，不乏细腻的勾画，表现了他严谨的文化观与历史观。胡野秋一向对宏大叙事、概念讲述不大热衷，这位真性情人，笔下自然不会大而无当。言之有物、言之有理、言之有情、言之有趣，自然也是题中之义。

认识胡野秋已经20余年，很难用简单的几句话说清楚他。这位属虎的安徽才子，本身就和深圳一样，充满了激情和活力，始终在跨界和超越。这位不年轻的"年轻人"，是学者、作家、导演、老师……这些称谓，实至名归。他曾是知名媒体人，其观察事物的敏锐度和穿透力令人叹服。与其相熟多年，煮酒论道，多有共识，遂引为知己。

在深圳的诸多文化大事件中，胡野秋都是策划者、参与者甚至是推动者。作为已经在深圳生活近30年的深圳人，他当然有足够的资格为深圳做传。胡野秋用饱含深情的笔端，将城市历史、现实、精神、物质尽收眼底。他驾轻就熟，对深圳的展示通过具有代表性的文化现象和人物串联，不知不觉中，让读者感悟到深圳的崛起离不开自强不息的深圳人，他们是最美的城市之光。

从某种意义上说，胡野秋已经成为深圳的文化名片之一，他写的《深圳传》不仅是散文，还是城史，是风俗志，我以为可谓信史。这本耐人寻味的书，是胡野秋倾注极大热情和心血创作的佳作。写作是为时代作证。两年前，我在胡野秋主编的《微观深圳》中出任编委和撰稿人，那时候，就知道他素有宏愿为深圳做传了。数十年的厚积薄发、多年的用心积淀，胡野秋拥有的素材甚多。在素材取舍之间，他想必是纠结甚至是痛苦的，最终呈现在读者面前的这部要言不烦的著作，是对深圳一次跨越时空的梳理。

胡野秋特别推崇沃尔特·本雅明的"城市闲逛"理论。被誉为"欧洲最后一个知识分子"的本雅明认为，在城市里四处"闲逛"的人才是最能领略城市精髓的人。胡野秋的微信签名是"闲闲地写字"，平时也自称是闲散的人。就在胡野秋轻松洒脱的步履之间，用他的领悟和觉察带领我们在深圳"闲逛"，在"闲逛"中读懂深圳。

读罢全书，感觉胡野秋试图用电影蒙太奇手法和写史的笔法尽量精确地描述这座独具魅力的城市，去留无意，云卷云舒，慢慢地汇成了经济特区波澜壮阔的发展史。《深圳传》凡十四章，数十篇美文，或许和胡野秋所导演的，获得休斯敦国际电影节故事片白金奖电影《爱不可及》大有关联，他把电影叙事的诗意和史家的严谨融合在一起，以清新自然的散文形式来表达。字里行间，含菁咀华，尽显其诗意缤纷。

胡野秋认为："深圳这个城市虽然年轻，却又怎么也写不完，你刚写了几乎所有重要的事情，却立刻发现还有更多重要的事情被遗漏。深圳既像一个魔方，又像一个巨大的谜团，它会吸引越来越多的人去写它、研究它。"

而写不尽的城市才是最有魅力的城市。

写散文易，写好太难。言有尽，意无穷。行万里路和读万卷书是前提，更需要心中存着温情和敬意。胡野秋正是如此。他笔耕不辍，阅历丰富，很多深圳文化现象的背后，都有他不知疲倦的身影，他爱这座城市爱得深沉。

"风流总被雨打风吹去。"我以为，一个优秀的作家常常是对这片热土充满着爱而又似乎总不可及，而他有着理性的思维和深邃的思想，有着丰富的生活阅历和真挚的感情，这样才能写出感人的文字，其核心力量来源于"作家追问历史，叩问现实"的使命感。或许，这也是他写就这部传记的精神支撑点。

胡野秋的形象辨识度极高，其随意的长发、圆圆的黑眼镜框、一袭飘逸的香云纱衫裤，颇有民国学者风范。他是一位谦和而又文雅的兄长，笑容可掬，清瘦洒脱，能游刃有余地切换于不同角色之中。文人气质，史家情怀。他好酒，然少饮辄醉；好客，常高谈当歌。今夜，就让我们展卷徜徉在深圳的光荣与梦想中，和胡野秋先生一起，为深圳而醉，为特区而歌！

深圳夜空中的哲思

——读《深夜记》

深圳的光荣和梦想属于每个中国人，当然也属于在这座梦想之城生活几十年的深圳人。因缘聚合，我们得以在这个2000多万人的以梦为马的经济特区工作生活，成家立业，不知道羡煞多少内地朋友。每个深圳人沉醉于流光溢彩的大都市，慢慢和这座神奇的城市血肉相融也是自然而然的事情。

当一个个夜幕降临，深圳还是那样，像个永动机一样不知疲倦，如同大海奔腾不息。偶尔我们独处时，当我们安静下来，喝一杯清茶，看一篇散文，听一段音乐，或者什么都不干，什么都不想时，或许每个人的心却难以平静下来。如我一样，心中往往会念头丛生。如果此时能读到赵倚平的《深夜记》，相信读者会有"于我心有戚戚焉"之感。

祖籍陕西蓝田的赵倚平已定居深圳20余载，以杂文和散文行走文坛。多年前，他带着幼女闯荡深圳经济特区，游走于企业、文学之间，说到底，文学是他的副业。我和倚平兄素无私交，却一见如故，想必是同频共振之故。他是个内秀的人，和他的乡党贾平凹先生一样陕西口音甚重，同样工于书法。倚平尤其在小楷上用功甚深，他的字飘逸洒脱又一丝不苟，有唐人《灵飞经》风韵。

翻开蓝底黄边的《深夜记》一书，仿佛穿透了深圳的夜空，赵倚平的文字简单朴素，就像读者书写自己的事情，很快便代入角色，不知不觉，一页一页读下去，不觉东方之既白。从某种意义上说，赵倚平这位极有潜力成为编辑家、杂文家的作家，才华横溢而又命运多舛。他为生活所迫，到深圳后在企业谋生，不得不在生存和文艺中妥协。但从另一个角度来说，生活的苦难也是他创作灵感的不竭源泉，他的笔下有魏晋风骨，有汉唐情怀。

赵倚平是资深编辑，经他的手，无数文字变得更加鲜活和富有魅力。他好读书，博学深思，因此笔下的文字很讲究。作为一位高产作家，他著有散文杂文集《漂泊心绪》、散文集《五味字》和杂文集《蜘蛛不好吃》，编著有《鲁迅论中国社会改造》等多部著作。我知道他通读《鲁迅全集》很多遍，而且有相关考证专集。鲁迅的作品我也是非常喜欢的。鲁迅先生认为我们民族最缺乏的东西是诚和爱，他曾同友人讨论三个相连的问题：怎样才是理想的人性？中国民族中最缺乏的是什么？病根何在？鲁迅关注中国社会国民性问题，他所提出的改造国民性的问题也就是国民素质教育问题。作为杂文家的赵倚平，对这一宏大主题关注甚多，他鞭辟入里，观点犀利，文笔老辣，发人深思。他的笔下，有鲁迅文风；但他的人生亦如鲁迅诗中所言"运交华盖欲何求，未敢翻身已碰头"。

《深夜记》的字里行间，体现着对深圳的丰富情感。认识赵倚平的人，都对他有共同的评价：老实、厚道、坦诚、真挚。他曾直言不讳地说："说实在的，我对深圳的感情，是在退休前一两年才逐渐有的。""假话全不说"，他的坦诚可见一斑。这种坦诚恰好体现在他的文字里。《在漂泊中感受生活》一文中，赵倚平写到出来深圳之时内心的"无奈""迷茫""未知未卜","我还清楚地记得,我走出火车站时,被特区8月的骄阳刺痛眼睛的那一刻"。这些文字一定会触动每个深圳人的内心。1994年,我也是在那个8月来到深圳,现在又是8月的某一天,深圳也迎来了它的40岁生日,我们的青春岁月就在不知不觉中流淌。

看着赵倚平的文章,有历史文化,有社会现实;有不平则鸣,有漂泊心绪……五味杂陈而又阴阳调和。他笔名"五味子",以中药为笔名,别具风格。五味子滋肾生津,与灵芝合用,可安眠。或许,他是以文字入药,给自己的笔端进补,也给夜空中的读者催眠吧。

赵倚平书中隐藏了诸多宝藏。比如说,把深圳符号逐一传递眼前:如在《且从地名忆深圳》中,深入解读深圳的山、河、岭、岗;在《深圳春日恰似秋》中,轻松展示了深圳的四季变迁。他讲民俗、说街市、谈商论股、言情品书等,小中见大,要言不烦。读这样的文字,如同饮一道陈年普洱,不同的品味,有不同的回味。读之让人会心微笑,也让人感慨唏嘘,但字里行间处处传递的是坚韧不拔和人性光辉。《深夜记》这本书入选第六届深圳十大佳著,也是实至名归。

海德格尔说应该"诗意地栖居在大地上"。我们评论文学作品优秀,多用诗情画意来延伸。赵倚平学养深厚,对书法的钻研达到了专业水平。曾经是我的"一字师",其认真和严谨令我敬佩。他的散文中传递出来的哲思乃至浪漫,常常激荡人心。

上天是公平的,给予了赵倚平才情和诗意,让他能在笔情墨意之中驰骋;同时,又吝啬地给这位作家安逸和舒适。多年前,我非常喜欢《大宅门》的主题歌:"平生多磨砺,男儿自横行……有情义有担当,无依无傍我自强。"我想倚平兄一定也喜欢。"沧海月明珠有泪,蓝田日暖玉生烟。"夜读《深夜记》,忽然想到李商隐的《锦瑟》,隐隐约约,仿佛听到夜空中的丝竹管弦之音。

　　"此情可待成追忆，只是当时已惘然。"

做个有情有趣的深圳人

——我写《视野——深圳四十年掠影》

德国哲学家叔本华在《人生的智慧》说:"要过一种深思熟虑的生活,并且能从生活经验中汲取一切有益的教训,我们必须勤于反省,经常回顾做过的事情和曾经有过的感觉和体验。"在这段精彩的论述中,叔本华提出了一个重要概念:反省。反省是人的自我检测、批判、完善和提升,是不断进步的动力。曾子的"一日三省吾身"之说我们都很熟悉,但的确是知易行难。

我在鄱阳出生,在银川长大。20世纪90年代大学毕业后,我来到深圳经济特区,成为诸多南下打工者中的一员。几十年来,我曾经在高校、政府部门、高科技企业和媒体生活和工作过,这使得我有机会从不同的视角深入观察深圳。

那么,《视野——深圳四十年掠影》(以下简称《视野》)要告诉读者什么?主要内容是什么?这本书对读者,尤其是青年读者有什么启示?有什么意义呢?

多年的深圳生活,让我结识了来自天南海北的好朋友。他们分布在不同的行业,各自有着不同的经历,也有着千奇百怪的人生境遇。他们中的绝大多数人体现着自强、上进、奋斗的拼搏精神和善良、包容、友爱的人性光辉。与他们为友，是深圳的馈赠，是我的荣幸。每个到深圳的人都有自己精彩的故事。在深圳时间越久，你就会越喜欢这里，虽然偶尔会有漂泊的无助和无奈，但深圳骨子里的热情向上和朝气蓬勃，想必是所有经济特区追梦人最看重的地方。见贤思齐，通过他们，我更好地认识了这个世界，认识了深圳，也认识了自己。我想告诉读者，我的视野或许能引起大家的共鸣，我们可以一起完成对这座创新之城的城市记忆。

作为改革开放的窗口，深圳一直以"快"闻名于世，骄人的"深圳速度"背后，则是全民阅读"慢下来"，不断汲取知识养分、精神力量，为发展源源不断地注入动能。《视野》就是多年来我"慢下来"写就的。这是一本以纪实为主的书，有故事、有记忆、有图片、有细节，以一个"移民"的视野看深圳。这本书包含面比较广，从四个部分、十二个角度，相互交织，徐徐展开。

第一部分，"往昔 今朝"。从历史、现实的角度，民俗潮流等方面展开。

深圳经济特区才40多年，看似时间很短，其实不然。从深圳历史的源头看，1997.47平方公里的深圳曾是百越土著部族出海捕鱼的一个落脚点。当地的方言俗称田间的水沟为"圳"，因居住的村落水泽密布，附近有一深水沟而得名"深圳"。

文化学者吴俊忠指出，一般来说，对一个"移民"而言，有个文化认同的过程。也就是说，从不了解到比较了解再到认同。也可以形象地称之为"听闻一个新世界的向往，走进一个新世界的困惑，爱上一个新世界的奋发"。《视野》把文化认同具象化了，这是对此书最基本的解释。

另外，从书中聚焦的几个关键词也可以看出我写此书的内源动力，比如"历史"，挖掘出深圳是个"边城"的内涵；"民俗"点到了深圳"移民、语言、青春、活力"四个创新观念模式，这是值得充分肯定的。当然此书是全景扫描，以后再版论述可以加深，也可以在原有框架中进一步挖掘。

深圳历史源远流长，以西乡为例，西乡历史更可追溯到新石器时代中期。这里不仅发现了钓鱼山遗址等新石器时代的古文化遗迹，还发现了三角山山岗遗址等青铜器时代的古文化遗迹。西乡在商、周为古百越地，秦属南海郡番禺县、博罗县地，晋后属宝安县。深圳原属宝安县，宝安境内有一山，名曰"宝山"，山中有宝，得宝者安，故而得名。宝山现位于东莞樟木头境内。

我们透过深圳湾可以看到唐宋王朝的背影。深圳曾经是唐代军事重地。唐开元二十四年（736），在新安县南头城设立了一个独立于地方政府之外的军事机构——屯门镇，驻军2000余人，防线从南头一直布到香港青山下的海岸边，这是古代深圳最早的军事驻防。深圳也是宋王朝的落幕之处。相传南宋最后一个皇帝赵昺葬于蛇口赤湾村。

第二部分，有"故乡·此乡"一节。在深圳40年的历史中，外来务工人员是一个应该被记住的特殊群体。从来没有一个城市像深圳这样，聚集了如此众多来自全国各地的打工者。这个由无数劳务工缔造出来的城市里，关于外来务工人员的种种记忆已经被纳入城市的历史。深圳40年的历史就是一部深圳移民的奋斗史，无数的外来务工人员是经济特区的第一批建设者和追梦者。

很多人依然记得，在莲花山公园背后，曾经有一片打工者暂住的冬瓜岭。这是在很长时间内，都在"收容"来自天南地北的外乡人的安置区。门口菜档卖的菜很新鲜、很便宜，安置区内人们的笑容很简单、很温暖。那不是一个单纯安置吃饭和睡觉的地方，而是一个安置梦想的家园。别时容易见时难，冬瓜岭早已荡然无存，新的名字——"彩田村"预示着未来的打工者会有更加精彩的人生。我曾写下两句诗:"人情冷暖知冷暖,世事沧桑话沧桑。"

第三部分,从岭南文化、港澳地区文化和其他地域文化的冲突融合与多元并存展开,解读文化观念如何影响和塑造出具有宽容意识和开放心态的深圳人,现代、开放、青春、活力如何成为深圳文化的核心内涵。

最后一个部分,关注梦想和现实。

《视野》被列为广东省委宣传部主题出版重点出版物。深圳大学城市文化研究所首任所长吴俊忠教授说:"《视野》以作者自己的小视角,观察深圳特区的大变迁,视野开阔,立意深远,内容丰富,文风生动。对于了解深圳历史、观察深圳现实、总结深圳发展成就,有着重要的史鉴和传播作用,称得上是'讲好深圳故事的范本'。"

复旦大学哲学学院郑召利教授说:"《视野》为读者解读深圳提供了多重视角。作为城市观察者,作者所见即所得,功夫在诗外,隽永见笔端。这个时代是光明的时代,是前进的时代,透过作者的视野,我们看到了一个伟大的时代。书中不乏闪烁着作者哲学的思考和对生命的体验。我们能够体验出来的才是至深的、丰富的、生动的,也才是最重要的。作者的所思所感,相信会触动每个热爱深圳的人。"

文化学者郝纪柳评价说:"透过本书作者的视野,我们感受到,作者在努力尝试让读者既看到历史的纵深度,又看到当代的广度。他的努力充满意义,他的作品可以启发后来者继续这种探索。渐渐地,我们和这座神奇的城市变得愈加紧密,并成为这个城市的一部分。"

这本书从我在深圳近30年的生活和工作视角出发,写个人的经历,写我对深圳这座城市的记忆,都是写身边的小事,每一篇文字都在700字左右,读起来也比较轻松。所以,有读者说我写了一本什么年龄都可看，也容易读的书。如果这本小书能够引发读者的兴趣和思考，促使他们也用自己的视角来解读深圳，那对一个作者来说，是最高兴的事情。

这本书的初衷是希望让大家都做个有心人，平时在生活中多观察、感悟、记录；多去动手、摄影，好的分类保留，不好的马上删除；多为自己的生活做一点点有意思的事情。当然，深圳我们永远读不尽，也不可能一览无余。希望我的视野能启发读者也用自己的视野观察深圳，感悟美好。你若盛开，清风自来。

禹安词曰：

临江仙·青春

读罢诗书思塞北，依稀心手相牵。
春花易逝柳梢前。举杯杯已尽，断水水何怜。
只愿人间情最好，草青常绿堤边。
回眸帆影海云天。去来都是梦，一笑忆当年。

叹滚滚英雄谁在

——读《历史的个性》

扶栏客的《历史的个性》是一套既有趣,又有内涵的历史畅销书,在大陆和台湾地区已经多次出版,在海内外华人圈拥有大量的读者。这套书分为两卷,分别为《兵家》《江湖》。《兵家》选取了司马穰苴、孙武、孙膑、吴起、乐毅、廉颇、卫青、霍去病、李广家族等兵家人物,带领读者走进千年前那些惊心动魄的战争画卷;而《江湖》则以《史记》中记载的孟尝君等战国四公子、郭解等三大游侠和荆轲等五大刺客为蓝本,讲述了先秦时代中国快意恩仇的江湖故事。

扶栏客的作品不仅吸引了大量年轻的读者,就连已经耄耋之年的"香江四大才子"之一的倪匡也是扶栏客的粉丝。几年前在香港书展,倪匡接受记者采访时说,他迷上了深圳作家扶栏客的作品。

我读《历史的个性》,总体感觉是"源于正史,深于常识;穿越古今,通透阅世;历史真相,妙笔呈现;传奇人物,讲述精当"。扶栏客在史料基础上充分展开想象和联想,众多人物在其笔下栩栩如生，呼之欲出，展现在读者面前的是一个个有血有肉的艺术形象。扶栏客积淀深厚，从容洒脱间去感知人物，与历史人物进行心灵的交流。扶栏客如同亲眼所见般，把他们的风采和魅力，包括个性、气质、情感、品格等，抽丝剥茧，精彩呈现，既得其形，更传其神。在讲好人物故事的过程中，扶栏客理性客观，而又感情丰沛、随人赋形，带着读者不知不觉沉潜到人物的历史情境中，让人拍案叫绝。扶栏客刻画人物的功力很强，场面描写、外貌描写、细节描写、心理描写、对比烘托、人物语言个性化等手法信手拈来，读者每每展卷，总是欲罢不能。

作为历史畅销书作家，扶栏客出生于被称为"塞上江南"的宁夏，那里是中国历史上农耕文明和游牧文明重叠和冲突的地带，那里既有"秦时明月汉时关"的悠远古韵，又有"大漠孤烟直，长河落日圆"的苍凉长歌。在那壮美山河之间，孕育出厚重精彩的故事和那些故事中走来的英雄豪杰。扶栏客自幼好读书，爱听故事也爱讲故事，让人想不到的是扶栏客上大学时的专业竟是英语教育，而钻研史书则是扶栏客的业余爱好。孔子曰："知之者不如好之者，好之者不如乐之者。"扶栏客就是历史的好之者与乐之者。20多来年，扶栏客在浩瀚的文献中纵情遨游，笔耕不辍。其作品格局宏大、意境深远又生动风趣，成为广受好评的历史畅销书。

多年来，扶栏客不仅醉心于历史，更致力于传统文化的推广。关于中国传统文化，他爱借用钱穆大师"温情和敬意"的观点，这也是扶栏客写作所坚持的态度。"五四"以来对传统文化的批判，扶栏客在坚持开放态度的同时，也认为对中华传统文化应该抱有感情。他说："任何文化都有糟粕，都有不好的东西，尤其中国传统文化历经五千年，融合了各种文化，海纳百川的同时，也不可能冰清玉洁。我们不能以一种文化洁癖的心理来对待老祖宗的东西，就好像我们对待自己那样，我们每个人都有缺点，但是我们绝不能从根本上否定自己，觉得自己就没有生存的价值，那不是要得抑郁症了吗？中华文化能够延续至今，说明了这种文化的生命力很顽强，绝不是一种腐朽没落的东西。我们首先要肯定它的合理性、优秀性，然后当然也需要批判、需要改进，中华文化五千年来也不是一成不变的，它本来就是一个不断进步的文化。正如汤之盘铭曰：苟日新，又日新，日日新。从商朝的建立者成汤开始，我们的文化就是追求新，追求进步，追求变化的文化，绝不是故步自封的文化，我们应该有这种自信。"

昆明大观楼长联有言：数千年往事，注到心头，把酒凌虚，叹滚滚英雄谁在……了解历史的个性，解读历史的智慧。正如《史记·李将军列传》曰："桃李不言，下自成蹊。此言虽小，可以喻大也。"

怎么才能打胜仗

——读《善战者说——孙子兵法与取胜法则十二讲》

我们所面对的是复杂多变的形势：从大国之间的博弈、疫情的反复与常态化、粮食供给压力到企业间的竞争等。如何善战，是永恒的主题。2020 年，任正非签发的一则电邮引用美军马丁·邓普西上将的话："要让打胜仗的思想成为一种信仰，没有退路就是胜利之路。"即使没有刀光剑影、血肉横飞，但商战的激烈程度，依然不亚于传统战争的残酷。此时此刻，怎样成为一位善战者？怎样在战略博弈中取胜？是所有人最关心的话题。

如果说企业高管一定要研读几本书，那《孙子兵法》无疑是其中的必选。每个人谈起《孙子兵法》，都能说几句知彼知己、出奇制胜、兵以诈立等。读书多年，我觉得有两个熟悉的陌生人，他们一中一外、一古一今。一个是孙武，一个是马克思。大家都耳熟能详，但又都知之甚少。《孙子兵法》也就 6000 字左右，却鲜有人认真通读，更谈不上真正读懂了。

在全球疫情仍然肆虐的环境下，在波谲云诡的国际风云中，在企业生存和发展的重重迷雾里，阅读宫玉振教授的《善战者说——孙子兵法与取胜法则十二讲》（以下简称《善战者说》）可以让眼界和格局更为广阔和宏大，也可以让自己的内心变得更加强大。

作为《孙子兵法》知名研究专家，宫玉振是北京大学教授、军事学博士，著有《管理的历史维度》《中国战略文化解析》《取胜之道：孙子兵法与竞争原理》等十余部畅销著作。宫玉振具有军事学与管理学的双重学术背景。他研读《孙子兵法》近30年，以"学会战略性思考"作为切入口，提炼出《孙子兵法》中核心的十二个理念，旁征博引，用大量鲜活的案例，系统地阐述了《孙子兵法》对于管理和经营的启发与应用，协助管理者也成为一个"善战者"。宫玉振教授多年担任EMBA（高级管理人员工商管理硕士）导师，精研"管理"与"竞争"的取胜之道，是"善讲者"对"善战者"的精彩解读。

宫玉振说："《孙子兵法》从战略的高度，揭示了战争取胜的基本要素和根本原理，也确定了中国人战略思维和战略偏好的基本特质，是世界公认的一部战略学的经典著作……这本书的特点是，内容高度抽象、高度概括、高度凝练，背后的逻辑又极其严密、极其深奥，甚至已经上升到了哲学的高度。这就会带来一个问题：曲高往往就会和寡，一般人很难读下去。"

由此，《善战者说》从孙子兵法中提炼出企业管理中核心的战略、组织、领导力三大要素，抽丝剥茧，循循善诱，选用大量鲜活的案例来解读，妙趣横生，发人深思。书中"导读"介绍：《孙子兵法》是一本讲战略的书，也就是给战争中的决策者写的书。它从战略的高度揭示了战争取胜的基本原理，是一部关于战略的经典著作。我们今天读《孙子兵法》，就是要学会战略性思考。

同时，《孙子兵法》也揭示出竞争中的取胜之道，这对企业管理者具有极强的现实意义。宫玉振说："当今世界，很少有人会像战争中的军人那样每天都在直面生死,但是在我们这个充满竞争的社会中,成功与失败却无所不在。竞争与战争比起来,当然算得上温情脉脉,但对于失败者来说,结果却同样残酷无情。战争是一种最强的竞争形态,《孙子兵法》所揭示的就是竞争中基本的取胜法则、基本的竞争方法论。所以,我们可以把《孙子兵法》看成一部竞争理论的专著。用从这种残酷的'强竞争'环境中总结出来的竞争方法,来审视我们所面临的竞争,往往可以帮助我们更好地理解竞争的本质,并找到竞争中的取胜之道。"

孙武提出了很多原创性的概念,像奇正、虚实、专分、形势、攻守、迂直、全破等,这些都是《孙子兵法》中很核心的理念。《善战者说》提炼出《孙子兵法》中最核心的十二个理念,或者叫十二条原则,作为这本书的十二讲:"五事""七计""全胜""先胜""任势""击虚""诡道""并力""主动""机变""先知""将道"。

以书中第三讲"全胜"为例,精讲了战略的九个理念。宫玉振在书中谈兵论战,引导读者深入思考如何去追求一种代价最小、敌我损毁最小、敌人反抗最小、后遗症最小、总体效益最大的圆满胜利——全胜。在企业战略博弈中,最优策略就是"全胜"。作者提到:全,就是十全十美的意思。顾名思义,全胜,就是十全十美的胜利、最完美的胜利。什么是最完美的胜利?显然就是不用打就能赢,不战而屈人之兵。什么叫"全""破"呢?"全"就是圆满,"破"就是残破。"全"和"破"是指两种不同的胜利。

书中的解读处处严格依据经典又深入浅出、通俗易懂。字里行间,闪烁着智慧的光芒。凡十二章,各自独立,又前后贯通。读者可以根据喜好,随处开始,自由阅读,点面之间,不知不觉就可以跟随作者把握孙武的思想精髓,增强阅读经典的兴趣。

宫玉振教授深谙寓教于乐、学以致用大道。他认为,军事学的概念总是比较抽象的，不太好理解。打个比方，就好懂多了。比如，书中用西方人喜欢下棋举例说明。美国有个研究《孙子兵法》的专家叫麦克内利，他曾经用下棋来帮助理解什么叫"全"和"破"。"下什么棋呢？国际象棋。国际象棋怎么下？吃子。"目的是通过不断消灭对方的棋子来取胜。游戏开始的时候，棋盘上布满了棋子。但下完棋、胜负已分的时候，整个棋盘上便没有几个子了，只剩下了残破不全的棋局，这就叫作"破"。这样精彩的段落全书比比皆是。宫玉振在战争和商战中反复类比，在理论和实践里相互印证，厚积薄发、言之有物，全书从头至尾，不断启迪思维，易懂易学，带给读者阅读的快乐。

《善战者说》逻辑严密，文采斐然，语言生动。仅仅从标题看，可见宫玉振用功之精："五事：管理的五大要素""七计：比较的七个维度""全胜：竞争的四个层面""任势：资源效能的放大""击虚：突破方向的选择""诡道：竞争策略的运用"看到标题就让读者产生浓厚的阅读兴趣。书中案例丰富，史料扎实，点评精当。涉及古代和现代多次著名战役以及名企的竞争与兴衰，从多个角度举要善战者谋略，讨论战略战术的得失。

在这个充满不确定性的时代，战略思维是何等重要。每个人特别是商海中人都需要建立自己的新的认知体系。这本书会带着读者领略孙子的谋略之道。古云："兵法可谓王者是"，今天也可谓"商战者是"。通读全书，可以领会到宫玉振给出的取胜的公式以及始终强调的不战而胜的全胜思想。正如宫玉振所说："你如果能够前后各讲联系起来读，结合起来看，就会更容易读出孙子兵法背后的东西，对'取胜＝实力×战略'的等式也就会有更好的理解。所以，讲，我是分开讲；用，你却要综合用。你也就真正悟到了赢的智慧和取胜的法则。"

东坡诗曰："旧书不厌百回读，熟读深思子自知。"

金声玉振，善战者说。

生命的俯仰之间

——读《无疆》

身处充满不确定性的时代，日新月异的科技革命在带给人们兴奋的同时也带给人们焦虑。每个人都面对碎片化的海量信息，也不可避免地对可能出现的生存危机担忧。通过文学作品，舒缓内心压力，关照心灵已经成为奢侈的事情。20 年多前，我读到了美国作家詹姆斯·莱德菲尔德的《塞莱斯廷预言》，他所进行的世纪末"千年反思"，带给我深广的历史视野和独特的思维方式。书中希望人们从长远的历史背景中去理解西方文化的发展，从而"认清过去"，认识现代，把握自身，达到有意识地自我进化。

今天，风起萧行的具有科幻色彩的现实题材长篇小说《无疆》又带给我同样的惊喜。这部科幻大作彰显了大国风范，为中华民族的伟大复兴高奏凯歌；同时，也是跨越时空的反思和预言。

本书以一次意外交通事故为开篇，故事主线是科学家夏天元痛失爱妻，妻子的离世让夏天元痛不欲生，于是一个奇妙大胆的计划在他脑海中诞生。随着精彩故事的展开，多条线索交织，各路人物登场，奇思妙想中，在最新生物科技和计算机技术的支持下，夏天元让爱妻以人工智能程序的形式得以存在……《无疆》中的人工智能化身以及用意识体作为时空穿越的主体情节，是对量子力学的文学解读，非常有新意。

《无疆》具有丰富的内涵，特别是关于人的精神状态演变过程的反思，具有十分重要的现实意义。如同《塞莱斯廷预言》所揭示的：人为什么活着？精神的实际状态又如何？科技时代，人们热衷于物质享受，不再关心精神和灵魂，自觉或不自觉地把"努力建设一种更舒适的生存方式"当成生活的全部感觉所在，视为生活的主要理由，从而慢慢地、一步步地忘掉了精神追求这个生存的根本目的。阅读《无疆》，联想到我们今天所处的社会文化氛围和人们的精神状态，读者不由得会产生一种似曾相识、为我所言的感觉。

时间之河静静流淌，每个人内心都渴望清醒地认清人类的过去，认清现实的自我的真实面貌，明确生活的目标和意义，在把自己汇入历史发展和文化变迁的洪流的同时，将人类和社会的进化推向前进。从这个角度理解，《无疆》在精彩故事中也蕴含着深刻的哲理和思想内涵。

小说构思有多条故事线索：至死不渝的爱情、感人肺腑的亲情、情同手足的友情、中华儿女的家国情怀等多条故事线纵横交错，有机联系，越到后面故事越紧凑，情节越紧张，读起来越动人心魄，也不断带给读者动人心弦的诗意。《无疆》十年磨一剑，来自作者丰富的生活积累，它在讲好故事的同时，把真情和诗意融为一体，因而具有强烈的艺术感染力，深深地打动了读者。

在风起萧行为读者献上的这样一部真情和诗意交汇融合的佳作中，亲情、爱情、友情是书中最浓郁和最诗意盎然的一部分。

读后，你可深深地感受到作者对家乡的浓情厚意。小说中字里行间洋溢着浓郁的爱国之情、乡土之情。作者从自小熟悉的山川入手，如贺兰山滚钟口、宁大湖、芦苇荡、沙枣林、马兰花等，把宁夏的风物和精神生动地展现了出来，润物细无声。读后，你仿佛置身于贺兰山山顶，感受西北的苍劲雄浑、大气磅礴，此情此景，非感同身受者难以描述。从某种意义上说，《无疆》也是一首优美激昂的抒情长诗。

山不在高，有仙则灵。酒不在烈，醇香为佳。作为一部长篇小说，除了小说本身构思精妙，跌宕起伏，文笔流畅，人物刻画和心理刻画到位外，作者特别善于把握意象，如小说中的时光止步红酒廊、贺勒山、翠亨村、何尊等，在作者的笔下都具有象征意义，让读者见物思情，见物思意。

《无疆》中主人公的故事基于深圳原型人物的传奇经历，引发读者对人工智能时代如何道德重建的深入思考。小说中，有科学家心路历程，有企业家杀伐决断；有大国博弈，笑傲沙场；有柔情蜜意，儿女情长。有红酒飘香的温情时刻，有泪眼婆娑的生离死别，有兄弟情义的慷慨当歌；有科技报国的高光时刻，有杀机四伏的至暗氛围，有舍生取义的回肠荡气……如同结构紧凑的大片，环环相扣，令人目不暇接。酣畅淋漓之间，让读者随着人物开始一段奇妙的科幻历程。

诚如作者所说，在人工智能飞速发展的今天，人类和机器人共同生活在这个星球上，伦理何在，是科技战胜了人类，还是人情伦理战胜了科技？穿行在时空无尽的黑暗中，爱的光芒照亮世间的夜，用铁拳和热血唤醒沉睡的梦，这是伟大复兴使命的召唤！

读完全书，在作者精心构建的文学世界里，我们认识到，所谓无疆，是众人对民族的爱无疆，是科技精英们引领科技，穿越时空行无疆！

这就是一位有情怀的作家跨越时空的反思和预言。

成年人的童话

——读《奇迹的翡翠城》

田运杰的《奇迹的翡翠城》无疑是近年来难得一见的优秀童话作品集。

虽然是童话作品集，但是作者在轻松流畅的字里行间，也给成年读者以无限的思考和长久的回味，让我们在和孩子们一起重温儿时的温馨场面时，也得到一次心灵的洗礼和净化。

几十年来，创作童话变成了田运杰生活的一部分。通过凝聚在唯美童话之中的丰富精神世界，他实现了对自我的超越。

看完田运杰的著作，不禁想起中国现代文学史上两位鼎鼎大名的童话作家张天翼和叶圣陶。

作为中国现代儿童文学的开拓者、奠基者和大成就者，这两位大师本着强烈的社会责任感，把童话创作当作对儿童进行教育的一种形式，采用了成人化的表达方式，表现为执着于现实的创作立场、远离童心的旁观视角和对儿童情趣的理性化营造，在讲故事的同时，为儿童讲述着成人经验里做人的道理。

田运杰就是深受张天翼、叶圣陶真、善、美童话影响的那一代人。他和张天翼一样,拥有"永远刻在他脸上的灿烂阳光般的笑容"。田运杰为人诚恳实在、幽默乐观,说话声音沙哑,带着浓重的河南口音,时时能听见他爽朗的笑声,并且感染着周围的人。

田运杰出身贫寒,历经坎坷。多年来,他以心为文,笔耕不辍,在文学领域取得了丰硕的成就。因此,他的童话作品倾注着许多社会寄托和对孩子的谆谆教诲。其作品语言非常优美,还蕴含着丰富的哲理,洋溢着丰富的想象力和人文情怀。他注重通过表象挖掘深刻的内涵,在轻松愉快的阅读之中,使人有所感悟。他和张天翼一样,觉得"为孩子写作是幸福的",一部好的童话书就是一位"特别教师",对儿童的影响很大。

反观近年来的儿童文学创作,那些老一辈作家创作的童话作品,像叶圣陶的《稻草人》、张天翼的《大林和小林》、洪汛涛的《神笔马良》等,都是风格明快、娓娓道来、自然舒缓、言辞优美、感情细腻、精心推敲的佳作。其中充满了人性美、人情美,具有很强的现实意义。而当下的儿童故事和动画,受欧美、日本影响巨大,情节追逐夸张变形的魔法、魔幻,以电影的方式,寻求故事紧张、引人入胜的激烈场面,节奏快速,情感外露,细节粗糙,对魔法捷径等过于渲染,却缺少内涵和对真、善、美的讴歌,同时忽略了对儿童心灵的熏陶和感染,只靠外在的喧嚣热闹去吸引孩子的眼球。这样,自然使得童话本该具备的纯真美好、浪漫神奇、细腻静美的特色荡然无存,童话的寓教于乐更是无从谈起。

对此,古稀之年的田运杰忧心忡忡,以一己之力,默默在儿童文学世界中执着追求。他的精神和叶圣陶笔下的《稻草人》阐述的精神神似。稻草人站在一片美丽的田野里,以其朴素、负责任和不辞辛苦的工作态度,默默地、执着地向着远大的目标前行。他总是尽己所能,做着平凡的工作。"找准自己的位置,负起自己的责任，实现自己的价值。"这种知其不可为之而为之的精神的确值得我们敬佩和学习！

　　田运杰博览群书，厚积薄发40多年，他的童话创作除了吸收和借鉴西方文学创作实践如《伊索寓言》、安徒生、王尔德等国外童话作家童话创作的经验，还将中国古典文学的精髓融入其中，有着鲜明的个性化特点。这种忧患意识在充分表现童话的艺术价值和表现价值的同时，其作品中也流露出当代作家的忧患意识。

　　作为成年人，我们的想象力不是进步了，而是退化了。我们离童年愈远，我们离纯真就愈远。可是，田远杰却以一颗未泯的童心给我们描绘了一幅幅美丽淡雅、耐人寻味的优美画卷。

　　书里讲述了很多美丽的、富有哲理的现实性故事。"小公鸡鸣鸣""小鲤鱼妮娜""小猴望望""精灵人"等一个个活灵活现的形象让人印象深刻。但这又不仅仅是童话般的美丽，还是真实的美丽，是对现实的思考和启迪。田运杰的笔下，倾注着对现实的关注，如在《龙王起兵造反》《奇迹的翡翠城》等篇中，就巧妙地导入了经济发展和环境保护的主题。面对全球气候的恶化和环境的污染，田远杰提出了独到的见解，带给我们深刻的思考。

　　夜已深，在喧嚣繁华的大都市，孩子已经入睡。拿过孩子爱不释手的书，静静地读一读田运杰的童话，仿佛给自己的心灵沏上一杯淡淡的绿茶，感觉我们心灵中的袅袅茶香正在空间里弥漫，让我们的身体得以舒展，让我们的眼睛得以睁开，让我们的呼吸得以自由，似乎让我们也回到了多年以前。这是岁月的童话，这里有着我们天真烂漫的童年。

　　闻着淡淡的墨香，看着优美的文字，如同重现儿时看着陌上野花随风摇曳、听着如鼓蛙声奏鸣曲的快乐时光。这些故事似曾相识，当我们读给自己的孩子听时，看着孩子带着甜美的微笑睡去，我们和孩子心中何尝不是一起建起了一座奇迹的翡翠城？

为说话赋能
——读《说话的艺术》

"说话"的问题,既简单又复杂。简单是指我们以汉语为母语,每个人的基本表达当然都是没有问题的;复杂是指想要表达的内容逻辑严谨、清晰得体又有文采,绝非易事。汤智斌先生的新著《说话的艺术》无疑是有关"说话"这一"历史难题"不可多得的好书。作为关于"说话智慧"之集大成者,此书填补了该领域工具书的空白。

以"说话"为主题的书很多,同名的书就有林语堂的《说话的艺术》,这一经久不衰的话题,深受读者喜爱。但近年来国内外此类图书中,共同的特点或许也是缺点之一,是实际效果不太明显。作者往往站在指导老师的角度,用大量篇幅罗列让读者如何提高的诀窍。可是,读者看完并不能很好地吸收从而提高其说话能力,总有不得要领、难以运用的困惑,最终多半是不了了之,收效不大。

我们经常会看到这样的场景:在即兴发言中,无论是一分钟致谢、三分钟感言,还是十分钟点评、半小时总结……不是每位发言者都能信手拈来、轻松表达的。抓住要点，言必有中，富有逻辑，妙趣横生是所有发言者追求的目标。但现实情况却常常是言不及义，啰唆重复，用词贫乏，毫无文采。

谁不想说出一段有水平的话呢？有水平体现在有逻辑、有深度、有启发上，还要应景而有趣，避免陈词滥调。枯燥而又千篇一律的发言，面目最可憎，说得多，反而招人讨厌。这样说来，说话的难度不可小觑，口头表达能力提升也绝非朝夕之间。这本《说话的艺术》很好地解决了这一难题。

综观全书，有三大特点让我最为欣赏。

一是少说教，多资料。《说话的艺术》厚重朴实，从装帧设计到内文排版甚至是定价都如此，这也和其主题相得益彰。说话，核心是"辞达而已矣"，其实不必说很多华而不实的话语，而是直奔主题，不说废话最好。说话是实践的艺术。作为口语表达，当然要言之有物，缺乏素材，必然会力不从心。此书可以看作是一本必备的有关"说话"的工具书，全书内容翔实、分类清晰，作者主观性表述极为精简，没有高深莫测的枯燥的理论，全是实用而新颖的资料汇集。每个人都知道，说好话，其实不需要什么高深理论，关键是说什么？如何说？前提条件是要做到"腹有诗书"，书中清楚明白的资料为说好话提供了武器。

二是少务虚，多实效。作者为湖南师范大学科班毕业，又为经济学博士，其职业经历包括曾在政府与高校等工作过，在多年的跨界与超越中，深厚的学养和丰富的职业经历让此书内涵丰富，大放异彩。作者的教育背景及其对传统文化特别是语文口语表达的钻研之深、用心之苦，令人敬佩。通览全书，绝无官样文章、生硬面孔，起承转合，干脆利落，逻辑清晰，一目了然。读者读有实效，随意翻开一页，都是简单易用的方法，效果立竿见影。

三是少枯燥，多趣味。说话上升到艺术当然是唯美的，可讲清楚这个问题，本身恐怕是枯燥的。令人惊喜的是，《说话的艺术》却是一本有趣的书。读者完全可以把它看作是一本有关"说话"的"小百科全书"，里面分类有成语、习语，名篇、名言，摘句、摘语等，蔚为大观。书中都是说话艺术与智慧的凝结。难能可贵的是，全书编排设计非常符合现代读者轻阅读与浅阅读的现状，自然也容易被读者所接受。潜移默化中，读者说话能力随之提高。

此外，全书在有效提升口头表达突破的同时，还具有写作能力突破的功能。大量名言金句，流光溢彩；短小精悍，取之可用；少长咸宜，开卷有益。

汤智斌是湖南人，富有教育情怀。和他的同乡曾国藩一样，也是位愿"结硬寨，打呆仗"的人。如同作者所说，成书过程历经数年，虽说不上有"两句三年得，一吟双泪流"那么夸张，但也可谓是"吟安一个字，捻断数茎须"了。这本书中的所有内容几乎都是原形原像、原汁原味地呈现在读者面前的。

全书用功扎实，耗费心力。上下3000多年，涉及20余个国家与地区，全书共引用中外成语、习语、谚语、俗语共2000余条，经典故事22个，古今中外名篇、名著、名人、名言近1000条次，从100多本参考书目中撷取摘句、摘语1400多条，还从近200个网址中下载了相关资料，几乎将可以查阅到的相关主题一一去粗取精，悉收书中。

如今，年轻一代读者喜欢采用新媒体的表达方式，虽简单快捷、生动形象，但缺乏美感和内涵，属于快餐式的表达。偶一为之，无伤大雅，但长此以往，自己的审美情趣和语文水平一定岌岌可危。《说话的艺术》将萃选出来的有关内容从说与不说、准备了解、方式方法、言行观点、时间地点、主体选择、客体对象、情感态度、礼节习俗和逻辑道理十个方面进行了粗略分类，再将每一类别又细分为"正向评判""负向评判"和"客观表述"三个方面，并给每一类正向评判和负向评判各选配了一个"经典故事"，以便读者在分类学习中进行深度思考、深层实践和深刻感悟。此外，在细分小类时，又特意将有关在"家庭"和"职场"中如何好好说话的内容放到了一块儿，意在聚焦于营造工作与生活的良好语言环境。此书归类有其独创性和科学性，是一种有益的尝试。

曾经风靡一时的《第五项修炼》将"自我超越""系统思考"等五项学习型组织的技能称为"五项修炼"，但要完成这些修炼，很重要的一个前提条件是要会说话、会表达，而《说话的艺术》是一切修炼的基础。汤智斌为说话赋能，在书中寄语读者："此书奉献给所有想要好好说话，并一定能把话说好的人们。"相信读者和我一样，从此书中一定有"学为所用，学以致用"的同感。

就这样突破写作瓶颈

——读《写作突破》

葛桂斌老师的《写作突破》为写作爱好者提供了清晰实用的指导，称得上是一本体大思精、逻辑严谨、举例精当、知识高度浓缩的写作指南。

写作不仅对学生来说至关重要，对成年人而言，写作也是必须要学习和掌握的生存技能之一。想要了解写作的诀窍，掌握写作的技巧并且熟练运用，可不是一件容易的事情。也因此，写作成为很多人的梦魇。写什么？怎么写？似乎成为困惑很多人的哲学问题。

葛桂斌提到，关于"怎么写"的问题，除第一章谈的是"为什么要学会写作"之外，其余各章都在谈"怎么写"。例如，过程篇谈怎样观察、立意、选材、结构、表达、修改，修辞篇谈怎样运用修辞来修饰语言，训练篇谈训练的途径、方法，等等，都在讲"怎么写"的问题，读者如能从这里有所领悟，将各章内容用心体会、融会贯通起来，并加强实践训练，就一定能够获得突破。

如同语言的口语表达需要逻辑思维一样，我们也离不开写作的思维。从根源上探究其奥秘，抽丝剥茧，会发现写作也不是那么神秘，也有规律可循，有方法可用。《写作突破》就是近年来难得一见的讲透写作奥秘的好书。书中内容主要分成十二章，可从五个方面加以解读：一是对写作本质的探究和认知；二是从写作修养方面探讨作者应具备的条件；三是从纵向和横向两个方面探讨和升华写作经验，寻找成功写作的规律；四是从训练角度落实目标；五是从赏析写作的角度感悟为文之道，升华写作认识。《写作突破》理论联系实践，条理清晰，言之有物，文采斐然。从章节名就可以看出作者独运匠心，如第一章是"千古风流数文章：从认知上突破"；第二章是"循序渐进觅佳景：从过程上突破"；第三章是"腹有诗书气自华：从素养上突破"；第四章是"落霞与孤鹜齐飞：从文采上突破"；第五章是"人靠衣服马靠鞍：从修饰上突破"；第六章是"转益多师是汝师：从关系上突破"；等等。葛桂斌说："这本书是侧重在谈素养上，因为很想匡正一下当前在写作教学上颇为猖獗的急功近利倾向，忠告读者要学会写作最终需要具备深厚的写作素养。"书中颇具真知灼见，闪烁着一位学者的智慧之光。通读全书，对写作者会有很大的启发和帮助。

写作者最关心的是有没有写作的秘籍？如何迅速突破？怎样提升写作素质？如何能够轻松、有效、快速、得体地表达自己的观点？看了这本书就能写好文章吗？针对这些问题，葛桂斌说："最初书名就想叫写作素养或写作修养之类，编辑认为内容很好，但名字不响亮，之后才改为突破。但此名其实也不够理想，容易引起误解。因为你很难让读者读过你的书马上就能有突破，那本就不是一朝一夕的事情，要有所突破就需要像书中所说要经历一个循序渐进、融会贯通，而后豁然开朗的过程，但读者往往不会这么想。这样问题就来了，他可能认为你在骗他。据我所知，到目前为止，世界上还没有一本这么有魔力的书，能让人看过就会写作，要有的话，那么写作老师、写作课也就没有存在的必要了，给每个想学写作的人发一本这样的书不就完了？可见不是那么简单。"

陆游诗曰："我初学诗日，但欲工藻绘。中年始少悟，渐若窥宏大。"学习写作是循序渐进的过程，需要名师的指点，更需要刻苦的努力。专业深度决定未来高度，葛桂斌提出的"实践证明写作的成功，从根本上说是由作者写作的综合实力决定的。因此，我们认为，学习写作一定要有整体观念，努力从整体上增强写作能力，而不是只关心某些雕虫小技"，深刻揭示了写作的本质，也解释了写作如果急功近利，最终只能是无路可走的原因。书中古今中外的案例丰富，葛桂斌倡导要多接触中外文化的好作品，感受文字的美和价值，这样才能薪火相传、生生不息。

葛桂斌虽然写的是写作，但字里行间却表达了一位教育工作者的情怀。他更期望把孩子们培养成拥有人生智慧的人，让他们不受外在环境的影响，进而拥有宽广的视野、独立的思考和笃行的力量，从而收获自己的幸福和快乐。

"看似寻常最奇崛，成如容易却艰辛。"

葛桂斌是安徽蒙城人，庄子就是蒙城县城东郊人，他的家乡所在的村就叫庄周乡。我认为，庄子所倡导的自由、简约、专注等思想核心，在《写作突破》一书中颇有体现，令人欣喜。作为从教多年的深圳名师，葛桂斌专业功底扎实，已经出版了多部学术著作和长篇小说如《歧路繁花》等。他数十年学海苦耕，厚积薄发，是一位有情怀的优秀学者、作家和老师。他尽可能地扩展学生和家长的人文视野，让学生在写作中获得审美感悟，读懂《写作突破》，写出一篇好文章，这是他的心愿，也是送给读者最好的礼物。

心中敬意　笔底温情

——读《手上春秋——中国手艺人》

有"天下第一长联"美誉的昆明大观楼长联有曰:"看东骧神骏,西翥灵仪,北走蜿蜒,南翔缟素。高人韵士,何妨选胜登临……"写尽了滇池美景,这也是我对南翔的最初认识。

时间之河奔腾不息,手上春秋潮起潮落。南翔教授的《手上春秋——中国手艺人》(以下简称《手上春秋》)是一部"高人韵士"写"高人韵士"的书。书中依次写的是木匠、药师、制茶师……这些"高人韵士"取自东西南北中,基本都是非物质文化遗产代表性项目或代表性传承人。我们的祖祖辈辈在这些技艺中浸淫,循环往复,臻于至善。《手上春秋》文采斐然,可读性强,一经问世便引起巨大反响,是一本集思想性、知识性、趣味性于一体的好书。

读此书时,我脑海中总是浮现出《清明上河图》,画中琳琅满目的生活图景是大家熟知的,延续千年,少有改变。中华农耕文明孕育出的手工业是我们辉煌历史的一部分。今天科技的发展、生活方式的转变让我们无暇关注这些被遗忘的生活和传统的技艺，但它们不能被忘却，也不应被忘却。

据南翔说，这本《手上春秋》一写个人经历，二写行当技艺，三写传承难点，期望能做到历史与当下、思想与审美、思辨与情感的熔铸。在采访手艺人的过程中，他比较倾向于与日常生活如衣食住行相关的工艺与工匠。他先后采集了15人的相关资料，从50多岁到80多岁不等，其间还采写过一位90多岁的老药师。他想以鲜活的个体沧桑，刻画出一个行当与时代的线条。

20世纪40年代，费孝通的《乡土中国》历久弥新，至今还是高一学生的必读书目。时光的隧道一瞬间穿越近百年。今天，《手上春秋》历时三载田野调查，为手艺人立传，为早已远离乡土的人们找回了乡土中国的韵味。此书创作历经艰辛，从南到北、由东到西，踏破铁鞋。南翔是深圳大学教授，在调查走访和搜集素材的过程中，他带着学生进行田野调查，把书桌搬到田野上、作坊中，让学生们通过耳濡目染去接触民间，感受原汁原味的生活。通过深入细致的田野调查、人物访谈和素材搜集，他积累了丰富的第一手资料，用18万字的篇幅和数十幅精美图片，将一个个鲜为人知的手艺人呈现出来。书中涵盖了我们日常生活的各个层面，包括制茶、制药、夏布绣、蜀绣、蜀锦、棉花画、印泥、正骨等优秀手艺人（工匠）和他们精湛的技艺，系统而忠实地呈现了中国工匠的人生沧桑和手艺传习，形成了这本图文并茂、内容翔实、可读性很强的著作。南翔用非虚构、纪实的文学体例，展现工匠们的命运和信仰，唤起公众对匠人"匠心""匠魂"的现实关注。

南翔笔下的主人公看似都是"小人物"，他对他们的深刻描摹却用心甚深。这些鲜活的民间工匠，每个人背后都有精彩的故事。他们的喜怒哀乐、人事沧桑和时代的洪流相互交织，凸显着大时代的变迁，从微观的缩影里折射出大千世界的绚烂一角。

南翔提到，他从小就佩服动手能力强的人，其中就包括各种匠人。正是这些门类及技艺几千年来的存在，才使得我们的日常生活成为现在的模样，换言之，虽然一些技艺逐渐退出当下生活，却如盐入水，融入我们的历史与思想，成为我们精神血肉的一部分。在我看来，各路传人的艰辛与企盼、灼痛与欣慰、彷徨与坚定……都应留下不朽的辙痕，不能因其微小而湮灭。

书中所写的各位手艺人，一般称之为"工匠"，如果登上大雅之堂，还有个称号就是"大师"，但这些称谓不重要。对这些痴迷于做好手头事的人而言，他们只想精雕细琢、心无旁骛，不在乎隐身于市井村落，只在乎醉心于手上眼中。在他们身上，读者可以切身体会到中华民族的工匠精神永不过时。

南翔是小说家，最善于讲故事。综观全书既独立成篇又互为印证，人物栩栩如生，真情溢于言表。书中的人物仿佛就是我们的父辈、我们的邻里、我们尊敬的长者和老师，读者自然感同身受，有时不免潸然泪下。

同时，本书下足功夫，揭秘各类传统技艺，犹如生动形象的纪录片，匠心唯美，色彩纷呈。在写作中，为了挖掘故事细节和情节，对技艺进行专业阐述，南翔寻找和阅读了大量书籍去佐证。其中写蜀锦的一篇，强调了锦与绣的区别。原来，锦是机器织的，绣是手工绣的，这些美若云霞、灿烂夺目的艺术珍品的制作，可以从日常生活中习得。"手工之美，是可以影响人一生的。民间的这种技艺，这种执着所获取的实物，通过我们的文字和影像传承下去并表现出来，本身就是无形的美育教育。"

深圳文博会、茶博会上，精美的器物层出不穷，也吸引了中外参会者，但鲜有人知这些精美器物背后的故事。中国古代有"道器之辨"，形式与内容同样重要，器中亦有大道，"知其一，不知其二"是很遗憾的事情，其中的"道"需要我们用心体察、领悟。读罢此书，颇有"于我心有戚戚焉"之感。如南翔所说，手艺与器物无言，却承载了几千年的文明，汩汩如流，理当珍惜、珍爱、珍重。用文字与影像打造一个个手艺人的博物馆，此其时也。愿与更多的作者与影像工作者一起，深入乡野与民间去采撷，拾得斑斓，留住芬芳。

钱穆在《国史大纲》中希望读者对其本国以往历史，应该略有所知，更应该附随一种对以往历史之温情与敬意……《手上春秋》中传递出来的，就是希望通过观照手艺人的处境，打量手艺业别的传承，思考手艺文化的去留，做好手艺业的传承。在每天喧嚣不已、五色令人目盲的同时，静下来，耐心关注一下我们这个伟大民族的"手上春秋"吧。对读者来说，不但可以发现美，获得某种审美感悟，也能对我们民族文化产生一份温情与敬意。

独行者诗化的人生

——读《远山孤旅》

笔者曾看过这样一句话：人生就像是一本书，这本书可能是艺术的，也可能是不艺术的，每个人都应该争取过一个艺术的人生。其实，每个人心中都有探求未知世界的梦想，都想过一个艺术的人生。行走在延绵的远山，享受心灵孤旅是件多么惬意的事情。我在西北长大，对神秘的青藏高原中巴颜喀拉、阿尼玛卿山及三江源地区一直心驰神往。忽然读到孙重人的《远山孤旅》，那种"极目楚天舒"的酣畅淋漓之感油然而生。

这部格调高远、文笔清新的散文集带给我非常愉悦的阅读感受。能打动人的优秀文学作品，作者大都具有来自生活和发自内心的真情实感和动人心弦的诗意。《远山孤旅》就是这样一部真情和诗意交汇融合的佳作。读后，你可深深地感受到孙重人对祖国广袤大地的浓情厚意。字里行间，他把真情和诗意融为一体，具有强烈的艺术感染力，所以能深深地打动读者。

孙重人走进高原，选择从川西高原驶入，在行走青海果洛年保玉则、阿尼玛卿山后抵达扎陵湖和鄂陵湖湖畔，再往南穿越巴颜喀拉山之后到达玉树；之后，深入三江源，穿越无人区，来到澜沧江的源头，完成转山之旅。读后，你仿佛穿越时空，置身于天朗气清的高原之上，正与淳朴而虔诚的边民一起笑谈。此情此景，非感同身受者难以描述。

诚如作者所言："三江源是一个充满传奇色彩并有故事的地方。"自古以来，三江源地区就是一处农耕文明与游牧文明的交汇地带。历史上，来自中原的汉文化、来自西域和蒙古高原的游牧文化与来自青藏高原的藏文化在这里交汇碰撞，在冲突中走向融合，产生了无数传奇故事。孙重人通过观察、感知、记录大自然中的这一自由与野性，给自己留下一个行走高原的理由和记忆，为读者描绘一幅视觉与精神的壮阔画卷。

"《远山孤旅》可能是国内首部比较全面描写巴颜喀拉、阿尼玛卿山及三江源地区的旅行之书，书的写作与三江源国家公园的建设或许还是一次机缘巧合。那是一个粗犷且鲜为人知的地方，那里扑朔迷离的自然与人文生态让我流连忘返。"对青藏高原特殊地域精神的描写和刻画，始终是孙重人透视边地、解剖民族灵魂的焦点所在。

从艺术风格看，他的文章在轻松自然中也有凝重和冷峻的色彩。"青藏高原，群峰峻岭绵延，山原荒漠迢遥，雪山冰川磅礴，森林草原苍莽，江湖湿地纵横，地域神秘，个性卓立……"孙重人的笔下是发自肺腑的浓浓爱意，是一片温暖如春的美丽和灿烂。更为可贵的是，读者随着他的笔端，看到的是大气磅礴的心、动人心魄的美和信仰的力量。仔细品读，不难发现孙重人叩问历史、审视民俗时的思想深度。

九章厚重而优美的文化散文，孙重人却自谦说原本是想写篇旅游攻略。这样的从容率性凝铸于笔端，自然让读者感到平易近人，好像和有文化的老朋友一起漫步远山，和那个豪爽、爱说笑、爱摄影、爱读书的兄长一起回望历史，关照眼前。谈笑间，目之所视，耳之所闻，心知所思，不知不觉中和作者共情，一起完成一次奇妙的文化之旅。

散文的形与神，总是和作家的行万里路与读万卷书密不可分。经过多年的文化苦旅，孙重人的思想深度、生活阅历、知识储备和情怀如同三江之源，汇集交融后喷薄而出，因而其作品感人至深。孙重人沉浸在写作和行旅中，虽苦犹乐且乐在其中，兴之所至，不吐不快，遂成此书。

贺兰山下、黄河之边是我生长的故土，贺兰山东麓的平原地区自古便是游牧文明与农耕文明的交会地，我从小就喜欢苍凉壮美的风景。捧起《远山孤旅》，看着封面素雅的洁白雪山和淡蓝天空，一个孤独的登山者正步履坚定地前行，他的身影虽然孤独，但蕴含着力量，展示着精神。这或许就是我们民族之根、中华之魂。

《远山孤旅》以夏天为开端。"我的三江源之旅在夏天，主要目的地是青海南部青藏高原上的青南高原。"孙重人以游记的轻松笔意开启了他的远行。"三江源是我向往的一个地方，中国的两条主要河流黄河和长江发源于那儿，国际河流澜沧江也同样在此发育。三江源地区山野苍茫，河网密布，印度次大陆板块和欧亚大陆两大板块的碰撞造就了它，由此形成昆仑山和唐古拉山等山脉，以及派生出来的巴颜喀拉山和阿尼玛卿山等。三江源是青藏高原之魂，其中发育的诸多大江大河养育了高原上大量的生灵，它是中华文明的源点，虽然原始蛮荒，却生机勃勃，极具感召力。"简约、纯净的文字，清新纯粹。孙重人在书中用功甚多，有历史钩沉，有现实追问，多处涉及美国的边疆史、中国的民族学，乃至山脉考、绘画、上古典籍，等等，视野极为广阔。心有戚戚焉，不知东方之既白。此书不仅文字细致，历史考究，且图文并茂、赏心悦目，足见孙重人心灵的土壤深厚。

让我们在这个夏天，一起打开这部优美的文化随笔，在诗情画意里，和作者一起"追寻那扑朔迷离的自然与人文生态，获得一种与众不同的视角和自身心灵上的慰藉"。读罢全书，相信在大都市生活的朋友们或许和我一样有所领悟，我们也学着和作者一样，在远山孤旅中，尝试把自己躁动不安的心态调适得平和与稳定，此刻，我们抬眼时或许就见到了山顶之上的万丈霞光。

奏响生命的乐章

——读《抵达南北极》

探索未知的世界是人的梦想之一。而对一个人而言，能抵达地球最神秘的地方，是多么令人神往的事情。

"心灵和身体总要有一个在路上。"这句话我们都很熟悉，但知易行难，能同时做到"在路上"的人其实很少。人生短暂，岁月匆匆，与其发出"子在川上曰"的慨叹，不如行动起来，从空间视野明确人生的内涵，确定生存的状态，奏响生命的乐章。宋良毅先生就是这样想的，也是这样做的，因此，就有了这部触动人心的《抵达南北极》。

南极、北极是地球上最难接近的地方，是无数人想插着梦想的翅膀抵达的地方。南极和北极都很寒冷，同时去过南北极的人少之又少。据了解，中华人民共和国成立以来，只有很少的考察队员去过南极，到2017年之前登上南极大陆的中国人不超过4000人。作者虽年逾花甲，却能完成这一壮举，还以精美的图文呈现，着实令人敬佩。

提到南北极，我们的直觉是五彩极光和冰雪世界，但踏着作者的足迹，仿佛和作者一同坐于邮轮之上，循着作者的目光，感到浓浓的暖意和心灵的微光。这份"暖"除了来自沿途热闹的景象、热烈的活动、热情的伙伴外，更重要的是感受到作者对探索未知世界真挚的热爱与激情。这一束光饱含着冷暖人生中的父子之情和天地之间的家国之情。

四十而不惑，"我到底要什么""我能够要什么"之问，想必是困扰很多有"不惑"之感的深圳人的共性问题。如何认识自己，拥有适合自己的价值判断和价值定位，是多么急迫的事。记得有这样一句名言："人不在于在哪儿生活，而在于怎样生活。"作者书中所展示出的诗意盎然的光影，给读者带来诸多有益的思考。我以为那就是梦想，寻梦、圆梦二者之间的相互交错，最终达到主体的清醒和自觉。我们无论身处顺境还是逆境，都要有理想，都不能脱离现实，都要走出适合自己，并且听从自己内心呼唤的道路。

南极是一个被大洋环绕的大陆，它位于地球的最南端；而北极却是一个被大陆围绕的海洋盆地，它位于地球的最北端。作者出生成长在西北，工作生活在岭南，这横跨南北之间的漫长的生活感悟，当身处南北极之中时，或许化作宋良毅的某种通感。这么一位来自西北的汉子，在深圳工作了30年的"老深圳"，在退休后，他的南北极之旅不仅是空间意义上的游历，更是时间维度上的哲思。

宋良毅的人生经历极其丰富，一生经历坎坷，曲折颇多。少年时在矿井下挖过煤，或许他就是《平凡的世界》中那些栩栩如生的人物原型之一。他曾经多次井下遇险，对生命的敬畏远非常人能比。恢复高考后，宋良毅的命运发生了转变，他曾是才华横溢的记者、年轻有为的官员、特区的报社老总、多次立功受奖的干警……也正是如此之多的磨炼，使他的内心世界既丰富多彩又无比强大，如同他自己所说："这是一个人一生中的一次从灵魂到肉体的远行和抵达，也是一次超越生理和想象极限的自我挑战。"也因此，这部记录生命之旅的著作《抵达南北极》才具有震撼力，经得起时间的考验。

全书以散文游记的形式描写了作者探秘南极、征战北极的艰难历程，生动地记叙了极地奇观与见闻，书中洋溢着"热爱生活，赞美自然；挑战极限，不畏艰难"的豪迈精神。作者通过旅途中色彩纷呈的所见所闻，给读者呈现出精彩绝伦的风景。翻开装帧精美的书页，一段段美文、一张张美图，令人目不暇接。图文间，轻松自如地带着读者领略一位智者的视野。透过全书，读者会引发珍惜韶华，在有限的时间里努力活出无限精彩的共鸣。

宋良毅生动描写了极地罕见的风光、脆弱的生态、复杂的地貌和珍稀动物奇观，分享自身从新闻记者到政府官员的曲折经历，以及用脚步丈量南北极、观照历史和现实，弘扬社会正义，引发对人生、对地球生态的思考和感悟。

此书亦可看作是宋良毅在南极、北极的旅途中写下的心灵日记。他的祖籍甘肃，在西北工作多年，"抬望眼，仰天长啸，壮怀激烈。三十功名尘与土，八千里路云和月"，那里的荒凉壮美与英雄气概凝铸于作者内心。"飞将军"李广的故事是作者最喜欢的，李广的壮志未酬和命运多舛亦常常引起他的共鸣。

在这天地的尽头，让我们跟随宋良毅的脚步，听着他的心灵之歌，和他一起去世界上最难接近的地方，去体察、感悟属于我们自己的未知世界。

岁月如歌　此情可待

——读《童年的回忆》

多年前,《五常学经济》是我喜爱的书,这本红色封面小册子的内容主要是香港经济学家张五常对其求学经历的回顾和感悟。我不太懂张五常的理论,但是《五常学经济》却是读了几遍,感悟颇多。张五常提到,他从事教育工作近半个世纪,现在年龄大了,就说说个人的求学经历,为的是要对同学们说:"这是一个老人家曾经走过的求学的路,走到尽头了,你们来日方长,要怎样走不妨参考一下吧。"不要仿效,要考虑与衡量。张五常将其一生的学习经历以及学习经验娓娓道来,充满对师长的深情和师长提点后学的智慧。

最近,张五常出版了《童年的回忆》一书。十几年过去,不服老的张五常用这本更加厚重的书回忆了童年生活。在24篇文章里,记述了张五常童年时期跟亲人、师友的相处细节,包括家庭教育、思想启蒙以及如何在战乱与饥荒的日子里苦中作乐,等等。张五常独特的成长经历和家庭教育值得研究学习,也给了幼年学业不成的读者以鼓励:只要有独立的思考、自主的人格,学习并不是难事。

苏轼诗曰:"春山磔磔鸣春禽,此间不可无我音。"在回忆12篇中,有温情,有敬意;有等待,有希望。张五常讲述童年的回忆和儿时的温馨,回顾香港沦陷、桂林大疏散等历史场景,检讨乱世的热闹与哀伤。

在附录12篇中,平淡从容之中,词恳意挚,饱含深情。张五常写了父亲兄长,回忆了岭南生活的场景,还有逃学的回忆,等等。张五常说:"我希望这本书的面市,会给读书不成或因为家贫在年幼时没有机会求学的小朋友们一点鼓励。"

有句话说得好:"成长比成功更重要。"张五常当然是世人眼中的成功者。在"前言"中,张五常说:"每个人都有自己的有趣已往。我这一辈的老人家比较特别,因为我们经历过战乱与饥荒的日子,死不掉总有些奇异的回忆可说。但像我这个小学被逐出校门、初中又被逐出校门,但终于还能在西方大学的一门学问上杀出重围的,可能不多见。"

张五常从小就历经磨难,其志坚韧不拔。当年那个兵荒马乱的年代,7岁的张五常就可以一个人坐火车从一个地方到另外一个地方,与亲人会合,其自强自立的个性从那时起就开始萌发。独立、自强,这个就是张五常从小时候学到的东西。他的童年和求学经历,我们从一些名人的成功历程中,似乎都可以找到对照。从这个角度说,这本书也可以作为教育孩子的重要参考案例。

张五常认为,父母要让孩子自由发展,不良嗜好要管,但任何有创造性的玩意,只要孩子有兴趣,都要鼓励。他还认为一个青年是否为读书之材,在25岁之前难以确定。"父母的家教,朋友的影响,社会某种气氛的感染,老师的墨守成规,考试的心理威胁,学校的教育制度——这一切对学生往往起决定性的作用。"

在香港求学期间，张五常去了当时的湾仔书院读书，最后被逐出学校。他经常混迹于当时的太宁街，和一些当时同样不被老师看好但是日后却颇有成就的学生相交甚欢。张五常对此有着自己的总结："是的，无钱求学就有这样的好处：你要逼着自己想出来。这是创作，不一定比专业训练的好，但没有成见的左右，新意来得容易。"这便是他们后来能够取得比其他人更大成就的秘诀。

远赴加州大学求学期间，他仍然不改我行我素的本色，在课堂上对老师"穷追猛打"，不管自己的观点是否错对，先讲出来再说。但他的老师们修养极好，一个个对此都不以为意，反而大加赞赏。正是这样鼓励学生自发思考的环境，让张五常坚定自己对学问的追求。最后，到达很多前人都难以企及的高度。

书中，专门有一章讲"想象力是培养出来的"。天才的爱因斯坦曾说："想象力比知识更重要，因为知识是有限的，而想象概括着宇宙的一切，推动着社会进步，并且是知识进化的源泉。严格地说，想象力是科学研究中的实在因素。"说明想象力可以帮助寻找知识，构建知识。

张五常则认为，比知识更重要的，是思维方式。

他说："我半个天才也算不上。但正因为这个缘故，我倒可以写一点有实用性的思考方法。我的思考方法是学回来的。一个平凡的人能学得的思考方法，其他的凡夫俗子也可以学。"张五常这样丰富的经历得益于独立的思考能力，他认为天下思考推理殊途同归，于是提出了实用的六大思考方法，主要包括：谁是谁非不重要；问题要达、要浅、要重要、要有不同答案的可能性；不要将预感抹杀了；转换角度可事半功倍；例子远胜符号；百思不解就要暂时搁置；等等。

张五常时常语出惊人。几年前，84 岁高龄的张五常在深圳出席"大湾区与深圳的未来"高峰论坛。他被工作人员搀扶着坐下，但是讲话的口气非常坚定："为了真理，我半步不让！"他的演讲《深圳是个现象吗？》从城市群的角度来理解深圳奇迹，认为东莞（包括惠州）是深圳超越硅谷的重要因素。张五常说，他曾带几位来自西方的朋友到深圳南山的海边走走，并直截了当地对他们说："记着我说的吧。你们这一刹那站着的土地，就是这一点，分寸不差，有朝一日会成为整个地球的经济中心。"

30年前，张五常推断上海的经济将会超越香港；如今，他推断深圳一带将会超越上海，将会是这湾区的龙头。特立独行的张扬个性，使他成为当代最有争议的经济学家之一。

张五常喜欢到深圳音乐厅听音乐会，我在现场见过他几次。在当年青年钢琴家牛牛的音乐会上，张教授坐在第一排。散场后，作为粉丝，我还前去和他简单聊了几句。

张五常是个有意思的人。我读过张五常的散文《经济学的音乐》，里面妙语连珠，至今记忆犹新。比如说："经济音乐是交响曲""一个人对经济的直觉感受与这个人的智商没有多大关系。物理天才爱因斯坦对经济的判断差不多凡说皆错。不是说蠢材才能学好经济"，等等。他还提到，说得上是经济音乐大师的朋友中，没有一个不以直觉感受从事，虽然方法不一样。佛老（佛里德曼）当年是经济学者中的莫扎特。

张五常满头蓬松的华发，很有爱因斯坦和指挥家小征泽尔的风采。我觉得满头华发的张五常好似经济学者中的贝多芬。

人情冷暖知冷暖，世事沧桑话沧桑。此情可待——《童年的回忆》。

从百年沧桑到民族复兴

——读《为什么是中国》

　　学史明理，百年来，中华民族的历史蕴含着巨大的精神财富与磅礴的奋进力量。金一南的《为什么是中国》从中国百年历史中找答案，回答"为什么是中国"这一历史之问，解读中国道路，书写中国力量，彰显中国自信。他善于运用战略思维、战略意识点评历史，深刻解读新中国历史性变革中所蕴藏的内在力量，倾心讲述中华民族重要历史进程中的中国故事。

　　大家所熟知的历史是最不好写的。基本史实每个人都知道，结论大家也很清楚，想要写出新意、读出思考，把深奥的历史问题深入浅出地转化为形象、生动的表述，是一种修养和境界。对普通读者而言，金一南教授把千头万绪的近当代史和厚重的党史解读得轻松有趣而又内涵丰富，其语言生动风趣又发人深省。全书分为八章，构思巧妙，逻辑严谨，涉及的历史事件、历史人物众多，但是要言不烦、条理清晰，读起来让人欲罢不能。

　　金一南将百年来中华史的演进过程聚焦为八个关键词：散沙、变局、星火、重生、醒狮、利益、制胜、大势。以时间为经、人物事件为纬,理出了一条简单明了、清晰感人的历史曲线;通过巧妙剪裁,他在书中举出了很多惊心动魄的大事件,不仅方便读者从时间轴线去记忆,更利于读者身临其境去体会。综观全书有以下三大特色。

一是全景式的历史画卷。在不长的篇幅里面,作者采用的历史格局宏大、气势磅礴、视野广阔,以一以贯之的生动表达和犀利文笔客观地阐述了从百年沧桑到民族复兴的巨大变迁。

书中在剖析百年中国的同时,善于以国际的视野对比分析。该书的"引言"部分从特朗普政府发动贸易战说起,提出为什么美国要如此针对中国这一问题用大量的史事、数据、例证和作者亲身经历的事件从不同维度加以聚焦,令人信服。

全书的字里行间充满着如虹的气势,读起来酣畅淋漓,"越曲折,越奔流;越苦难,越辉煌",展现了波澜壮阔的中国近现代史。一个多世纪前,梁启超曾用"三个中国"来总结中国大历史:中国之中国、亚洲之中国、世界之中国。今天的中国已经具备"世界之中国"的担当。

二是鲜活的人物和事件。全书不仅引用了中共领袖和杰出英雄人物的事迹,还涉及全球其他领导者以及军事、历史研究者等鲜为人知的精彩事例,加以佐证阐述,动人心魄,可读性强。

在第三章"星火——共产党人的伟大历史自觉"中,作者阐述了当时的中国共产党不但弱小,而且坎坷,"这个党何其艰难",从13名中共一大代表的命运可见一斑。书中列出了一个清单:"1922年陈公博脱党、1923年李达脱党、1924年李汉俊脱党、1924年周佛海脱党、1927年包惠僧脱党;1929年刘仁静被党开除、1938年张国焘被党开除……"历史给了所有人同样的命运,但交出的是不同的答卷。中共一大代表13人,竟然有7位出了问题,占半数以上。后来,还有4位牺牲,从头走到尾的只有毛泽东、董必武。全书就像打开了一扇解读百年党史辉煌历程的大门,让读者清晰可感的是:起于石库门,登上天安门;走过窑洞之门,迈向复兴之门……有人因为看见才相信,这是现实;有人因为相信而看见,这是信仰。"艰难困苦,玉汝于成",中国革命的胜利不是天赐良机,而是来自千千万万人的英勇献身。作者以无可辩驳的事实说明了中国共产党如何从失败走向胜利,以智勇缔造非凡。在关键时刻,中华民族总有一批人会成为民族的脊梁。在大家万念俱灰的时候,总有一些人会挺身而出、横刀立马,成为中华民族的脊梁和精神的支柱。

三是通过历史横截面来剖析。全书对很多里程碑式的事件加以精妙剖析与解读,如对中共一大建党的前因后果、南昌起义、长征、古田会议、抗日战争、朝鲜战争、解放海南岛等的传神特写。同时,作者提出了很多尖锐而深刻的观点,给读者带来新的视角。书中,金一南介绍了大量的军事故事,如对韩先楚上将解放海南岛经历的解读,让读者管中窥豹,体会到什么是真正的将军、真正的领导。

在第六章"利益——中国崛起征途中的博弈较量"中,作者举例"克莱因方程",引起读者的深入思考。"国力等于什么呢?等于硬实力乘以软实力,这就是国力。注意,该公式揭示了软实力是国力的倍增器。就数学来说,任何实数乘以0都等于0。如果国家战略加国家意志等于0,资源、经济力、军事力再强,结果也等于0。"

在第八章"大势——世界格局走向的理性瞻望"中,作者专门探讨了"中国经济发展之谜",以华为、吉利汽车等案例说明了中华民族在追求民族复兴的历程中从来都不是一帆风顺、鲜花簇拥的。

"一切向前走,都不能忘记走过的路,走得再远,走到再光辉的未来,也不能忘记走过的过去,不能忘记为什么出发。"中国共产党100年来的历史一脉相承,目标就是中华民族伟大复兴。金一南对"为什么是中国"的生动阐释，不是简单地讲述一个个动人的历史故事，而是以重大历史事件和形形色色人物的精神世界和思想内涵，多维度、立体地向我们展示历史的必然选择及民族的血性和精神。《为什么是中国》回答了我们的疑问，让我们信心百倍。轻松读过这本书的人，可能都会再读第二遍。

第五章

求真对话

读书和生活的对话：
旧时暗香杨柳夜　佳人如是事如烟

1．你是在哪里出生与成长的？

我出生于江西，满月就随支援边疆的父母来到宁夏，在西北长大。宁夏素有"塞上江南"之美誉，是中国地图的几何中心，人文历史厚重，民风淳朴。我从小就在贺兰山脚下，感受着北风猎猎，体悟四季分明。西北的天高地阔、苍凉大气，印在我心灵深处。

2．是什么机缘让你来到目前所定居的城市？第一次来到定居城市时，印象中最深的是什么？

20世纪90年代，正是举国上下"孔雀东南飞"的时候，一江春水向"深"流。我的父母是医生，在大学任教。作为南方人，他们一辈子在大西北工作，是白手起家的老一代移民，父辈的内心十分渴望自己的儿女远走高飞，离开落后的西北，到经济发达的地方去寻找梦想。所以，1994年8月，我大学一毕业，就在父母的鼓励下，成为诸多深圳经济特区南下打工者中的一员。刚刚到深圳那年，我22岁，特区14岁，都是风华正茂。

当初来深圳需要办理边防证，手续复杂。因为没有那么容易来，来了也要靠本事吃饭，所以，来的人绝大多数心里总有一些骄傲和兴奋。到了深圳才知道什么叫作"热土"，因为这里很热，而自己很"土"。很热，自不必说，夏天没有风扇简直活不下去；很土，也是当然，对于像我这样从内地千里迢迢寻梦深圳，刚刚走出大学校门的孩子，面对热火朝天、五色斑斓的特区，内心的震撼可想而知。

3. 你搬过几次家？描述一下你现在住的地方。

算起来，我在深圳搬了至少10次家。第一次是在深南大道旁边的巴登村，一个脏乱差的城中村。后来在银湖、园岭南天大厦、下梅林、上梅林屡次搬家，都是集中在福田区一带。当年，晚上下班，从公交车站走回宿舍的路上，我常常想：深圳哪一扇窗户是我的呢？而现在，我住在福田区一个曾经中国最大的社区里。这里常住人口有3万人，里面有3个幼儿园、2个小学、1个中学，配套设施一应俱全，和我儿时生活的大学校园一样，是个小社会。

4. 所在城市的哪一点吸引了你？

深圳和我儿时成长的银川相似，都是移民城市，讲普通话，也都有一个王朝的背影。神秘的西夏王朝就终结于宁夏贺兰山脚下，南宋最后一个皇帝宋少帝赵昺被礼葬于蛇口赤湾村。我喜欢历史文化厚重的地方。深圳在文化厚重的同时，还有来自天南地北的年轻人带来的各种新文化的交融，这里有奔腾不息的活力。

5. 如何用一句话向别人介绍这座城市？

创新、务实、宽容是深圳城市文化的精神内涵。

6. 来了亲朋好友，你会带他们去哪里？吃什么？

去莲花山公园小平铜像广场，如果时间允许，再去东部沿海一带，如大梅沙、大鹏所城等。入乡随俗，吃粤菜、喝早茶。

7．在这座城市里，你最怕什么？

天气上的酷暑湿热，思想上的因循守旧。

8．介绍一下你的朋友圈子，和在家乡的朋友圈两者区别在什么地方？

我的朋友圈非常广泛，有深圳结识的老朋友、老同事的圈子，有老乡和校友的圈子，也有商务上的圈子。每个圈子有各自的主题，当主题有交集时，就非常有意思。深圳的朋友圈似乎商业气息浓得多。

9．假如你变成了天使，你想给这座城市带来什么变化？

一定是把自己最希望的那些带给深圳，比如说四季分明，比如说能够有个慢下来的空间。让人到中年的人有个心灵驿站，让处于花季的孩子每晚不要"点灯熬油"苦读。

10．你目前在做什么？

从事新媒体方面的工作。扮演好家庭和社会的角色之余，读读书、写写字，让自己静下来。

11．生活中你有什么爱好？这个爱好得到怎样的发展？说说其中的原因。

生活中爱好很多，现在努力做减法。我喜欢买书、集邮、拍摄风景、收藏文玩之类。因为文玩没地方放，只能束之高阁，兴趣慢慢也就淡了。不是内心真正喜欢和需要的东西，越少越好；喜欢的东西，常和朋友分享。欣赏就是拥有。

12．现在你最想拥有的是什么？无论是精神层面还是物质方面。

物质方面，最想拥有一个大书房；精神方面，希望有丰富的主题藏书，有时间和心情研读与分享。

13．你如何形容今天的自己？

虽然错过了很多机会，但是没有虚度光阴。很喜欢刘克庄的词："生怕客谈榆塞事，且教儿诵花间集。"大事做不了，做点力所能及的事情就好。做朋友应该是合格的，算个有趣的、善良的人吧。

14．你最近一次读专业以外的书是什么时间？读了多久？还记得书名吗？有什么心得？

我本科是中文专业，文、史、哲不分家，当然是阅读兴趣所在。因为工作的缘故，也常读经济管理、营销、新媒体方面的书。我读书很杂也较多，每月都会读几本，最近读的书是谢林的《冲突的战略》、休斯的《伊斯坦布尔三城记》、吴俊忠教授的《执着与逍遥：古稀文选》、吴国盛的《什么是科学》、施展的《枢纽：3000年的中国》。一般说来，可读性强的书一周以内读完，大部头的书要读一个月左右。随着阅读量的增加，很多地方可以相互佐证，对一些问题也有更全面的认识。那种读此书时，能够解决彼书疑问的感觉很美好，有点像小时候集邮，集齐一套邮票的快乐是无与伦比的。

15．你去图书馆吗？简单描述一下最近一次去图书馆的情形。

基本上每月都去福田图书馆所辖的社区图书室，虽然不大，但有时候也有一些新书。最近一次去图书馆是去福田图书馆的"一间书房"，和文化学者郝纪柳聊天，品尝了郝先生亲手调制的咖啡。在书香和咖啡香中，还偶遇了到访的杂文名家五味子，一起度过了一个愉快的下午。

16．你去实体书店吗？简单描述一下最近一次去书店的情形。

偶尔去。最近一次是去中心书城，那天文化学者胡野秋先生有个新书发布会，我作为嘉宾一起谈深圳。

17．介绍几本给你影响最深的书。

《孙子兵法》、卡耐基的《人性的优点》、奥威尔的《一九八四》、费勇的《刹那花开：坛经心读》、钱锺书的《围城》。

18. 简单描述一下你的书房。

我的书房不大，一面墙全部安装成书柜，有近2000册藏书。书籍主要以文史为主，其中，战争题材和书画方面的亦有一些。有不少二十四史方面的单行册和《鲁迅全集》《南怀瑾全集》等。

19. 荒岛之问：你会带一本什么书籍？

只带一本，那就带《六祖坛经》吧，好带也耐读。

20. 推荐三本书给我们的读者。

《孙子兵法》《史记》《人性的优点》。

21. 你最常说的一句格言是什么？为什么喜欢这句格言？

"岂能尽如人意，但求无愧我心。"个人在时代洪流中是微不足道的，逝者如斯夫。一个人其实做不了什么事情，所以，少给自己预设什么，世俗的评价没有意义，关键是自己的内心要知足、平和、喜乐。如今快知天命了，回望波澜壮阔的岁月，有诸多感慨。疫情期间，老同学鲍海中在深圳给600多位学生讲网课《桃花源记》后，有很多感悟说给我听。如今重读这篇经典，忽然发现有新的感悟，每个人心中一定都有属于自己的那片桃花源。

22. 描绘一下五年后的自己。

听从自己内心的呼唤。水泊梁山的梦已醒，笑傲江湖的情未绝。周游列国，别闲着、别累着，找熟悉的朋友说开心的事情。

（原载于深圳市福田区图书馆《一册》，主编郝纪柳）

关于语文的对话：
宽广的视野　笃行的力量

在深圳读书月期间,"深圳之窗"邀请了吴俊忠[①]、葛桂斌[②]、鲍海中[③]进行了一场关于语文学习的对话,由姜维勇主持。

1. 学习语文的目的和培养目标。

问：叶圣陶曾经对"什么叫语文"做过解释,他说："什么叫语文,平常说的话叫口头语言,写在纸面上叫书面语言。'语'就是口头语言,'文'就是书面语言。把口头语言和书面语言连在一起说,就叫语文。"这段话通俗而精辟地说明了"语文课应该教什么、学什么"这个根本性问题。语文的重要性无人不知,每年中考、高考的语文作文试题都会成为全社会热议的话题。但不可忽视的问题是,我们从小到大学习语文,很多人却始终搞不清语文的目标是什么。请问几位怎么看这个问题？

---

① 吴俊忠：文化学者,深圳大学城市文化研究所首任所长,教授。
② 葛桂斌：学者,作家,著有教育著作和文学作品多部。
③ 鲍海中：深圳大学城市文化研究所特约研究员,资深中学语文教师。

吴：为什么要学习语文呢？语文是语言和文字的综合，统称"语言文字"。扩充一下，语言文字可延伸到语言文学。语文首先是交流的工具。说话（口头交流）要用语言，写作（书面交流）要用文字。一个人若没有掌握和运用语言文字的能力，那他说话一定表达不好、乏味无趣，让人不爱听；写作一定词汇贫乏、文不对题，使人不爱看。这样的人怎么能够与别人很好地交流呢？因此，为了更好地与他人交流，就必须学习语文。换言之，增强交流能力是学习语文的第一个目的。

语文更是文化素养的体现。一个文化素养好的人，必然是语言优美、文章出众，受到他人的赞赏和钦佩。倘若一个人说话粗言秽语，写作词不达意，那这个人一定让人讨厌、不受欢迎。由此可见，提升文化素养是学习语文的第二个目的。

文学作品是语言文字的优化组合，也是语文水平的高层次体现。当你读到"感时花溅泪，恨别鸟惊心"这样的诗句时，你会深深感受到语言文字的高妙，会情不自禁地产生一定要学好语文的冲动。

中学阶段是人生打基础的时期。增强交流能力，提升文化素养，是必不可少的两个重要方面。因此，读中学时一定要把语文学好。

葛：愚以为语文培养目标可分为两个层次：第一个层次是让学生获得良好的读、写、听、说、思这五种基本能力，其中，"思"是核心能力，因此语文学习应以思维训练为中心，思维能力强了，听、说、读、写的能力就会随之增强。第二个层次是陶冶和美化学生的精神世界。从语文运用上说，也只有第二个层次发展得好，第一个层次才能运用得好。

鲍：语文培养的目标主要有以下四个方面：一是语言的建构与运用，二是思维的发展与提升，三是审美的鉴赏与创造，四是文化的理解与传承。我们知道，由于文学作品的感性特征会让学生们常常以为读过就是读懂。其实，文学作品特别是经典名著是需要解读的，深刻的解读就是深层解码，让作品里潜在的密码由隐性变为显性，这才是有效的阅读。怎样才能实现阅读的有效性呢？我认为应该是基于核心素养的阅读。我以《朝花夕拾》为例。

第一，基于语言的建构与运用——每个文字，都是作者的心灵密码。我们阅读就得先把一块块文字砖掰开，然后顺藤摸瓜，直达作者的心灵，闻得其思想的香味。在日积月累的咀嚼中慢慢对祖国语言文字产生敬意，慢慢意识到文字的神圣，此时有效的阅读就发生了。

第二，基于思维的发展与提升——关注整本书的格局。泛泛而读，《朝花夕拾》的十篇短文很快就读完了，结果所得仅是零零碎碎的几个人物、几个故事片段而已，而如果我们将碎片化的知识进行整合，比如运用"思维导图阅读法"，就可以形成对整本书格局的把握。

第三，审美的鉴赏与创造——对人物的悲悯与理解。《五猖会》是最容易引起读者共鸣的一篇写父爱的文章，如果站在"温馨的回忆"的角度来理解的话，不会以为鲁迅是批判父亲的，而是表达对父亲感激怀念的，笔下的这位父亲就是天下巍峨持重的父亲。读长妈妈时如果以整本的视野来读，会越来越觉得她合情合理，她的故事越来越顺理成章了，她越来越接近生活中的某一个人或者是读者本身了。从她身上读出了作者的情感，甚至读出了自己，这是令人愉悦的阅读，也是丰富情感、陶冶性情的过程。

第四，文化的理解与传承——精神基因的力量。身为中国人，谁为中国的生存和发展做出贡献，我们就尊敬谁；谁与祖国离心离德、麻木不仁，我们就讨厌谁。《藤野先生》这篇文章里表现出鲁迅先生伟大的家国情怀，为后辈、为读者树立了标杆。

这份从每个文字里散发出来的浓烈的家国情怀，在阅读时如果没有读出来，没有让先哲家国情怀的感情火焰点燃读者心中的星星之火，可以说那就是枉读。当阅读的有效性产生时，便会发现作家正在向我们走来，和我们直面对话、倾心相谈，我们与他一起走在生命高度亢奋的意识刀锋上，从而目睹生命的本相、听见真理的告诫，感到有一种心智为之洞开、灵魂得以抚慰的惬意，这才达到了阅读的本质境界。

2．语文素养和学习方法。

问：作为母语，我们从小接触汉语，唐诗宋词、"三百千千"几乎无人不知，各种书法、朗诵、阅读、写作班随处可见，同花费的时间和金钱相比，我们的语文素养"性价比"似乎不够高。学好语文的诀窍是大家最关心的，但是语文包罗万象，也因此边界不清晰，怎么看待这个问题？

吴：语文素养主要体现在说话、阅读、写作三个层面。所谓培养和提升语文素养，就是养成阅读的习惯、掌握说话的技巧、提升写作的能力。

葛：关键是扎实做好三件事：第一件事是积累，即通过大量阅读、记录、背诵，积累丰富的语文财富，包括词汇、范文、知识、印象等。第二件事是感悟，就是对读过的书籍、观察过的大自然、欣赏过的艺术作品等要用心体会，这样才有独到的感悟。这种感悟犹如从百花中萃取的香精，有了这样的感悟，所写的文章才会有光彩和灵魂。第三件事是表达，包括口头表达和笔头表达，两者相辅相成，都要想好再说。积累是基础，感悟是关键，表达是目的，这三件事做好了，语文自然也就学好了。

鲍：想要学好语文，积累很重要。所谓积水成渊，聚沙成塔。语文学习就好比建一栋房子，积累解决了砖石的问题，阅读和写作则是房子的承重墙和顶梁柱。广泛涉猎，勤于笔耕，是学好语文的关键。

3. 学生阅读的重点。

问：所有人都知道阅读对学习语文的重要性。但可读的太多，限于学生时间、精力、接受能力等因素，怎么看待学生阅读的重点？

吴：首先谈谈怎样养成阅读的习惯。阅读是伴随人的一生的行为，是把外在的语言文字内化为自己的思想和情感。从幼儿园看连环画开始，人的生活就少不了阅读。但是，阅读和阅读习惯是两回事，并不是每个人都能让阅读成为习惯。所谓阅读习惯，就是每天都要读书，一天不读就好像缺少了点什么，不自在、不舒服。所以有人讲，"宁可一日无肉，不可一日无书"。

要养成阅读的习惯，第一必须爱读书，把书籍当成不见面的老师和朋友。这种爱源自对语文的敏感、源自心灵的需要，不是为了某种功利的目的，而是为了让心灵得到抚慰、让思想得到升华。在阅读中扩大自己的视野，感受"我"以外的东西，享受语言文字的美感，感悟思想的深刻和丰富。第二必须会读书，掌握读书的艺术，与语言文字达成心灵的默契。明白哪些书该读，哪些书可读可不读。懂得读书要泛读和精读相结合，既要读经典，又要读杂书、闲书；既要读电子文本，又要读纸质文本，两者不可相互替代，更不可偏废。让读书真正成为打破"我"的界限、开放自身"门户"、融入当下和历史的重要途径，使自己成为一个跨越时空的大写的人。

接着谈谈怎样掌握说话的技巧。先请大家比较以下这段话的两种表述方式：

"不知年兄大驾光临，有失远迎，十分抱歉！"

"不知道你要来，没有到门口去等你，不好意思。"

以上这两种表述方式，前者用词讲究，显得庄重儒雅；后者用词随便，少了一点文人气。由此可见，说话的技巧关键在于设计语言、巧用词汇。有的人讲话，语言精练，金句频出，一开口就能吸引人，让人越听越爱听。有的人讲话，笨嘴拙舌，颠三倒四，说了半天，仍不知他究竟想要说什么。这差别就在于有没有良好的语文修养，能不能巧妙地设计语言、选择词汇。从这个意义上说，掌握说话的技巧，关键是要具备两个基本条件：一是要有一定的阅历，语言丰富，不会讲来讲去老是那几句话；二是要善于设计和运用语言，懂得怎样组织语言，明白应该先讲什么，后讲什么。做到了这几点，你的语文素养就在言谈话语间很自然地显示出来了。

葛：关于阅读的重点，我认为一个是积累，阅读时务必随时做好笔记，尽量收集有价值的语文材料；一个是体会感悟，做到读有所得。

鲍：我们知道，由于文学作品的感性特征会让学生们常常以为读过就是读懂。其实，文学作品特别是经典名著是需要解读的，深刻的解读就是深层解码。只有让作品里潜在的密码由隐性变为显性，才是有效的阅读。

4．关于写作的重点。

问：学以致用，语文学得好不好，最终落到写作上。请问怎么看学生写作的重点？

吴：生活中有人擅长写文章，被称为"笔杆子"。上到中央，下到基层，都要有"笔杆子"来发挥重要作用。其实，"笔杆子"就是会写文章或者说是写作能力强的人。而写作能力源自语文素养，又显示语文素养。那么，该怎样提升写作能力呢？我以为，关键是三点：

一是要善于学习借鉴名家名师的写作技巧。通过反复阅读他们写的文章，从中发现遣词造句的诀窍、思想表达的智慧、情感抒发的奥妙，以达到"熟读唐诗三百首，不会写来也会偷"的效果。

二是丰富思想内涵，提升思想水平。如果说学会怎样写是掌握写作技巧，那么，明确写什么和写到什么程度，则是思想水平和思想境界的体现。要提升写作能力，显示语文素养，首先必须丰富和提升自己的思想，对世间万象有不同寻常的观点和见解，这样才能达到文思泉涌、妙论频出的境界。

三是积累词汇，掌握多种修辞和表达方式。写文章不能词汇贫乏，干巴巴地老是用那几种表达方式，而必须做一个有心人，注意平常阅读过程中的词汇掌握和积累。比如说，"引擎"本是机器中的一个核心部件，但借用到社会经济生活中，就显得特别生动。"深圳、广州、香港、澳门同为粤港澳大湾区核心引擎"，这样的表述既形象又生动。那么，该怎样积累词汇呢？那就是要有针对性地选读一些范文，把其中的好句子、好词汇熟读牢记，为以后写作所借鉴，如《唐宋八大家散文选》《汪曾祺散文选》等，都是词汇丰富、技巧老到的大家作品，值得反复阅读。

葛：目前就作文而言，大多数学生都处于无米之炊的窘境，因此，重中之重是积累充分的有价值的作文素材。对作文水平较高的学生而言，要写出高质量的作文，重点是构思。

鲍：贾平凹有句话："写作是光明磊落的隐私。"前后看似矛盾，实则蕴藏着写作的真谛。所谓"隐私"，指所写内容一定是发自内心的，像一股清泉从心底汩汩流淌出来，自然而然，行其当所行，止其当所止。而"光明磊落"则指这些原本藏在心中的小秘密，作者愿意将它们诉诸文字与人分享。

好的文章之所以动人，是因为它饱含着作者的真情实感。没有真情实感，文章便没有了灵魂。

5．关于语文学习的终极目标。

问：语文对一个人一生都有很重要的意义，除了功利性的作用外，还带给我们无限的审美感悟。学以致用，语文学得好不好，最终落到写作上。请问怎么看待语文学习的终极目标？

吴：语言文字是一个民族的文化符号。每一个民族都有特定的语言文字，凝聚着这个民族的文化传统和文化精神。因此，学习语文绝不仅仅是为了掌握语言技巧那么简单。语文学习的终极目标是领悟、传承民族文化，增强民族自豪感和文化自信心。

中华民族有五千年的悠久文明，汉语和汉字以及由它们展现的文化经典，是中华文明的直接载体。从造型优美、象形见长的甲骨文，到典雅华丽、言简意赅的古汉语，再到生动流畅、寓意丰富的现代汉语，汉语和汉字以其独特的构造展现出中华文明的丰富意蕴，令世界上其他民族赞赏不已。而由汉字优化组合而形成的各类古今文学作品，更是中华民族灿烂文化的杰出体现。从典雅优美的唐诗宋词，到清新明快的现代新诗，无一不是体现汉字艺术境界的文化精品。我们作为具有这样的语言文字的中华民族的子孙，怎能不为此感到自豪？怎能不尽心竭力地学好语文，使之产生更悠久、更光辉的文化魅力？

"语文"不仅是学校的一个科目，更是国家语言文字的典范。语文教育承担着培养公民观念、教化国民道德的作用。因此，语文课程中所选的文章，有相当一部分是历代思想文化的经典。除了文字优美之外，语文课程更能给人以思想的启迪和道德的提升。从这个意义上可以说，学习语文的终极目标，除了增强民族自豪感和增强文化自信外，还包括接受先进思想文化道德观念的熏陶，促进观念更新、提升道德修养的重要内涵。也正因为此，语文被视为学校教育中树人、立人、育人的重要科目，成为各级升学考试必不可少的内容。

葛：具备强大的语文运用能力是语文学习的终极目标。

鲍：个人认为，学习语文的终极目标是形成独立的思想和拥有一颗会感动的心，包括审美鉴赏与创造。我们阅读纸面的文字不是目的，通过文字接触作者的所见所感才是本意。可是仅按照字面意思，也接触不到作者的所见所感。只有驱遣我们的想象力，才能领会作者所创设的意境。所以阅读也是一个再创造的过程。"一千个读者就有一千个哈姆雷特"说的就是这个道理。

6．荐书。

问：语文带给我们广阔的视野、独立的思想和笃行的力量，三位老师博览群书且著述颇丰，你们都是多年研究语文阅读与写作的专家，请给大中学生推荐三本书。

吴：《文学的"意思"》《唐宋八大家名作精品鉴赏》《民国语文：八十堂大师语文课》。

葛：《古文观止》《文心雕龙》《写作进阶》。

鲍：《百年孤独》《文学回忆录》《舍得、舍不得》。

数学和文学的对话：
龟毛兔角子虚乌有　凤毛麟角窄门可求

深圳用40多年的科技发展追上了西方发达城市上百年的科技沉淀，深圳人的科技意识无疑是敏锐的、开放的。深圳作为世界"设计之都"，每一片树叶都透着科学气息与人文味道，"这里的握手比较有力"（理性满满），"这里的微笑比较持久"（感性足足），但看得出，引领深圳大步朝前的是科技人，而科技的根在数学、在哲学。在深圳读书月期间，"深圳之窗"邀请了数论学者罗莫[①]老师和作家姜维勇[②]老师进行了一场东西方城市数学文化深度比较的对话。考虑到是科普座谈，不能用过多生僻的学术语言，于是广泛采用了比较宽松的人文科学与自然科学有交集的通用语言，虽无法把问题说透，但却给我们提供了很多能解决问题的新方法、新思路、新视角。

---

① 罗莫：加性数论学者，深圳市数学科普学会秘书长。著有《数学底层引擎相邻论和重合法》（海天出版社）。

② 姜维勇：作家，深圳大学城市文化研究所特约研究员。著有《视野——深圳四十年掠影》（中山大学出版社）。

1. 深圳城市文化的根：空间开放，时间开放。

问：一座城市的发展，跟数学文化的发展分不开，德国的哥廷根、俄罗斯的圣彼得堡、法国的巴黎、美国的普林斯顿都是数学文化强大的城市。有数学家说，数学强则国强。我们想请问两位老师，深圳城市数学文化有什么特点？

姜：深圳虽然不像巴黎那样有上百条街道用数学家的名字来命名，但深圳人是踩着数码点向前迈进的。改革开放初期，蛇口最早喊出口号："时间就是金钱，时间就是效率。"要知道，时间构造了空间，宇宙就是数字天球，这是古希腊数学家毕达哥拉斯的思想。深圳人是用数字来进行思维，用数字来行动的，这是时间开放。"来了就是深圳人"，五湖四海，已没有界限，这是空间开放。深圳数学文化的根就是时空开放，因为时空开放，带来了深圳科技人才的井喷。优秀的科技公司像雨后的春笋般拔地而起。

罗：确实如此。城市文化很广博，而数学文化就是一支有深度的城市文化，能反映比较底层核心的价值观。基础文化与文化基础不同，文化基础可以初级，但基础文化、基础理论是指核心动力，更加抽象，类似牛顿追问的第一推动力，类似苏格拉底追问的"我是谁？我从哪里来？我到哪里去？"。数学文化，同其他技术学科相比是相对比较基础的，虽然不能立竿见影地产生实效，但一定是产生实效的幕后推手，就好比馒头包子都离不开面粉一样。

我们有时对基础理论不重视，是因为我们日用而不自知，空气不值钱，但空气时刻被需要。新冠肺炎疫情就在警示我们，有些东西不能因为无用、不值钱就不待见它，等到失去或变质，那就晚了。核心技术比拼就是这些貌似无用，其实处处有用的东西，问我们是否掌握了，问我们是否在捍卫它。1不是万物却能蕴含万物，1是万物的抽象。数就像水，遇方则方，遇圆则圆，但它的本来面貌不方不圆，故常被过于实用型的人怠慢。深圳这座城市的数学文化有东西方相结合的特点，文化没有民族立场，都是世界的，但有民族特色。深圳的城市文化，既有古希腊传统，重视从空间角度去研究数学，强调平等，又有古华夏传统，重视从时间角度去研究数学，强调次第。

2. 产生深圳学派需要学术宽容之精神和思想内生之活力。

问：两位老师都谈到时空开放是深圳城市的数学文化之根。那么，深圳会产生对世界数学文化有所作为的数学学派吗？就像布尔巴基学派、哥廷根学派、哥本哈根学派那样。

姜：这个做预测的事情，很难说。预测未来的唯一办法就是有信心把它创造出来。深圳的成功受益于改革开放，受益于世界文化对深圳的滋养，深圳有责任对世界文化有所反哺。美好的事情，虽然我们不能打包票能预测出来，但我们有责任为创造这样的美好未来提供助力。在数学史上，中国数学家的名字甚少，我们希望在深圳打拼的数学工作者中能出一些大家，为世界数学文化大厦添砖加瓦。深圳是很有希望出大家的，这里的数学应用场景辽阔，为何国内外投资者看好深圳，其中一个原因就是这里的配套设置齐全，能差异化集中分布，零部件在隔壁立马就能找到，人才在隔壁立马就能请来，这种需要就在隔壁有所回应的优势，是深圳所特有的。难怪我们的罗老师会写出相邻论，和而不同，是深圳的文化优势。深圳能推动对新数学的需求，任正非就在呐喊需要基础数学人才，就是企业做大了，自然会有基础研发的需求。基础数学的发展需要应用数学发展的倒逼。

罗：我们当然希望有深圳学派对世界文化有所作为，但任何一道菜都不可能合众人口味。创新是需要勇气的，要有宽容反对派的气度，但不是畏缩，面对真诚的质疑，要有责任感地去回应。对于那些还没有做好倾听准备的质疑，可选择各做各的，便能和而不同。深圳确实是有希望诞生数学新成果的，虽然深圳的理科大学不多，但深圳属于最密集使用理科人才的地方。深圳人是有理性精神的，愿意讲道理，而不是动辄宣泄情绪。最近很多国家级的数理科研机构纷纷进驻深圳，我们非常看好深圳，定有一流的成果回馈世界。还有一点，深圳人敢闯，这是内生之活力。

3. 与民族传统文化没有交集的所谓另类文化定是虚幻不实的。

问：两位老师是如何看待中国传统文化和世界现代科学思想之间的关系的？东方文化的传统思维模式会成为未来科学发展的阻力还是推力？

姜：仅维护私域的文化是不存在的，印刷术中国人能用，欧洲人也能用；蒸汽机英国人能用，中国人也能用；"己所不欲勿施于人"中国人能用，美国人照样能用。虽然原创文化必来自不同的地方，一定是个体化的，但在继承上就有了地缘优势，如此便产生了民族文化特色，保护原创的机制有利于文化创新。罗老师说过一段很精彩的话，我很认同。有人却不愿意花代价去学习新东西，于是就出现了酸葡萄心理，自欺欺人式地去贬低对方的价值，这种人言必称不屑，阿Q是也，属于消极保守派；当然，也有一部分人过于稀罕对方的价值，贬低自有的价值，这种人言必称希腊，假洋鬼子是也，属于消极激进派。这两类人都会把东方传统文化自觉或不自觉地当成阻力，而能把东方传统文化当成推力的人，必取中道，不卑不亢，立足本土文化而面向世界文明。

罗：民族文化要融入世界文明，要参与交流，不能故步自封，左右各不相让；没有和为贵的思想，必导致内卷化。在学术圈，这两类代表确实严重阻滞了中国学术的良性发展。传统文化也是一种开放的文化。有些人并没有了解多少古书，便盲人摸象式地下结论，说中国古代文化是幼稚的，说中国没有纯数学，这是一种误解。就拿"天地不仁，圣人不仁"来说，其本义是已尽仁矣，而后才做不遮挡众生施仁之事。我们很容易堕入不好即坏的死循环思维，不好就是好的反面，好的反面难道不可以是"更好"这一选项吗？老子对"反"的理解，是积极的，是深刻的。它不仅仅是互补关系的否定，而且是同态关系的超越，同否定方是有逻辑交集的。少年司汤达对只能"负负得正"就非常不满，正数不够减会产生负数，负数不够减除了能产生正数外，为何不能产生不负不正的数呢？结果老师给了司汤达0分，从此世界少了位数学家，多了位文学家。很多人对"不"的理解，就很像司汤达的老师，这扼杀了太多天才。

西方人认可老子的思想，重视天伦、天道、自然，认为孔子仅重视人伦，这一点误解了孔子，尤其是黑格尔。殊不知，儒家追求天地之正气，已经不是简单的人伦关系了，如儒家道南一脉倡导"从静中观未发"，已经比量子叠加的思想丰富了。

量子论的先驱波尔视老子为量子论思想的源头，但对抗全集概念玩另类，就堕入顽空，不是老子思想中的无。那些玩民族虚无主义的，动辄否定一切，自以为凤毛麟角，不料成了龟毛兔角而子虚乌有。

4．真有这样的学科鄙视链吗？

问：今天还有许多关于数学的疑问要向两位老师来探讨。罗老师是从事加性数论研究的。高斯说过，数学是科学的皇后，数论是数学的皇后。还有生物的背后是化学，化学的背后是物理，物理的背后是数学，数学的背后是哲学，哲学的背后是神学。真有这样的学科鄙视链吗？您怎么看待不同学科之间的关系？

罗：宇宙的真相同物而异名，都在讲同一个对象就没有高下之分了，但在理解共同的核心时是会有层次之分的，至于哪些学科会跑到前头，那是不一定的。一个生物学家，要用到很深很深的数学，但他不以数学家自居；另一位数学家，他的数学思想修为并不很深，那他的数学思想也就无法站在那位生物学家背后。神学家也是如此，有些大教主的修为还不如在教堂敲钟的、扫地的。万物要深究本质都是无法比较的，只能说众生平等，但表层只要有公共的参照系都是可以比较的。这些学科的层级关系，不是鄙视链，而是入门的阶梯，从入门的阶梯看，这样的分类是有道理的。儒家的礼学就很重视秩序，它不是压迫你的工具，而是你成长的阶梯。不要以任何角色永恒自居，你不满意这个角色，你可以选择离开这个角色，无须打碎这个角色，有道是铁打的营盘流水的兵。人要学会宽容差异。

姜：鄙视链在哪里都存在。不久前网上就流传有"深圳房价鄙视链"的地图，甚至孩子学什么样的兴趣班也有鄙视链。数学是探究现实世界的空间形式和数量关系的学科，强在逻辑思维，边界清晰。但文学、音乐、美术、书法等带有感性的学科，在虚拟和想象的世界中，同样也有空间和数量的关系。它们通过各自不同的表现形式，利用特定的文字、音符、色彩、线条等之间的关系，去描述现实或虚拟世界中的对应关系，与数学基本规则也是相符合的。所以，殊途同归，没必要谁鄙视谁。

5. 数学家渴望怎样一种社会机制能有利于出成果？

问：纯数学的研究常常表面上是无用的，也就无法参与市场交易。这样，纯数学家的生存处境就堪忧，尤其是业余的纯数学家，而职业数学家的琐碎之事又太多了，能像怀尔斯那样宅在家里搞七年数学研究的不多。关于这个问题，我们问下姜老师，一种怎样的城市文化能够顺利地孵化出数学家？

姜：首先是城市要有良好的学术生态。现在常说"大数据＋算法＋算力"构成人工智能三要素。神奇的"贝叶斯定理"广泛应用于 AI，甚至让 AI "思考、写作"；香农公式则是 5G 背后的主宰，我们所处的信息时代也在香农公式中追逐极限。相信这些技术的创新和应用都会极大促进数学的发展，逐渐形成良好的学术生态。

希腊先贤说过这样的话，思想的温床大致是这样构造的：有够长的闲暇，有够用的闲钱，有够近的先生。有时间，有金钱，有老师，什么思想不能创造出来呀！现实中，却难以达到。有位复旦网红数学家的坎坷事迹很多人都知道，故事背后隐藏着时间管理和契约管理的问题。数学家怀尔斯就很能算计，首先他高效地写出很多论文，并存起来，时不时地拿出来发表，完成作为职业教授的任务，饭碗保住了，优秀的职业数学家师生群维护住了，然后关起门来不做无效社交，能维持生存，有闲暇，还有良师益友，这就够了，额外的名利不去追逐。他对自己的奋斗目标绝对保密，因为消息走漏只会妨碍他，帮不了他。罗老师说过，根据怀尔斯的成长轨迹，大致可以勾勒出这样一种社会机制是有利于出人才的。具备研究前沿问题的学者，社会用福利把他们养起来，要用足够的尊重去养，他们多半不受嗟来之食，就像春秋战国时期养门客一样，平时没什么事情，但国家真需要他们效力的时候，必然挺身而出。这些学者大多清心寡欲，国家不需要很多成本就能把他们养得好好的，一旦他们的成果出来，价值就不可估量。我很认可这种观点。

6. 叔本华说，要么孤独，要么平庸，是这样吗？

问："天不生仲尼，万古如长夜。"听说孔子的思想深深影响了罗老师，您在破解哥德巴赫猜想上的努力，就受孔子和而不同思想的启发，还有德不孤必有邻的推动，伟大的思想家皆貌似孤独，其实都不是您一个人在战斗。您怎么处理坐冷板凳与做大学问之间的关系？

罗：素数的相邻间隔会越来越大，大到可任意大，任意大了仍不孤独，仍有后继素数。佛教中大德高僧多么稀有，他们仍不孤独。轴心时代出了那么多伟大的思想家，2000多年来，一直没有与之可匹配的贤哲群体出现。但我相信一定会有一个相似的时代出现，全球各地会出现，类似老子、孔子、苏格拉底、柏拉图、耶稣、释迦牟尼等这些贤哲会降世于地球。

相邻论和重合法，就基本上可概括为和而不同。相邻论就是研究可区分的源头的，重合法就是研究可统一的源头的。一旦追溯到了素数，这样的源头就很根本了，故可解决很多大问题。追溯可区分源头，是一种优化思维；追溯可统一源头，是一种交换思维。做学问，这两种思维工具非常重要。交换思维，是列方程思维；优化思维，是解方程思维。列方程、解方程不就是我们解决问题的常规思路吗？只是我们没有朝至简至繁方向去想。比如我们找不到等量关系，就扩大时空去想，或缩小时空去想，自然就找到交集可重合了，大无外、小无内地思考问题，就总能找到可重合的对象，这就是重合法的思维、和的思维。我们找不到简化关系，不能优化出未知数时，就需要分割和分解的思维，就需要可区分的思维，可区分是从相邻开始的。于是，我发现了三元整数方程存在相邻互素的规律。这个规律如此简单，却非常有用。用它来证明例外偶数是空集时，就用上了，没有素数基底的对象是不存在的。一个平易近人的并不平庸，一个独立创新的并不孤独。

姜：不仅仅像罗老师这样的数学家要经历孤独，其实对一个作家而言也是如此。长期积累，偶然得之。看似行云流水的文字、生动有趣的故事背后都需要无比艰辛的沉淀和打磨。我的好朋友风起萧行的科幻长篇小说《无疆》，讲述高科技和人性的关系，他是学金融的，写硬核科幻小说，积累素材用了十年。这个世界就需要有这样的人，执着平凡，成就伟大。

7．是不是还有很多中国古代先贤的思想可以编进现代数学教材？

问：能写进数学教材的中国数学家不多，尤其是中国数学家发现的数学定理少之又少，我只知道中国剩余定理是用现代数学符号整理后写进数论教材的。是不是还有很多中国古代哲人的重要思想可以用数学语言来表达？有些是定理，有些是猜想。比如，"道可道，非常道，名可名，非常名"。我感觉这句话是相对论和量子论的统一，也是集合论和序列论的统一。老子的"无"有很多层次，比康托尔的"多层次的无"更丰富，为什么不可以将其用现代数学语言翻译成重要定理呢？

罗：我们确实对古代经典中的"无"有诸多误解，同贝克莱与牛顿争论"0"与"无穷小量"一样旷日持久。数学史上有三次重大的数学危机，其实都在争吵如何认知无穷，都没有古代中国圣人理解得深刻。中国古代先贤的一些思想完全是可以编进现代数学教材的，但目前尚没有人去梳理这件事。如果很多古代中国圣人思想能像中国剩余定理那样得到现代数学的严格整理，那么古代中国数学就不会像某些人所说的那样缺少纯粹数学了。

姜：罗老师讲得已经非常深刻了，从文化角度看也有不少。如先秦经典中，《道德经》中的"一生二，二生三，三生万物"，用最简单的数字来阐述万物的本原。还有部奇书《山海经》，里边说天地之中是昆仑山，因为昆仑山的日影长度是零，它代表着天地是对应的。《孙子兵法》里面的博弈思想也是很好的素材。孙武的周密计算的方法，全胜、先胜的策略都可以编进现代数学教材中，有趣也有用。

另外，中国的禅宗里面也有许多譬喻。有一个发生在白鹿洞书院的故事。唐代的李渤兄弟曾隐居于此读书，李渤养有一只白鹿，终日相随，故人称"白鹿先生"。有一次李渤问智常禅师道："佛经说'须弥藏芥子，芥子纳须弥'，未免失之玄奇了，小小的芥子，怎么可能容纳那么大的一座须弥山呢？是在骗人吧？"禅师听后笑着问道："人家说你涉猎书籍逾万，人称李万卷，可有这回事？""当然！我读过的书岂止万卷！"李渤得意扬扬地回答。禅师问："那么你读过的万卷书如今何在？"李渤指着头说："都在这里啊！"禅师问："奇怪，你的头颅只有一颗椰子这么大，如何将那万册书卷放进这小小的脑袋里去呢？莫非你也骗人吗？"李渤听后，脑中轰然一声，当下心中大悟。

再举个例子，《西游记》中孙悟空一个筋斗十万八千里。"十万八千里"是个约数。唐僧师徒去往西天取经的路途也是十万八千里。十万八千相当于108千，也是佛教的吉祥数字，这个数字的来历是一年有12个月、二十四节气、七十二候，总共108。

文学作品中常见的主角光环也是如此。《基督山伯爵》《倚天屠龙记》等古今中外小说里"主人公不死定律""大反派必死定律"都非常有意思。这个定律当然和概率原理是矛盾的，却很符合数学中的极端化思想。这两个定律好比就是数学中的对偶性质。

问：科技部把"阴阳五行"写入《中国公民科学素质基准》，曾引起某些学者的强烈炮轰，您怎么看？

罗：像黑暗森林法则就完全可以编进数学教材，即"不敢为天下先"，这就是老子的思想。不过有两种理解：一种是邪恶动机的，这种广为人知，是恐惧版的、阴谋论的，有人就把老子的思想理解为是兵家的阴谋论，要韬光养晦，否则枪打出头鸟，谁若露头，谁被瓜分，于是大家都选择低调；另一种是崇高动机的，是吉祥版的，热情过度，会溺爱出浪子，好为人师，堵人慧门，于是大家都选择谦虚，但真正可作为时是当仁不让的。"不敢为天下先"，这也是黑暗森林法则，但动机是崇高的，是吉祥版的。老子不敢为天下先，却做了万世的先生，这是一种超级强大的敢领先精神，这才是老子思想的本义。深圳人就敢于先行先试，如果连先行先试都做不到，又怎能做到不敢为天下先呢？首先要明了敢先，而后才有资格不敢为天下先。

此外，还有很多古代中国圣人思想可编入纯粹数学教材，科技部把"阴阳五行"写入《中国公民科学素质基准》，一时间引起了很多学者的反对，这很正常，可允许不同声音在秩序范围里是学术发展的基本条件。但要深入挖掘，广泛衔接现代科学思想，纳入现有体系，使之自洽。"阴阳五行"是可以与现代数学衔接的，它是一种模运算和分形数学再加上概率运算相结合的产物。"阴阳五行"来自河图洛书，是宇宙的种子模型。其中，借助洛书的数理规则可整理成数学定理，以此可破解费马猜想，古人这些发现很不简单，尚待深挖。"阴阳五行"中的2和5是一对超级素数，它们和其他素数不一样，其他素数的倒数都有循环小数，2和5的倒数是没有循环小数的，古人用它来做周期单元，进行模运算，可以用来考察很多的稳定性质，5结尾的数只有5是素数，其他都不是，柏拉图立方体也只有5种，方程到5次方就解不下去了，中国古人用5来建立数学模型是有深层数学思想的。当然有人把它弄成低概率类比工具，那就没什么意思了。

8. 如何在知和行上规避风险靠近目标？相邻论和重合法是判别愿景的望远镜和实现愿景的风火轮吗？

问：前面罗老师的回答提到，龟毛兔角子虚乌有，凤毛麟角窄门可求。那么，一个目标如何判断是龟毛兔角子虚乌有的，又如何判断某些目标是凤毛麟角窄门可求的呢？

罗：把相邻论看成望远镜，把重合法看成风火轮，非常贴切。的确，这两个工具是用来在知和行上规避风险靠近目标的。风火轮是曲折靠近目标的，望远镜是直接抵达目标的，是先头部队。思想要直接，行为可曲折，故行为工具多是交换工具。实现一个目标从细节上看全是交换，把诸多交换串联起来，才会发现是否完成了创造。做数学一旦遇到了阻力，就要学会不停地交换，学习水的精神，迂回曲折，但从不忘记终极目标，流向大海。因此，学习数学是从学会比较等量开始，你的境界有多高，行动力有多强，全取决于你的视角是怎样的、你看问题的单位元是怎样的。与目标擦肩而过，目标成了漏网之鱼，那一定是你的网格太粗了，你得换换单位元思考。有一天，你会发现，原来目标并不重要，倒逼你去换单位元才重要。觉悟了一个优秀的视角，你就开悟了一层。这就好比做生意，起初是为了接一个订单，要完成订单须结识一个贵人，结果你结识了一个贵人，比接了一个订单重要多了。证明数学猜想也是如此，起初是为了完成证明一个猜想，结果发现了一个重要的数学工具，这个工具让你的眼界开阔多了。因此，不要轻视做细节，要风风火火地做起来。有动的力气，身心勤快，就能规避风险，不让风险累积变大。重合法就是交换，通过交换获得一个对双方都更有利的位置，凡是靠近目标的交换都是有价值的。

那为什么要交换呢？因为通过龟毛兔角很快能判断沙滩里没金子，得换一个地方。龟毛兔角和凤毛麟角不同。前者基因里就不带，兔头上没角，所以要找兔角就没指望了。凤和麟不同，没见过凤凰，没见过麒麟，很稀有，我们都愿意相信，凤有毛麟有角，因为凤凰是鸟类，麒麟是鹿类，它们的族群有这样的基因，尽管稀有，但我们都愿意相信它们同样会有。而兔子虽然到处都有，我们仍无信心找到兔角。我们的预测是基于单位元、生成元、本原解出发的，没有目标相关的根基，便没有目标相关的花果。哥德巴赫猜想获证就是这么来的。

9．永不失忆、永不失联的真心就是相互学习数学的道场。

问：最后一个问题，把城市文化的根留住，一座城市要想拥有可持续的吸引力，就要留得住老人，要留得住最有思想的那批人。无恒产者无恒心，有恒心者有恒产。据我所知，法国数学那么强，据说跟梅森书院有关，它是法兰西科学院的前身。想问下姜老师，深圳有没有能让数学爱好者可持续学习的地方？

姜：我是学文学的，这个问题其实应该由数学家来回答。我的理解是，要把城市文化的根留住，特别是像深圳这样一座年轻的城市，确实要弘扬敬老文化。时间不是真相，但时间的有序集结会指向真相，即所谓借幻归真是也。东方的传统文化根植于农耕文明，都是敬老文化，敬老文化会自动保护幼小，越是敬老，小孩越可安全成长。敬老，就自然会关心遥远的时空，就会追问初心，就会仰望星空，就会敬畏心中的道德，就会生态多样化。城市就会更加有趣而美丽。听说拓扑学能够把宇宙变成一根线，宇宙中的所有的拓扑信息都可浓缩在一根线上，我们可以把它叫作"时间链"。显然，越尊重古老，我们所看到的世界就越别致。我们敬老更敬永不失忆、永不失联的真心，当我们有了一颗这样的真心，便有了可持续学习数学的地方。

参考文献

［1］杨伯峻. 论语译注［M］. 北京：中华书局，2012.
［2］杨伯峻. 春秋左传注［M］. 北京：中华书局，2009.
［3］孙武. 孙子兵法［M］. 上海：上海古籍出版社，2006.
［4］刘劭. 人物志［M］. 北京：中华书局，2014.
［5］司马迁. 史记［M］. 北京：中华书局，2013.
［6］钟嵘. 诗品译注［M］. 周振甫，译注. 北京：中华书局，2017.
［7］司空图. 二十四诗品［M］. 罗中鼎，蔡乃中，吴宗海，注. 杭州：浙江古籍出版社，2015.
［8］尚荣. 坛经［M］. 北京：中华书局，2010.
［9］杨天宇. 礼记译注［M］. 上海：上海古籍出版社，2016.
［10］司马光. 资治通鉴［M］. 北京：中华书局，2007.
［11］朱熹. 四书章句集注［M］. 北京：中华书局，2011.
［12］王阳明. 传习录注疏［M］. 邓艾民，注. 上海：上海古籍出版社，2012.
［13］王水照. 苏轼选集［M］. 上海：上海古籍出版社，2014.

[14] 徐霞客. 徐霞客游记[M]. 朱惠荣, 整理. 北京: 中华书局, 2009.

[15] 顾青. 唐诗三百首[M]. 北京: 中华书局, 2009.

[16] 胡云翼. 宋词选[M]. 上海: 上海古籍出版社, 2007.

[17] 吴楚材, 吴调侯. 古文观止[M]. 葛兆光, 戴燕, 注解. 北京: 中华书局, 2008.

[18] 钱穆著. 国史大纲[M]. 北京: 商务印书馆, 1996.

[19] 林语堂. 苏东坡传[M]. 张振玉, 译. 长沙: 湖南文艺出版社, 2018.

[20] 克劳塞维茨. 战争论[M]. 时殷弘, 译. 北京: 商务印书馆, 2016.

[21] 卡尼曼. 思考, 快与慢[M]. 胡晓姣, 李爱民, 何梦莹, 译. 北京: 中信出版社, 2012.

[22] 易中天. 中国智慧[M]. 上海: 上海文艺出版社, 2011.

[23] 李零. 丧家狗: 我读《论语》[M]. 太原: 山西人民出版社, 2007.

[24] 朱良志. 南画十六观[M]. 北京: 北京大学出版社, 2013.

[25] 吴传义. 中国书画[M]. 北京: 中国水利水电出版社, 2008.

[26] 吴俊忠. 读懂深圳: 四十年四十个视点[M]. 广州: 中山大学出版社, 2020.

[27] 姜维勇. 视野: 深圳四十年掠影[M]. 广州: 中山大学出版社, 2019.

青春时代阅读史（代后记）

多年前我看过一本书《我们同年生：大江健三郎·小泽征尔对话录》，至今仍记忆犹新。对话中，小泽征尔说："音乐完全是个人的，哥哥对我的影响很深，家父是个非常有意思的人，我和他很亲近。"大江健三郎说每天就这样删删改改，这就是他的人生，"锤炼"就是他的人生。他认为，"共生"这东西就是一种自私的感情，他要和儿子一起好好活下去。这本小册子清新朴素，两位大师轻松地对话，谈文学和音乐、艺术与人生，真实感人，带给我美好的阅读体验。

读书如同赏月

张潮在《幽梦影》中云："少年读书，如隙中窥月；中年读书，如庭中望月；老年读书，如台上玩月。皆以阅历之浅深，为所得之浅深耳。"不同阶段、不同心态，读书的感悟千变万化。

王蒙在其自传《大块文章》中提到，陕西话说"读书人"三个字，发音是"都是人"。当时看了就觉得这句话很有意思。

人，才读书；读书人，都是人。

家里有本《1978—2008私人阅读史》，在十几年前，我就想记录一下自己的读书史。时间就在平平常常的日子里悄悄流逝，其实总有很多机会来思考一下自己的生活，但是常常被庸庸碌碌且琐碎无聊的事情耽搁了。这一耽搁，往往就是一生。

我曾看过唐德刚的几部口述历史，一开始觉得很不像历史，不成体系，太过随意。之后再看，反而感觉很有味道。记录自己的阅读经历，对个人而言多是梳理记忆，而在旁人看来可能比较有趣，当然这是在说真话的前提下。正如红学大师周汝昌所言："读书不是一件容易的事，而要谈谈读书也不是一件容易的事。"

上中学时，老师就告诉我，要记得华罗庚精辟的读书论点：获得书本知识是"从厚到薄"再"从薄到厚"的过程，读书就要这样学习。

我一直很庆幸自己在合适的年龄总是遇到合适的书，从小就能体会到博览群书的快乐。我的父母是医生，家里面最多的是枯燥乏味的大部头医学书。不过，父亲也爱读闲书，除了专业书外，家里也有不少文史艺术方面的书籍，这些是我最早接触的书。我到处乱翻能看得懂的一切书，如鲁迅先生的各种文集和四大名著、《东周列国志》之类的书，最早接触《论语》就是从这里开始的。

在这个阶段，我开始对父亲常临的字帖感兴趣，尤其喜欢柳公权的《玄秘塔碑帖》、黄庭坚的《松风阁帖》和钟绍京的《灵飞经》等。父亲当时常说的读书要"循序而渐进，熟读而精思"的话，至今仍言犹在耳。

寒暑假是我最开心的日子，可以四处游历，更可以看书。我的姑姑在北京，伯父在上海，姨妈和舅舅在浙江，假期时我常去看望他们，小时候也算是见过一些世面。因为从小在大学校园里长大，有一个先天的优势就是可以去大学的书库看书。当时，我每个假期都会进到书库几次，每次借出二三十本小说及各种杂书，装在用塑料条编织的篮子里，挂在自行车把手上拉回家。废寝忘食地地读完后，马上再去换一批。那时，我读了不少话本小说和历史小说，其中追着读完的有《三侠五义》《七侠五义》《小五义》《续小五义》，劲头十足。之后追金庸、梁羽生、古龙等也是这种状态。对于探险、破案类的作品更是爱不释手，如《儒勒·凡尔纳全集》《福尔摩斯探案全集》《阿加莎克·里斯蒂小说选》《鲁滨孙漂流记》《基督山伯爵》《好兵帅克历险记》，还有荷兰人高罗佩写的《狄仁杰奇案》，都是在那时看完的。

同学之间也常有互相借书看的。我常去同学家借总参内部有关"二战"的书籍，看得最入迷的是讲"沙漠之狐"隆美尔和盟军统帅艾森豪威尔、战神朱可夫等的传记。英国诗人西格里夫·萨松有句名诗："心有猛虎，细嗅蔷薇。"意思是，老虎也会有细嗅蔷薇的时候，忙碌而远大的雄心也会被温柔和美丽折服，安然感受美好。很多传记中，很多名将、伟人的经历正是如此。

刚上高中时，同桌的女同学借了我一本玛格丽特·米歇尔的《飘》。我还记得那是红色硬皮精装本，大概有《现代汉语词典》的大小，用了快两个月的时间我才看完。这是我第一次看这类小说，还是在同桌不断催促归还之下完成的。可惜，几年后，这个名字里面有个"燕"字的女孩因为家庭原因，在20多岁就过早地结束了花季的年华，gone with the wind，随风而逝了。我每次看到、想到《飘》，不免会感到世事无常。从此，我再也没有读过这部小说。

高中阶段最要感谢的是我的语文老师李文治，她早年就读于中央民族学院，是费孝通的学生。相对于数学课的痛苦，作文课是我期待的幸福时光。李老师的循循善诱和对我正向的激励，让我深深爱上了语文和阅读。

大学我读的是中文，对我来说可谓如鱼得水。因为，中文专业就是要大量阅读。老师要求的很多作品我早已读过了。这种先人一步的小小快乐一直伴随着我的大学生活。

我哥哥也是酷爱读书的人，他在家里的藏书有几百册。他把不少好书藏到床底下，我总是趁他不注意时偷出来看，这样倒也培养了我阅读的速度和挑选书籍的水平。从哥哥那里，我看了不少当时图书馆借不到的畅销书，比如尼采、萨特、弗洛伊德、房龙的著作以及《第三次浪潮》《围城》《五角丛书》《走向未来丛书》等。其中，戴尔·卡耐基《人性的优点》对我最有触动。一开篇，作者就提出了应该如何对付忧虑。他特别强调改变人一生的一句话："最重要的是，不要去看远处模糊的，而要去做手边清楚的事。"这本蓝色封皮薄薄的小册子，我一个下午就读完了，但是却回味了30多年，至今里面的思想还在帮助和温暖着我，带给我了无数惊喜。读过的每一页书，都沉淀在我的阅历之中。

阅读体验人生

上海三联书店在20世纪80年代末出版过一套《猫头鹰文库》。这套书都是小开本，共40册，封面设计简洁，价格也不贵，所选作者大都是著名哲学家。丛书的名字源自黑格尔的寓言"密涅瓦的猫头鹰"，是说哲学是一种反思活动。密涅瓦是指智慧女神雅典娜，猫头鹰是思想和理性的象征。密涅瓦的猫头鹰在黄昏时起飞，可以看见整个白天所发生的一切，可以追寻所有鸟儿在白天自由翱翔的足迹。通过阅读，一个人的精神之旅是多么自由畅快。

作为大学教职工子弟，小时候去串门的邻居可谓"谈笑有鸿儒"，芳邻很多都毕业于北大、北师大、人大等名校，其中不乏名教授，道德学问自然很好。这些贤达没有一家不是以书为墙的，这在我的心中无疑树立了标杆，从小就有以后也要徜徉在这样的书海之中，与书为伴的心愿。

我的快速阅读能力比较强，所以读的外国文学也较多，比较喜欢沃克的《战争风云》和《战争与回忆》，还有欧·亨利、德莱赛、马克·吐温、杰克·伦敦、海明威等的作品。

在大学期间，我阅读了大量的古典文学和现当代小说。对两位作家印象最深刻，一位是亢彩屏，另外一位是张贤亮。

亢彩屏曾任宁夏大学政史系教师，20世纪80年代初，她著有引起轰动的畅销长篇小说《马兰草》。这是一部描写20世纪60年代初期大学生活的长篇小说，在当代文学史上曾经引起过很大反响。小说中的"小姜大夫"等充满同情心和正义感的医务工作者就是以先父为原型创作的，里面记录了先父曾经在力所能及的条件下，无私帮助身陷险境的亢老师。因为有很多像先父一样正直的人，让那些在困难时代的人们得到了温暖，感受到了人性的正义、善良和光辉。

张贤亮是当代著名的小说家，时任宁夏作协主席，也是我的恩师李镜如、田美琳教授的老友。他的人生境遇充满艰辛与传奇，这从《绿化树》《男人的一半是女人》等作品中可见一斑。我来深圳后，看到张贤亮的新著《我的菩提树》刚刚上架，赶快买来拜读。得知老师在宁夏竟然没有买到这本书，我赶快从深圳寄给老师。

先父曾编写过《大学心理学》，我也帮助誊写，打了下手，顺便看看心理学的书。来深圳，看到发小何晓丽教授的心理学方面的著作，感觉非常亲切。

来深圳后，管理类的书读了不少，很多是赶潮流，倒不是真喜欢，如《第五项修炼》《六顶思考帽》《银湖计划：IBM的转型与创新》等。其中，印象深刻的是彼得·圣吉的畅销书《第五项修炼》，里面提出了"终身学习"的概念。十几前，彼得·

圣吉和南怀瑾交流对话后还出了本对话集子。这两本书都不好懂，不好懂是正常的，因为和大师学习修炼本来就是不易懂的。美国心理学家丹尼尔·卡尼曼的《思考，快与慢》也是一本很有趣的书，他提到了一个思考模型：设想我们在一年后的今天已经实施了现有计划，但结果惨败。请用5到10分钟，简短写下这次惨败的缘由。卡尼曼的思考模型让我深受启发。

读书绝不仅仅是象牙塔里的事情。我们普通人通过自己的阅读体验人生，明理力行，做个"问题中人"是一辈子的修炼。吴俊忠教授提出读书的"四为"和"四要"。读书为用、读书为乐、读书为悟、读书为民；读书要选、读书要杂、读书要思、读书要勤。字字珠玑，令我受益无穷。

读书多了，眼界也会不同。有些看似简单的地方，也会有有趣的发现。我经常和女儿聊天，探讨"出奇制胜"的"奇"怎么读才对；孙武的结局怎么样，最后去哪里了；"道法自然"的"自然"是"nature"吗；五祖既然传法于六祖，为何其他弟子不服，他们不尊师重教吗；钱锺书的"锺"字为什么写成繁体字；陈寅恪的"恪"怎么读；等等。

此书正得益于多年来和家人、师友的学习和交流，由此而来的温情和敬意也永远在我心底流淌。

上下观古今，虽不能至，心向往之。

禹安诗曰：

七律　读书

昔时诸友阅书忙，无论江南与北方。
易改容华情未了，不愁腹内墨馨香。
青春岁月相思短，四季年轮感叹长。
但赏清新存雅句，好文一醉沐斜阳。